Geschichtenzauber

Eine Kurzgeschichtensammlung

Abigail Rook (Herausgeber)

Geschichtenzauber

Kurzgeschichten

Impressum

Bibliografische Information der Deutschen Nationalbibliothek:
Die Deutsche Nationalbibliothek verzeichnet diese Publikation in der Deutschen Nationalbibliografie; detaillierte bibliografische Daten sind im Internet über http://dnb.dnb.de abrufbar.

© 2019 Abigail Rook (Herausgeber)

Lektorat: Dreamspell Publishing
Korrektorat: Dreamspell Publishing

Herstellung und Verlag: BoD- Books on Demand, Norderstedt

ISBN: 978-3-7494-5505-8

Inhaltsverzeichnis

WOIPADINGEN - DAS ERWACHEN EINER LEGENDE

(FELIDEA)

Der Schneckensammler

Behutsam legte er das zerbrechliche Häuschen in seine geöffnete Hand. Die Spirale darauf wirkte hypnotisierend auf ihn und fasziniert verlor er sich für einen kurzen Moment in den Tiefen des Musters. Dieses Erleben verscheuchte die schlechten Bilder, die er stets in seinem Kopf umhertragen musste.

Schon als Kind war er von den kleinen Schneckenhäusern in den Bann gezogen worden. Er hatte sich damals oft vorgestellt, wie es wohl wäre, selbst in einem zu verschwinden und aus dieser Sehnsucht heraus, wurde eine kleine Steinhöhle am Waldesrand zum geheimen Unterschlupf für den Jungen. Tiefer in den Wald wagte er sich nicht.

Ein Aberglaube hier im Dorf besagte nämlich, dass dort der Woipadinger wohnen solle. Dieses fremdartige Wesen gilt anderswo als harmlos, in »Woipadingen« jedoch, würde es jeden holen, der Unrecht tat, und das auf grausame Art und Weise.

Im Laufe der Zeit wurde das Versteck eine zweite Heimat für den Jungen und immer wenn es ihm möglich war, sich von zuhause wegzuschleichen, traf er sich dort mit seiner geliebten Elisa.

»Überall hin, würd i mit dir gehn. So sehr wünsch i, wir wären die einzigen Menschen auf der Erdn, nur du und i für allezeit«, sagte Elisa eines Tages mit tränenerstickter Stimme.

Bilder glücklicher Momente erschienen ihm, wie Elisa seine Hand hielt und die Wärme seinen Körper durchströmte. Er sah ihre honiggelben Augen vor sich, die goldenen Haare, die sich wie Seide über ihre schmalen Schultern ergossen. Elisa war so zerbrechlich und unendlich verzweifelt. Ihn überkam das Gefühl, sein Schmerz würde ihn ersticken. Die Angst, Elisa zu verlieren, überschwemmte ihn. Er scheiterte an dem Versuch, dies vor seiner Geliebten zu verbergen.

»I wollt i könnt mit dir verschwinden, aber die Angst lähmt mi, mei Kopf quält mi, i bin a Nichtsnutz und a elender Depp. Der Alte hat recht, i kann dir nix bieten, i bin a narrischer Loimsieder, zu nix zum gebrauchn.« Voller Wut und Verzweiflung ballte er die Fäuste. »Eines Tages, liebste Elisa, geh ma fort, des versprech i dir. Eines Tages ...«

Die beiden hielten einander fest, als gäbe es kein Morgen, sie schworen sich gegenseitig ewige Treue. Das Leben explodierte um sie herum, die Vögel sangen laut, die Blätter rauschten wie ein tosender Wasserfall und die Äste der Bäume knarzten, als brächen sie entzwei. Nie mehr wollten sie zurückkehren, in die Hölle ihres Zuhauses. Sie wünschten sich, mit der Umgebung zu verschmelzen, zusammen zu verschwinden. Die Realität war nicht zu ertragen gewesen, das Leben bloße Demütigung und Leid.

Der Junge schüttelte die Erinnerungen ab. Fünfzehn Jahre waren seitdem vergangen. Nichts hatte sich geändert, nur die Jugend war hinfort gegangen, ohne die ersehnte Linderung und Freiheit gebracht zu haben.

Der Junge war schon längst ein Mann, ein gebrochener Mann, ein Schneckensammler. Unzählige Häuser lagen um ihn herum verteilt, jedes einzelne barg ein Leid, eine Qual und viele Tränen. Der äußerlich kräftige Kerl saß am Boden, als würde er nicht in diese Welt gehören und wippte sachte vor und zurück. Mühsam versuchte er, die schrecklichen Bilder fortzuschicken, gebannt starrte er auf die Spirale in seiner Hand und summte eine beruhigende Melodie.

Erschrocken fuhr er aus seiner Trance, als ein lautes Knacken sein Mantra durchbrach. Doch sogleich entspannte sich der Schneckensammler wieder, als er seine Geliebte, seinen Engel, auf der Lichtung erblickte.

Auch sie war kein Mädchen mehr, sondern eine Frau, eine gebrochene Frau, eine Traumtänzerin. Nur ihre Träume hielten sie noch am Leben. Elisas Sommerkleid, das mit den vielen Blumen, wehte sacht im Wind. Die blonden, vollen Locken umrahmten ihr hübsches Gesicht. Er liebte sie so abgöttisch, dass es in seiner wunden Seele schmerzte. Die Zeit, die sie hatten, war nur ein Tropfen auf dem heißen Stein.

Elisa ging lächelnd auf ihn zu, ihre Liebe strahlte aus sämtlichen Poren. Jedes Leid war vergessen, sobald die beiden einander ansahen. Der Junge war ohne sie ein Nichts. Nun, da sie bei ihm war, konnte er Pauli sein, ein glücklicher Junge.

Die Zeit stand still, als sie einander in den Armen lagen. Alles rundherum erschien intensiver. Die Luft im Wald war angenehm kühl und frisch. Der Geruch von warmer Erde und feuchten Nadelbäumen belebte den Geist. Sanft plätscherte irgendwo ein Bach und die Vögel trällerten ihre Lieder. Die dunklen Bilder der Seele hatten hier und in diesem Augenblick keine Chance. Außerhalb dieses Waldes lauerte die Bestie, nicht hier drin.

Dieses Bewusstsein traf Pauli wie ein Hammerschlag. Auf einmal war alles ganz klar. Alles drehte sich und er fühlte sich endlich frei. Er empfand nicht mehr wie ein Mensch, er war ein Wesen, das mit allem rundherum verschmolz, und mit Elisa. Seine glühenden Augen starrten sie an und Elisa spürte bei seinem Anblick, wie sich Unruhe in ihrer Brust ausbreitete.

»Pauli, is ois guad? Liebster, willst mir was sagen? Ich seh's an deinen Augen, dass was vor sich geht, als hättst den Leibhaftigen g'sehn. Fang di bitte wieder, mir wird sonst ganz bang!« Elisa streichelte ihrem Geliebten beruhigend über die Wange und hielt seine Hände.

Pauli war wie von Sinnen, er blickte um sich und riss sich los. Sein Herz raste, Schweiß brach ihm aus und unruhig lief er umher. Leise murmelte er vor sich hin und sammelte verwirrt all seine Schneckenhäuschen auf.

Dann wandte er sich Elisa zu und sagte ganz ruhig, »heut Nacht, Liebste, gema fort. I habs g'sehn, grad etz, heut ist's soweit. No a dog länger in der Höll dahoam, dann mog i lieber verreckn wie a Hundskrippl. Koi dog länger mehr, dort in der Deiflsbrut. Vui zlang scho hama gwart und glittn.«

Elisa blickte stumm ins Leere, sie befand sich am Ende ihrer Kräfte, und schwer wog die Angst. Sie wusste, dass das Glück nicht auf ihrer Seite stand, nichts würde jemals wieder werden wie zuvor.

Der Morgen danach

Schweißgebadet schreckte Anton auf. Sein Herz raste, das Bett war klatschnass, ebenso wie er selbst. Er krallte seine Finger in die weichen Daunen, als könne er sich daran festhalten. In seinem Kopf flirrte es und die Gedanken waren taub. Noch überwogen das Chaos und die Besinnungslosigkeit des Tiefschlafes, den er gerade eben erst verlassen hatte. Das erste Geräusch, das ihn ins Hier und Jetzt zurückholte, war das Ticken seines Weckers.

Langsam blickte der alte Mann sich um. Er befand sich in seinem Schlafzimmer, allein wie jede Nacht, seit seine geliebte Frau vor fünf Jahren verstorben war. Ihr Bett war trotzdem frisch bezogen, als wollte er es immer noch nicht wahrhaben. Anton blickte sehnsüchtig auf die Lieblingsdecke seiner Greta, die mit den kitschigen roten Rosen. Wenigstens waren diese Dinge beständig und ein schwacher Trost:

Er versuchte ruhig zu atmen, das Knistern in den Ohren und Pochen in den Schläfen ging langsam zurück. Der sonst so gelassene Mann hatte Schwierigkeiten, die Symptome seiner Panik zu deuten. Was um Himmels Willen war nur los mit ihm? Sogar bei dem plötzlichen Tod seiner besseren Hälfte hatte er mehr Kontrolle über sich gehabt als jetzt in diesem Augenblick.

Er war ein echtes bayerisches Urgestein. Etwas muffig im Gemüt, aber immer Herr seiner Sinne und durch nichts aus der Ruhe zu bringen. Hier in Woipadingen nannte man ihn auch »Semmler Ochs«, »Semmler«, weil es sein Name war und »Ochs«, wegen seiner stoischen und unverwüstlichen Art. Seine Greta hatte ihn gerade wegen seines Charakters so geliebt und das waren immerhin gute fünfundvierzig Jahre. Mit zwanzig gaben sie einander das Jawort, hier in Woipadingen, nie waren sie woanders zu Haus.

Er liebte das Dorf und er liebte sein Leben hier. Er kannte jeden, so wie jeder ihn kannte. Anton wusste dies zu schätzen und es lag ihm sehr am Herzen, seinem einzigen Sohn dasselbe zu vermitteln. Es kam ihm vor wie gestern, als er zu Hansi sprach, »die Gmeinschaft hält Leib und Seele zam, ned so wie in der Stod, wo die Menschen wie Schifferl umhertreibn. Die meisten von denen gehn unter, im tiefn Wasser und versumpfn in ihre kleinen Löcher, die sie Heimat nennen. In der Stod bist nur jemand mit'm verfluchtn Geld, als armer Mensch bist dort da letzte Dreck.«

Doch Hansi hatte anderes im Sinn. Er war als junger Bursche auf und davon, um »was Gscheids« zu machen. »Was soll i in dem verrecktn Kuhdorf? Da draußn wartet des Geld und des Lebn auf mi«, schimpfte er lautstark und zog kurz darauf in die Stadt, um eine Ausbildung zu machen.

»Mei Hansi, bitte, der Papa braucht di hier im Gschäft. Du bist unser einziger Bua, des Sägewerk läuft guad, du kannst a hier a Geld mocha«, jammerte die verzweifelte Mutter. Der Vater floh aus dem Haus, ohne ein Wort zu sagen und stürzte sich in seine Arbeit.

»Und genau des is des Problem. Immer nur wergln und roasn. I will was andres als des hier, i will lebn und was sehn von der Welt. Wenn i hier bleib, kriag i an Koller.« Nicht viel wurde aus den großen Plänen des Sohnes.

Die Realität schlug mit voller Wucht zu und im Stillen gab er seinem Vater nun Recht. Wäre er doch nur zuhause geblieben, und hätte den Betrieb übernommen, doch sein Stolz verbot ihm, dies offen zu legen. Nun musste er sich mit Gelegenheitsjobs durchs Leben kämpfen, seine Ehe scheiterte und er konnte kaum mehr den Unterhalt für seine Tochter bestreiten.

Anton hielt das Geschäft allein über Wasser. Die einzige Hilfe war ihm seine treue Frau und ab und an unterstützte ihn sein Neffe Pauli, der Sohn seines Bruders Wolfgang.

Von ihm hatte Anton geträumt, in der letzten Nacht. Noch nie zuvor war der alte Mann von Alpträumen geplagt worden, geschweige denn von Pauli. Er atmete tief durch, lehnte sich zurück und rief sich die Bilder der letzten Nacht in Erinnerung.

Der Hof des Bruders lag am Waldrand, dem »Woipadinger Woid«, ein dichter dunkler Nadelwald, der seine langen Schatten auf das alte Bauernhaus warf. Die Sonne tat sich schwer, durch den Nebel zu dringen, der hier meist verweilte und sich zwischen den Bäumen verfing. Die Vergänglichkeit und der Verfall waren hier deutlich sichtbar, denn niemand an diesem Ort machte sich die Mühe, es aufzuhalten. Die Ranken des Gestrüpps fraßen sich die Wände des Hauses empor und der ein oder andere Sturm hatte bereits tiefe Wunden im Dach hinterlassen. Wie aus einem Gemälde längst vergangener Zeiten hockte die Behausung im tiefen Gras. Als hätte sein Maler erzählen wollen, wie schnell die Natur sich zurückholt, was ihr gehört.

Die junge Frau, Antons Schwägerin Roswitha, saß auf der brüchigen Holzbank vor dem Haus. Sie trug einen verschlissenen Kittel und hatte ihr Haar unter einem Kopftuch versteckt. Ihr Blick war düster und verbittert. Neben ihr saß Johanna, die Tochter, mit etwa vierzehn Jahren. Sie stellte das genaue Ebenbild ihrer Mutter dar. Nur die Kleidung unterschied sich und die Haare lagen in zwei dicken Zöpfen über ihren Schultern. Beide schnitten mit grimmiger Miene einen Haufen Kartoffeln klein. Der Nebel hing besonders dicht um den Hof herum. Ein warmer Sommermorgen, feucht und diesig. Der Sonne gelang ihr Weg in diesen Winkel heute nicht. Eine Krähe hockte auf dem Apfelbaum im Garten und krächzte munter vor sich hin.

»Mistviecher greislige, überall des Gschwerl ...«, schnauzte Roswitha und warf eine verschimmelte Kartoffel nach dem Vogel. »Genauso wie der Krippl da drübn«, erwiderte die Tochter und schmiss eine Knolle in die andere Richtung. Dort saß ein kleiner Junge in der Wiese und spielte selbstvergessen mit den darauf wachsenden Blumen. Pauli, der acht Jahre jüngere Bruder, zuckte zusammen und duckte sich instinktiv. Mutter und Tochter grinsten einander boshaft an .

In diesem Moment erhob sich die Krähe und flog mit einem lauten Kreischen dicht über den Köpfen der Frauen davon. Erschrocken fuhren diese herum, im selben Moment stürmte ein wutentbrannter Mann aus der Tür heraus. Wolfgang, lediglich mit Unterwäsche bekleidet, fuchtelte wild gestikulierend mit den Armen. Sein Gesicht glühte vor Zorn, seine Augen blitzten dunkel und er brüllte ungehalten. In einer Hand, eine Flasche Bier, die er durch seine Zappelei um sich herum verschüttete.

»Elentiger Saukrippl, schau dassd' her gehst und hol da dei Watschn ab. Nix als Ärger machst, du Depp!« Wolfgang raste an den Frauen vorbei, auf seinen verängstigten Sohn zu. Pauli aber reagierte blitzschnell, sprang auf und rannte wie ein Wiesel das Gartentor hinaus und geradewegs in den Wald hinein. Wild fluchend folgte der Vater ein Stück, überlegte es sich dann aber doch anders und schüttete sich lieber die letzten Schlucke seines Bieres in den Schlund.

Da wurde der Nebel noch dichter, er fraß seine Umgebung geradezu auf. Wolfgang stand leicht wankend im Garten und schimpfte vor sich hin. Seine Frau und Tochter saßen stumm und stumpfsinnig auf der Bank, ungerührt setzten sie ihre Arbeit fort.

Die Szene verschwamm zu weißem Dunst. Anton saß im Bett, seine Arme rechts und links untätig auf der Decke gebettet. Er fühlte sich plötzlich leer und ausgelaugt. Etwas nagte an seinen Nerven wie ein Parasit, der ihm die Energie raubte. Seine Schläfen pochten und seine Brust drückte auf sein schmerzendes Herz. Es war das schlechte Gewissen.

Er wusste von der grausigen Situation in der Familie seines Bruders. Deshalb kümmerte er sich auch immer so um Pauli, den herzensguten, aber gebrochenen Jungen. Er hätte mehr tun müssen, ihn beschützen, rausholen aus seiner Hölle.

Meist schob er diese Gedanken einfach fort, er hatte ja sein eigenes Leben und nicht wenige Probleme. Schon seit langem hatte er Pauli nicht mehr gesehen. Für gewöhnlich kam er oft zu Besuch, um ihm ein bisschen zur Hand zu gehen und um dem Alptraum zuhause zu entfliehen. Für eine kurze Zeit wenigstens.

Irgendetwas stimmte nicht, das spürte der feinfühlige Mann in diesem Moment ganz deutlich. Er schloss langsam die Augen und atmete tief durch.

Der Tag danach

Anton quälte sich aus dem Bett. Achtlos schob er die Decke beiseite und schlurfte mit nackten Füßen ins Bad. Nein, es ließ ihm keine Ruhe mehr. Es war sicher schon länger als eine Woche her, dass er seinen Neffen das letzte Mal hier gesehen hatte.

Unter normalen Umständen würde er sich keine Sorgen machen, aber Pauli war nicht normal, der Mann war zuverlässig wie ein Uhrwerk. Mindestens einmal am Tag kam er vorbei, auch wenn sein Besuch oft nur wenige Minuten dauerte.

Stets stotterte er dieselben Worte, »Du, Onkel Doni, was machst denn da schens? Derf i amoi sehn?« Neugierig schlich er daraufhin um Anton und seine Hobelmaschine herum und beobachtete fasziniert das Handwerk des Onkels. »Grias di, Pauli, alter Lauser! Was gibts Neues bei euch drunten? Lebt da oide Suffkopf no? Was machen die Weiber? Gehts deiner Mausi, der Elisa, gut?«, fragte der Onkel dann immer neugierig. Nur selten bekam er eine Antwort.

Pauli erzählte nicht gerne von seinem Leben, doch an seiner Art und Weise, wie er sich verhielt, spürte Anton sofort, wenn etwas nicht stimmte. Seit sein Neffe sich regelmäßig mit Elisa traf, hatte sich die Lage zuhause noch mehr zugespitzt. Dem Alten gefiel das ganz und gar nicht und er tat alles daran, um seinem Sohn diese Ausflüge zu verbieten. Meist sperrte er ihn einfach ein.

Anton liebte den Pauli wie einen zweiten Sohn und ihn leiden zu sehen, war wie ein Stich ins Herz. Jetzt traf es ihn wie ein Pfeil. Er trug eine Mitschuld, wenn dem Pauli etwas geschehen würde. Denn allein war er seiner Familie schutzlos ausgeliefert. Pauli war ein unschuldiger und liebenswerter Mensch und musste in dieser Hölle leben.

»Eine Schande, eine Schande. Ich feiger Hund! Wie konnt ich des gschehn lassn, in Gottes Namen ...«, murmelte der Alte und raufte sich die Haare. »Ich werd hinfahrn, gleich heut Mittag! Der Pauli braucht mi!«, entschloss er sich und der Gedanke beruhigte seine Nerven ein wenig.

Anton hastete die Treppe hinunter und musste feststellen, dass seine Hand auf dem Treppengeländer leicht zitterte. Er fühlte sich schrecklich alt und hilflos. Sonnenstrahlen fielen unschuldig durch das Fenster auf den Küchentisch. Kurz verscheuchte die Freundlichkeit des Morgens Antons düstere Gedanken und für einen Moment kam es ihm albern vor, sich so reingesteigert zu haben. Er entspannte sich und entschied, erst einmal einen tröstenden Kaffee zu trinken.

Der Duft hüllte das Zimmer ein und verbreitete eine wohlige Behaglichkeit. Seufzend ließ sich Anton auf die knarzende Eckbank plumpsen und betrachtete verträumt das Bild an der Wand. Ein glückliches Brautpaar blickte ihm entgegen. Eng umschlungen in der Blüte ihrer Jugend. Die feinen, zarten Gesichtszüge von Greta brachten jedes Herz zum Schmelzen. Die braunen Locken betonten ihr golden schimmerndes Gesicht und der rote Mund lachte voller Lebensfreude.

Der Mann daneben quoll über vor Stolz. Seine strahlenden Augen wollten nichts mehr im Leben sehen, außer sie. Ein blonder Lockenkopf war er gewesen. Fröhlich, unbeschwert und voll Energie. Anton liebte seine Frau aus tiefstem Herzen. Er sehnte den Tag herbei, an dem er wieder zu ihr durfte. Ja, er glaubte an ein Leben im Jenseits.

Ein dumpfes Poltern riss ihn aus seiner Trance. Der Kaffee spritzte heiß auf seine Hand und er fluchte, »Zefix, Halleluja! Hat ma koa Ruah ned ...!« Nervös sah er sich um, da pochte und klopfte es wieder und Anton fuhr herum, als er die Gestalt am Fenster entdeckte.

»Doni, bitte, mach auf, es muss was passiert sei, der Pauli is seit gestern weg. Bitte, Doni, schnell!«, flehte die blonde Frau panisch und lief ruhelos vor dem Küchenfenster hin und her. Antons Puls stieg schlagartig an und er spürte seinen Herzschlag im Halse. Seine Hände wurden schweißnass, die Angst kroch durch den gebrechlichen Körper. »So wart doch, ich komm, Elisa, bin doch scho da«, versuchte er Paulis Freundin zu besänftigen.

Hastig schob er den Kaffee beiseite und erhob sich mühsam. Elisa fiel mit der Tür ins Haus und packte Anton an den Schultern. Sie blickte mit weit aufgerissenen Augen direkt in die seinen und sprach eindringlich. »Noch nie hat er des gmacht, seit mia uns treffn. A wenns no so schwa war, er is immer kemma. Immer um die gleiche Zeit, jeden Dog. Egal was da Oide mit erm gmacht hod.«

Die meisten im Dorf würden nur abwinken und die junge Frau reden lassen, denn jeder wusste, dass sie nicht grad die hellste war. Man sah es ihr nicht an, sie war durchaus hübsch und viele Männer hätten sie auch gern genommen. Aber Elisa lebte noch bei ihren Eltern, weil sie krank war, geistig. Und genau deswegen liebte sie der Pauli so sehr. Die beiden lebten in derselben Welt, fernab der Realität. Sie würden ihr Leben für den anderen lassen, denn nichts anderes hielt sie hier.

Anton nahm Elisa in den Arm und versuchte sie zu trösten, »mia fahrn etz moi ume, dann seh mas scho, was los is. Vielleicht is er a nur krank, oder der Woife hat ihn eigsperrt.« Die schmalen Schultern zuckten und Elisa wimmerte und schluchzte herzzerreißend. Sie wusste es genau, sie ahnte und sah Dinge, die andere nicht verstanden. Sie hatte Pauli bereits verloren, so fühlte sie.

Anton aber schob seine Angst beiseite und verdrängte erfolgreich die düsteren Bilder, die sich ins Bewusstsein kämpften. Kurz darauf hielt sein Wagen vor dem Hof des Bruders. Die Sonne schaffte es heute, hindurchzubrechen und hüllte das Häuschen in sanftes Licht. Es wirkte völlig friedlich und ruhig. Doch der nahegelegene Wald warf seine Schatten rundherum. Die Stille zerfraß die Unschuld des Lichtes.

Anton saß schwer wie Blei und rührte sich nicht. Elisa wimmerte noch immer und er sah aus den Augenwinkeln, wie ihre Knie zitterten. Nervös strich sie ihr blaues Sommerkleid glatt, bis es an ihr festklebte. »Du bleibst sitzen! Bin glei wieder da«, sprach Anton mehr zu sich selbst und griff wie in Zeitlupe nach der Autotüre, um sie zu öffnen. Der Moment schien zäh wie Kaugummi, jedes Wort und jede Bewegung war, als befänden sie sich unter Wasser. Die ganze Situation hatte etwas Surreales. Irgendeiner von ihnen musste träumen, das war die einzig sinnvolle Erklärung.

Elisa starrte in den Wald hinein. Das letzte Mal, dass sie ihren Zufluchtsort sehen würde. Sie wusste es einfach. Ein Teil von ihr fehlte, ganz hinten, tief drin, da spürte sie es deutlich. Sanft schwankten die Baumkronen und sie hörte die Blätter rascheln, als säße sie mittendrin. Warm lag Paulis Hand in ihrer und sie drückte fest, ganz fest. Sie drehte ihren Kopf und blickte in seine warmen Augen. Eine Träne brannte auf ihrer heißen Wange.

Sie zuckte, als die Autotür geöffnet wurde und Anton sich schwerfällig auf den Sitz fallen ließ. Er atmete mühsam und auch er zitterte nun. »Alles zu ... keiner da ... hab geklopft und gerufen. Keiner da ... alle weg. Etz fahr ma heim Elisa, ruh di aus, alles wird guad, alles wird guad. Morgen is alles wieder guad.« Aber Elisa hörte den alten Mann längst nicht mehr, sie war ganz woanders. Im Wald, in ihrem Wald, mit ihrem Pauli ... Friedlich summte sie vor sich hin, starrte mit entrücktem Blick ins Leere, ihre Fäuste hielt sie fest verschlossen. Sie bekam nichts mehr davon mit, was Anton murmelte, wie heftig er zitterte, sodass er kaum das Lenkrad greifen konnte. Weder registrierte Elisa, wie er es schließlich doch noch schaffte, den Motor zu starten noch wie das Auto langsam die Einfahrt hinunterrollte.

Wenig später lag Anton in seinem Bett. Er hatte keinerlei Erinnerungen daran, wie er dorthin gelangt war. Er wusste nur wie er die Polizei verständigt und diese ihm Michael, den Dorfarzt, vorbeigeschickt hatte. Der Arzt gab ihm etwas zur Beruhigung, sprach einige tröstenden Worte und holte die Nachbarin. Jemand musste sich um den alten, gebrochenen Mann kümmern, bis sein Sohn verständigt wurde.

Er starrte an die Decke. Das, was er durch das Küchenfenster erblickt hatte, war so unbegreiflich und verstörend gewesen, dass es direkt in sein Unterbewusstsein geschwappt war. Dort würde es für den Rest seines Lebens verschlossen bleiben.

Das Erwachen (Rückblende)
Das Morgenrot strahlte an diesem Tag besonders ergreifend. Sanfte, warme Farben tauchten die Landschaft in pure Harmonie und die Stille schien unendlich friedlich. Tautropfen glänzten frisch auf dem weichen Moos im tiefen Wald und die heile Welt spiegelte sich darin. Der erdige Duft des feuchten Gehölzes durchspülte die Luft und eine fruchtig reine Brise umspielte die Sinne des Lebens, welches rundherum noch selig schlummerte. Die Schatten aus der Dunkelheit rasteten noch in weiter Ferne.

Bisher lebte es friedlich und sehr gut versteckt. Entgegen allen Erzählungen besaß es kein dunkles Herz oder gar böse Triebe. Ganz im Gegenteil, es witterte Ungerechtigkeit, Stumpfsinn und Lieblosigkeit von weit her. Seine Bestimmung war es, dies aufzuspüren, zu bekämpfen und zu besiegen. Das Wesen siegte immer, denn es war nicht von dieser Welt.

An diesem so friedvollen Tag wurde es geweckt, aus seinem langen tiefen Schlaf. Der Wald, die Zuflucht, musste verlassen werden und es strömte ungehindert hinaus. Sanft streifte es die geschändete Seele seines Schützlings, dem es zur Hilfe eilte. Natürlich war er bloß mehr eine leere Hülle, ohne Herz und Verstand. Doch musste vollendet werden, was begonnen worden war und der Fluss des Übels könnte versickern.

Der Schmerz und die Sehnsucht des Opfers erfüllten den Raum, in dem das Wesen sich nun befand. Ein altes, verwahrlostes Bauernhaus am Rande seines Waldes. Es wurde von Ekel geschüttelt, als es einen süßlichen Duft wahrnahm. Die Luft war zum Schneiden dick und das Wesen vermochte kaum zu atmen.

Im Dunst des Rauches nahm es die Gestalt im hintersten Eck des Raumes wahr. Der Mann erhob sich wackelig, drohte mit einem Beil. Seine verzerrte Fratze war so hässlich wie der Schmerz und das Wesen konnte die verdorbene Seele deutlich sehen. Ohne zu zögern schlug es seine Krallen tief in sein Innerstes und der Mann sackte sogleich in sich zusammen. Es musste so handeln, alles andere wäre undenkbar.

Der satte schwarze Nebel im Raum legte sich auf den toten Leib. Da schälten sich zwei weitere Gestalten aus dem Schatten im hintersten Winkel. Nicht weniger hässlich, nicht weniger verdorben erschienen diese ihm. Sie fuchtelten mit ihren Händen wild umher. Schrien und tobten wie ein Orkan und das Wesen zögerte keinen Moment.

Die Krallen gruben sich noch tiefer, noch endgültiger in die Bedrohungen. Die beiden Frauen sackten zusammen und erlösende Ruhe breitete sich aus wie das Blut auf dem Boden. Die Dunkelheit lichtete sich und das wahre Opfer wurde sichtbar.

Ganz hinten in der Ecke hockte der Schützling des Wesens. Er blickte nicht auf, wippte nur sachte vor und zurück. Das Licht schien ganz unschuldig und warm auf seinen gebeugten Rücken. Er summte und wiegte sich kaum merklich, Blut klebte an seinen Händen, Blut tränkte seine

Kleidung. Er hatte nicht gesehen, wie das Wesen ihn erlöst hatte, denn sein Geist war weit weg. Tief verborgen und unauffindbar.

Nur ein Bild schlummerte noch friedlich in seinem Verstand. Ein Liebespaar, das eng umschlungen auf einer Waldeslichtung tanzte. Sie tanzten, lachten und liebten, für immer und ewig ...

Der Tag danach

Nachdem Antons Sohn eingetroffen war, konnte Gerti, die Nachbarin, endlich nach Hause gehen. Natürlich hatte sie sich gern um Anton gekümmert, in einer solch grausigen Situation. Aber die Geschehnisse setzten ihr übel zu, sie drängte nach einer Beruhigungstablette und vor allem nach Schlaf. Jetzt wollte sie nur noch der bestialischen Wirklichkeit entfliehen und für einige Zeit das Erfahrene vergessen.

Hansi war von der Polizei aus dem Bett gerissen worden. Er hatte gerade wieder einen Kater auszukurieren, und die knappen Erläuterungen am Telefon nur gedämpft in Erinnerung.

Als er die Stufen zum Schlafzimmer seines Vaters hochschlich, senkte sich der Nebel im Kopf allmählich und mit Schaudern sackte die Tragödie nun in sein Bewusstsein. Nein! Das alles konnte nur ein böser Traum sein. So etwas geschah nur im Film. Seine glücklichen Eltern lächelten ihm von den Bildern an der Treppe entgegen. Auch sein eigenes Gesicht verbarg sich hin und wieder dazwischen.

Die viel zu ernsten Augen des siebenjährigen Jungen starrten ins Leere, neben ihm sein Vater, einen Arm unbeholfen auf seine Schultern gelegt. Er konnte sich genau an den Tag erinnern. Damals schon hatte er dieser scheinheiligen Idylle entfliehen wollen. Er wusste schon als Kind welcher Geist hier wirklich herrschte. Mit seinen dunklen Erinnerungen trat er vorsichtig ins Schlafzimmer seiner Eltern.

Als er seinen Vater im Bett erblickte, verflossen jedoch all die negativen Gedanken und pure Zuneigung breitete sich aus. Wie hilflos und unschuldig er schlief. Den grauhaarigen Kopf sacht zur Seite geneigt und mit tiefen Schatten im Gesicht. Hansi wusste in diesem Moment, dass er seinen Vater über alles liebte und er ihn kein weiteres Mal im Stich lassen würde.

Stundenlang wachte Hansi am Bett seines Vaters. Während dieser Zeit erschien ein Polizist und berichtete genauer von dem grausamen Schicksal seiner Verwandten. Es warf ihn völlig aus der Bahn, wie allumgreifend das Böse auf dieser Erde doch war und sein armer alter Vater hatte es auch noch mit eigenen Augen ansehen müssen. Es war grauenvoll und unbegreiflich.

»Vater, was hast du gsehn, was musst du mit dir tragn?«, fragte Hansi seinen Vater sanft, als dieser nach vielen Stunden schließlich ansprechbar war. »Du musst es rauslassen, sperrs ned fort, verlier ned dei Herz, erzähls mir. Red mit mir!«

Der alte Mann blickte schmerzverzerrt. Nie könnte er sich von diesen Bildern lösen und er erzählte mit zittriger Stimme. »Alle warns tot, der Woife, die Johanna und die Roswitha. Überall Blut, alles voll, so viel, es war so viel. Der Boandlkramer is in da Eckn gstandn und hat glacht, i hab ihn ganz genau gseng!« Anton schluchzte und zitterte.

Hansi nahm seine Hände, blickte ihn flehentlich an. »Papa, reiß di zam! I bin etz da, i geh nimma furt, red weider und mach Frieden damit!«

Der Alte fuhr fort, »... in der Küch ... allesamt ... am Boden ... und des Blut, die Lacka, überoid, überoid. Und der greislige Boandlkramer. Wer duad sowas nur, wer is so a Deife? Des muas der Woipadinger gwesn sei, weils immer so schlecht warn zum Pauli.« Die Augen weiteten sich, Anton starrte voller Panik und Angst. »Ja, der muss gewesn sa, der wars ganz bestimmt. Aber wo is mei Bua? Wo is der arme Bua?«

Anton jammerte und weinte, Hansi packte ihn bei den Schultern, blickte ihm in die Augen und schrie, »dei Bua? Dei Bua? Den hams mitgnumma, er is des Monster. Er wars, Papa! Er! Er hat alle daschlogn, mitm Hackl. Er ganz alloi is dei Woipadinger, raffs doch endlich! Und mittendrin is er gsessn, drei Dog lang! Kannst des begreifen? Drei Dog neben den Leichn seiner Familie! Den Pauli hams mitgnumma, der is furt, für immer. In der Klappse, für immer und ewig.«

Anton schrie auf und klammerte sich an seinen Sohn, er wimmerte und zitterte am ganzen Körper. Das Bild, vom blutüberströmten Pauli mit der Axt in der Hand, und wie er in der Küche in der Ecke saß, hatte der alte Mann weggesperrt. Er kämpfte mit letzter Kraft dagegen an, es durfte nicht hervorkommen.

»Nein! Er is herzensguad, mei Bua! Der duad koam wos, der Pauli is mei kloana Schneckensammler! Wie könnt solch oiner was Böses dua?«

Die Kraft verließ ihn, dann brach Antons Welt endgültig entzwei. Hansi hielt ihn fest, so fest er konnte. Er bereute es aus tiefstem Herzen, sich nicht eher um seinen Vater gekümmert zu haben, und um alle anderen ...

Woipadingen verlor an diesem Tage seine Unschuld. Der Schock saß tief in den Bewohnern. Die Menschen wollten und konnten nicht glauben, dass der Schneckensammler Pauli seine komplette Familie ausgelöscht hatte. So etwas können doch nur Monster oder von Grund auf böse Menschen tun! So schufen sie sich ihre eigene Wahrheit.

Einige glauben bis heute, dass der Woipadinger da draußen im Wald sitzt und wartet, ... wartet, bis er wieder irgendwo eine Ungerechtigkeit wittert. Doch sie täuschen sich! Das Böse ist nicht da draußen, es ist überall, in jedem von uns ...

WIE GEWONNEN, SO ZERRON-NEN

(J.N.KREHL)

Die Septembersonne sandte ihre warmen Strahlen durch das Fenster ihres gemeinsamen Schlafzimmers. Sie tauchte das Doppelbett mit dem orangefarbenen Bezug in goldenes Licht.

Timothy stand vor dem Kleiderschrank und betrachtete sich in dem mit Holz gerahmten Ganzkörperspiegel. Schick sah er in dem schwarzen Anzug aus. Fast wie am Tag seiner Hochzeit.

Bedächtig band er den Knoten seiner Krawatte und fixierte dabei die unberührten Decken des Bettes in seinem Rücken. Tief atmete er ein, meinte schwach Michelles Geruch wahrzunehmen – eine Mischung aus Rosenblättern und Citrusfrüchten.

Für einen kurzen Moment schloss er die Augen. Ein Lächeln schlich sich auf seine Lippen, als er an sie dachte. Daran, wie es war, die zarte, weiche Stelle hinter ihren Ohren zu küssen und wie erregend er es fand, wenn sie zwischen leisem Kichern und hingebungsvollem Genuss schwankte.

„Daddy?" Miriams Stimme riss ihn aus seiner liebevollen Erinnerung.

Die Sechsjährige stand in der Tür und spähte vorsichtig zu ihm hinein. Ihre dunklen Haare waren zu zwei langen Zöpfen geflochten, die ihr über die Schultern fielen. Sie trug ein nachtblaues Kleid, dazu eine weiße Strumpfhose und schwarze Lackschuhe. Es war nicht das, was sie eigentlich hätte tragen sollen; nicht das Outfit, das Michelle für diesen Tag ausgesucht hätte. Wenn seine Frau mit ihrer Tochter einkaufen gewesen wäre, trüge sie heute vermutlich etwas in Orangetönen, die an Sommer und Sonne erinnerten.

Der Gedanke schwebte an ihm vorbei wie eine Seifenblase – viel zu träge und langsam, um ihn nicht wahrzunehmen, aber zu schwerelos und unbeständig, um ihn festzuhalten.

„Ja, Liebes?"

Miriam kam ins Schlafzimmer und ließ sich auf dem weichen Bett nieder. Sie blickte ihn ernst an, ehe sie das Foto nahm, das auf dem Nachttisch stand und es lange betrachtete. Das Bild zeigte Michelle und ihn, wie sie gemütlich vor einem Feuer am Kamin saßen, beide eine Tasse mit heißer Schokolade in den Händen. Es war während eines gemeinsamen Urlaubs in den Bergen mit Patty und Jason, ihren besten Freunden, aufgenommen worden. Miri war damals gerade mal ein Jahr alt gewesen.

„Erzählst du mir noch einmal wie du Mummy kennengelernt hast?"

Timothys Herz zog sich bei der Erinnerung zusammen. Die Vergangenheit überflutete ihn, spülte jeden klaren Gedanken davon und ließ nur noch Raum für das, was damals gewesen war. Der Schmerz war so süß, so warm und lieblich, dass er sich ihm beinahe gern hingab. Oh, er wusste noch genau wie es gewesen war, als er Michelle kennengelernt hatte ...

... Timothy kam zwei Stunden später als geplant aus der Kanzlei. Wieder mal. In seiner schwarzen Aktentasche befanden sich weitere Unterlagen, die ihm sein Chef kurz vor Feierabend noch auf den Schreibtisch gelegt hatte.

Also würde Tim auch an diesem Abend eine Tiefkühlpizza in den Ofen schieben und anschließend im Schein seiner einsamen Bürolampe bei einem Glas Rotwein Schriftsätze durcharbeiten, bis ihm die Augen zufielen.

Sein Leben war eintönig geworden.

Müde und kraftlos drückte Timothy auf den Knopf neben den Chromtüren des Aufzugs. Kurz darauf öffneten sich diese mit einem leisen „Bing". Selbst dieses Geräusch war für seinen schmerzenden Schädel zu laut. Er rieb sich die Schläfen und dachte über den Fall Jeffreys gegen Jeffreys nach. Ein gutgestellter und angesehener Geschäftsmann in Atlanta, der sich von seiner untreuen Gattin scheiden lassen wollte. Natürlich ohne ihr viel von seinem teuer verdienten Vermögen abtreten zu müssen, was sich als schwierig erweisen würde, weil der Gute es versäumt hatte, einen Ehevertrag abzuschließen.

Tims Problem daran war, dass Edward Jeffreys sein eigenes Verschulden daran nicht wahrhaben wollte und nun ihn dafür verantwortlich machte, sein Geld vor seiner gierigen Noch-Frau zu schützen.

Warum, um alles in der Welt, hatte er sich nur auf Scheidungsrecht spezialisiert?

Als der Lift ihn im Erdgeschoss wieder ausspuckte, schlurfte Timothy motivationslos durch das feine Ambiente des Foyers, das regelmäßig die reiche Klientel anzog. Der rotgeäderte Marmorboden und die dazu passenden, glatten Fliesen der Wände spiegelten das grelle Licht der Deckenbeleuchtung. Einzig und allein die Palmen- und Bambusgewächse, die in ihren anthrazitfarbenen Gefäßen wuchsen, schufen eine freundliche Atmosphäre. Doch an diesem Tag bereiteten Tim selbst die Pflanzen keine Freude.

Ausdruckslos starrte er an ihnen vorbei durch das Glas der riesigen Fensterfront.

Der Himmel war von schweren, dunkelgrauen Wolken verhangen und der Regen ergoss sich in unermüdlicher Ausdauer auf den bereits nassen Asphalt.

Auf den Bürgersteigen liefen die Passanten unter dem Schutz von Regenschirmen in überwiegend blauen, grauen oder schwarzen Farben. Einige, die wie Tim keinen Schirm dabeihatten, rannten zwischen den Menschen entlang, schufen sich mit Ellbogen und Händen Platz, um schneller voranzukommen.

Timothy trat durch die Drehtür nach draußen und hieß die kühlen Tropfen, die sofort auf ihn niederprasselten, willkommen. Sollten sie den Stress und den Druck wegspülen. Die Einsamkeit und die Angst davor, zu versagen – alles sollte von ihm abgewaschen werden.

Er blieb nicht lange im Regenguss stehen und benötigte nur fünf Minuten, bis er den Parkplatz erreichte, auf dem er seinen schwarzen Mercedes abgestellt hatte. Sein nasses Jackett legte er auf dem Beifahrersitz ab, ehe er den Motor anließ und zurücksetzte.

Ein Ruck ging durch den Wagen. Ein lautes Krachen und das schrille Piepsen seiner Parksensoren drangen aufdringlich in seine Ohren. Reflexartig trat Tim auf die Bremse. Der Gurt drückte unangenehm gegen seinen Oberkörper und der Schreck nahm ihm für einen Sekundenbruchteil den Atem.

Ein Blick in den Rückspiegel zeigte ihm die Scheinwerfer eines großen SUVs, der genau hinter ihm zum Stehen gekommen war.

„Scheiße!", fluchte er ungehalten. Hatte er nicht nach hinten geschaut, als er angefahren war? Wie hatte er dieses Monstrum nur übersehen können?

Mit wild pochendem Herzen und weichen Knien stieg Timothy aus dem Auto.

Im ersten Moment war er erleichtert, als er sah, dass eine Frau aus dem anderen Fahrzeug stieg. Innerlich war er schon darauf gefasst gewesen, sich mit einem empörten Großverdiener herumärgern zu müssen, der ihm einen Vortrag über das korrekte Ausparken halten würde. Kurz darauf ergriff ihn allerdings Entsetzen, als er den dicken Bauch unter dem Regenmantel der Unfallgegnerin wahrnahm. Sie umklammerte ihn schützend, während sie auf ihn zu wankte.

„Oh mein Gott!", stieß er hervor. „Geht es Ihnen gut?"

Die Schwangere schüttelte den Kopf. Sie war kreidebleich im Gesicht und bei näherer Betrachtung sah er, dass ihre Unterlippe bebte.

Dabei war es kein schlimmer Aufprall gewesen. Soweit er sehen konnte, hatte ihr Wagen nicht mal einen Kratzer. Im Gegensatz zu seinem, dessen Stoßstange eingedrückt war.

„Haben Sie sich verletzt? Ich rufe einen Krankenwagen." Mit zitternden Händen und fahrigen Bewegungen kramte Timothy sein Handy hervor, während er die Frau besorgt musterte.

Ihre dunklen Locken hingen ihr nass und wirr ins Gesicht und ihre Augen waren vor Schmerz zusammengekniffen. Sie trug eine Jogginghose und einen weiten grauen Pullover unter dem Regenmantel. Fast so, als sei sie geradewegs aus dem Bett in ihren SUV geklettert.

Sie packte ihn mit erstaunlich festem Griff am Arm und hinderte ihn daran, sein Mobiltelefon zu benutzen. „Ich bin nicht verletzt. Aber ich kann nicht fahren. Sie müssen mich ins Krankenhaus bringen. Bitte!"

Mit Schrecken wurde Timothy bewusst, dass sich die Dame vielleicht bereits mitten in ihren Wehen befand. „Ich ... ähm..."

Sie ließ ihm keine Wahl, sondern drückte ihm ihre Autoschlüssel in die Hand. „Hören Sie! Um die Stoßstange Ihrer Potenzverlängerung können sich unsere Versicherungen gern später kümmern. Aber wenn Sie nicht vom Bürohengst zum Geburtshelfer umschulen wollen, dann bewegen Sie jetzt Ihren verdammten Hintern in mein Auto und fahren mich ins Krankenhaus!" ...

....„Granny sagt, dass Mummy dich immer gut im Griff hatte", stellte Miriam fest und legte den Bilderrahmen mit der Fotografie vorsichtig auf den Nachttisch zurück. „Das fing ja schon bei eurem ersten Treffen an."

Timothy nickte, während er über die wahren, wenn auch altklugen Worte seiner Tochter schmunzelte. „Bist du fertig?", fragte er.

Die Sechsjährige stand auf und drehte sich einmal im Kreis, um ihm ihr Kleid zu präsentieren. „Wie sehe ich aus?"

„Umwerfend." Für diesen kurzen Augenblick überstrahlte der Stolz auf Miriam alles. Die Trauer. Die Wut. Die Hilflosigkeit und die Sehnsucht – sie alle rückten in den Hintergrund und überließen dem warmen Gefühl der Liebe den ihr gebührenden Platz. So musste es sein. So sollte er heute fühlen. Das war Miriams Tag. Ihr sollte heute seine gesamte Aufmerksamkeit gelten.

„Ich habe Angst", gestand seine Tochter flüsternd und zeigte mit einem Mal ein äußerst ausgeprägtes Interesse an ihren Lackschuhen.

Sofort wurde das wohlige Gefühl mit giftigen Nadeln malträtiert, die ihre betäubende Substanz direkt in sein Herz spritzten. Die lähmende Wirkung des Argwohns und der Schuldgefühle fraß sich unaufhaltsam durch seine Empfindungen und seinen Verstand.

Mit aller Macht hielt er das Lächeln, mit dem er Miriam bedachte, aufrecht. Als er zu ihr hinüberging, schüttelte er den Kopf, legte ihr beide Hände auf die Schultern und ging in die Hocke, um ihr besser ins Gesicht blicken zu können. „Miri, hör mir zu! Es ist in Ordnung aufgeregt zu sein, weißt du?" Mit dem Daumen strich er sanft über ihre Wange. „Aber Angst muss du nicht haben. Die anderen Kinder sind bestimmt sehr nett. Und ich wette, dass du auch eine klasse Lehrerin bekommen wirst. Du wirst schon sehen. In zwei, drei Wochen hast du dich eingelebt, die ersten Freunde gefunden und vermutlich auch schon so viel gelernt, dass du mir nur noch Löcher in den Bauch fragen wirst."

Die Mundwinkel seiner Tochter zuckten. Schon jetzt war sie wissbegierig und liebte ihre Ausflüge an den Wochenenden, wenn er sie mit in die städtischen Museen und Ausstellungen nahm oder wenn er sich die Zeit freischaufelte, um mit ihr Lesen und Rechnen zu üben, obwohl niemand von ihr erwartete, dass sie das bereits konnte. „In zwei Jahren kann ich besser rechnen als du!", neckte sie ihn.

Erleichtert darüber, dass sie schon wieder Lächeln konnte, schlang er die Arme um sie und drückte sie fest an sich. „Nun müssen wir aber los, sonst kommst du noch zu spät zu deiner eigenen Einschulung."

Er folgte ihr aus dem Schlafzimmer hinaus, die Treppe hinunter in den Flur und griff nach dem Autoschlüssel, der in einer blaulackierten Tonschale lag, die auf der uralten Kommode stand. Michelle hatte sie auf einem Antiquitätenmarkt für einen Spottpreis erworben. Er hasste das klobige, lichtschluckende Ding, aber seine Frau hatte sich auf den ersten Blick in das Möbelstück verliebt. Und Timothy konnte einfach nicht „Nein" zu ihr sagen. Hatte es noch nie gekonnt ...

... Es kam ihm alles unwirklich vor. Die Fahrt ins Krankenhaus mit der wildfremden Frau an seiner Seite, die abwechselnd geflucht, gekeucht und gehechelt hatte. Das Eintreffen in der Notaufnahme und der Moment, in dem sich die Jogginghose seiner Begleiterin plötzlich dunkel verfärbt hatte und ihm klargeworden war, dass soeben ihre Fruchtblase geplatzt sein musste. Und auch die Situation, in der er sich jetzt befand, als er mit ansah, wie zwei Schwestern seine Unfallgegnerin auf eine Trage hievten, wirkte surreal.

„Ich werde dann ja ..."

„Wir fahren sie rauf!", wurde sein zaghafter Versuch, sich zu verabschieden, von einer resolut wirkenden Rothaarigen im blauen Dress des Krankenhauspersonals unterbrochen. „Dr. Sullivan soll schauen wie weit der Muttermund geöffnet ist. Vorsorglich schon mal den Kreissaal bereitmachen."

Ihre Kollegin nickte, während sie ihr half, die Trage auf einen der Aufzüge im hinteren Teil der Notaufnahme zuzuschieben.

„Ja, gut. Ich bin dann ..."

„Ja, ja. Kommen Sie. Wir kümmern uns um Ihre Frau!" Die Schwester packte ihn grob am Arm und zog ihn mit sich.

„Aber sie ist nicht meine Frau!"
Die Schwangere stöhnte unter einer scheinbar besonders schmerzhaften Wehe auf.

„Wie bitte? Sind Sie denn nicht der Vater?", wollte die Resolute von ihm wissen, als sich gerade die Türen des Fahrstuhls öffneten. Sie musterte ihn geringschätzig, als sei sie bereit, ihn sofort der Klinik zu verweisen, wenn er nun etwas Falsches sagte.

„Doch!" Die Frau, die mit ihrem SUV den Unfall verursacht hatte, bäumte sich auf und packte ihn am Kragen. Ihre blauen Augen waren in Panik geweitet und auf ihrer bleichen Stirn glänzte der Schweiß. „Doch, du bist der Scheißvater dieses Kindes! Von mir aus bist du auch mein gottverdammter Ehemann! Nur lass mich jetzt bloß nicht allein!"

Timothy griff nach der klammen Hand der Fremden und löste sie behutsam von seinem Hemd. Mit sanfter Gewalt und einem, wie er hoffte, beruhigendem Lächeln, das seine eigene Überforderung überdecken sollte, zwang er sie auf die Trage zurück.

Was war nur los mit dieser Frau, dass sie völlig allein, ohne jemanden, der ihr beistand, ins Krankenhaus fuhr, obwohl sie sich bereits in den Wehen befand? Gab es keinen Mann, der sich um sie sorgte? Keine Eltern? Keine Freunde?

Ihre Angst musste unermesslich sein. Er sah es in ihren Augen. Die Pupillen waren vor Schreck weit aufgerissen, die Farbe ihrer Iris verschwamm wie ein trüber Bergsee hinter unvergossenen Tränen.

„Schon gut ..." Er stockte, als ihm bewusstwurde, dass er nicht mal ihren Namen kannte.

„Michelle", presste sie hervor.

„Schon gut, Michelle. Ich bleibe bei dir." ...

... Timothy stieg ins Auto, während er noch halb in seinen Erinnerungen gefangen war. An dem verregneten Novembertag vor sechs Jahren war er Vater geworden, ohne die Mutter seiner Tochter vorher jemals gesehen zu haben. Mit Sicherheit gab es nicht viele Männer, die so etwas von sich behaupten konnten.

Ein Blick in den Rückspiegel, in dem er Miri sah, wie sie mit großen, vor Aufregung glänzenden Augen aus dem Fenster schaute, entlockte ihm ein liebevolles Lächeln. Miriam war mehr, als er sich je zu hoffen gewagt hatte und er liebte sie so sehr, wie jeder gute Vater sein Kind lieben sollte.

Er würde den Moment im Kreissaal, als dieses kleine, verschmierte, rosarote Etwas zum Vorschein gekommen war und nur wenige Sekunden später aus Leibeskräften zu schreien begonnen hatte, niemals vergessen.

Völlig aufgewühlt war er gewesen. Seine Hand, die sich angefühlt hatte, als habe Michelle versucht, sie zu zerquetschen, hatte fürchterlich geschmerzt, und doch war sein einziger Gedanke gewesen, was für ein unglaubliches Wunder dieses schutzbedürftige Baby doch war.

Er erinnerte sich kaum noch an die darauffolgenden Stunden, als er nach Hause gefahren war, die Akten achtlos auf den Schreibtisch geschmissen hatte und ohne Abendessen todmüde in sein Bett gefallen war.

Umso deutlicher hatte er die Bilder des nächsten Tages vor Augen, an dem er beschlossen hatte, Michelle und „sein Kind" zu besuchen ...

... Die bleiche Wintersonne tauchte das sterile Krankenhauszimmer in ihr blasses Licht und verlieh den dunklen Locken der frischgebackenen Mutter einen hellen Glanz. Michelle blickte

auf, als er vorsichtig den Kopf durch den Türspalt streckte, und lächelte erfreut.

„Komm rein, Timothy!", forderte sie ihn auf.

Leise, um die anderen drei Frauen im Raum nicht zu stören, schlich er zu ihrem Bett, das direkt am Fenster stand und spähte neugierig auf das kleine Wesen, das – in weiße Tücher gehüllt – friedlich in ihrem Arm schlummerte.

„Wie geht es dir?", wollte er wissen.

Sie zuckte mit den Schultern. „Ich bin Mutter." Ihre Worte wirkten verloren, der raue Klang ihrer Stimme hilflos und ver- zweifelt.

Aufmerksam musterte Tim ihr Gesicht. Abermals fand er die blauen Augen verschwommen und trüb vor.

„Wie kommst du damit klar?"

Sie lachte freudlos auf. „Ich liebe die kleine Maus." Ein unsi- cherer Blick zu ihm, dann fixierte sie das Gesicht ihrer Tochter, während ihre Finger unruhig mit den Tüchern spielten. „Ich weiß nicht, wie es weitergehen soll. Der Typ hat sich einfach verpisst." Erneut schaute sie ihn an. Diesmal lag Wut in ihrem Blick. „Ich war so dumm, Timothy! Alles habe ich ihm gegeben, diesem gottverdammten Luftschlossarchitekten mit all seinen Träumen vom Ruhm und der Überzeugung, er werde mit seiner Band bald den großen Durchbruch haben. Alles. Mein Geld, mein Auto, meine Wohnung. Und jetzt stehe ich da, mit nichts als einem Haufen Schulden!" Ein gezwungenes Lächeln ver- zerrte ihr Gesicht, während eine Träne ihre Wange hinabrollte. Mit dem Daumen strich sie zärtlich über die Stirn des schlafen- den Säuglings. „Egal. Ich will dich nicht mit meinen Problemen belasten."

Timothy sagte nichts dazu. Er spürte, dass sie sein Mitleid nicht wollte, auch wenn ihr Anblick und ihre deutlich spürbare Verzweiflung ihm schier das Herz zerrissen.

„Wie heißt sie denn?", versuchte er, das Thema zu wechseln und deutete auf das hilflose Bündel in ihren Armen.

„Wie heißt deine Lieblingsoma?", war ihre verwirrende Gegenfrage.

„Miriam."

„Dann heißt sie Miriam."

Timothy starrte das Kind an, bei dessen Geburt er dabei gewesen war und das nun den Namen seiner Großmutter trug. Da war etwas. Dieses innere Ziehen, das ihn heute schon hierhergetrieben hatte. Der Wunsch, etwas zu tun, da zu sein. Der Drang, Verantwortung zu übernehmen und Michelle und Miriam irgendwie zu helfen.

Der Säugling verzog das Gesicht, unruhig regte die Kleine sich, stieß ein unzufriedenes Quengeln aus.

„Sie hat Hunger", mutmaßte Michelle.

Timothy räusperte sich alarmiert und spürte, wie die Hitze der Verlegenheit in seine Wangen stieg. „Ich komme morgen wieder."

Er hielt sein Versprechen. Die folgenden Tage kam er immer nach der Arbeit ins Krankenhaus, mal mit Blumen und Pralinen, mal mit Obst und einem Schmusetier für Miriam. Nach Michelles Entlassung besuchte er sie zwei Mal die Woche in dem billigen Motel, in dem sie untergekommen war. Schon bald bezahlte er die Rechnung für sie und sorgte dafür, dass der Kühlschrank gefüllt war und dass es „seiner Tochter" an nichts mangelte.

An Weihnachten – Miriam war genau einen Monat alt – beschloss er, Michelle zu überraschen. Mit alkoholfreiem Sekt und verschiedenen Leckereien aus dem Feinkostladen stand er am Abend vor ihrer Tür und klopfte gegen das splitternde Holz.

Michelle öffnete ihm mit Miriam auf dem Arm und einem Glas Wein in der Hand. Ihre Augen weiteten sich vor freudiger Überraschung und sie bat ihn ein wenig verlegen herein.

„Ich habe nicht mit Besuch gerechnet", gestand sie und deutete auf die fleckige Jeans und das labbrige graue T-Shirt, die sie trug.

Timothy grinste sie an. „Wenn ich mich angekündigt hätte, würdest du auch kein Abendkleid tragen, oder?"

Michelle lachte. „Damit Miri drauf kotzt? Bestimmt nicht." Sie deutete auf den niedrigen und völlig überfüllten Couchtisch des Einzimmerappartements. „Stell die Sachen dort ab. Möchtest du Wein? Zur Feier des Tages habe ich mir eine Flasche aufgemacht."

„Was hattest du vor? Ein einsames Frustbesäufnis?"

Sein besorgter Tonfall entlockte ihr ein beschwichtigendes Lächeln. „Keine Angst, das würde ich Miri nicht antun. Ich wollte mir nur ein Gläschen genehmigen und auf mich selbst anstoßen. Schau!" Sie zeigte auf das Bett, auf dem der Laptop lag, den er ihr zur Verfügung gestellt hatte. Der Bildschirm war an und er konnte eine Textdatei erkennen.

„Du schreibst wieder?"

„Die Idee zu dem Roman kam mir gestern Nacht. Ich habe sofort angefangen."

Er schenkte ihr ein glückliches Strahlen. „Das freut mich, Michelle!"

Sie lächelte verlegen, während sie Miriam in die Wiege legte, die neben dem schmalen Motelbett stand. Dann trat sie auf ihn zu und sah aus kristallklaren Augen zu ihm auf. „Danke, Tim. Für alles." Sie stellte sich auf die Zehenspitzen und kurz darauf *berührten ihre Lippen sachte die seinen. Ein warmes, wohliges Prickeln breitete sich in seinem ganzen Körper aus und er schlang die Arme um sie, zog sie näher an sich ...*

...Die Aufführung der älteren Schüler zur Willkommensfeier der neuen Erstklässler ging nicht so schnell vorüber, wie Timothy gehofft hatte.

Während Miriam unruhig und aufgeregt auf ihrem Stuhl hin und her rutschte, weil sie es kaum erwarten konnte, endlich ihre Klassenlehrerin kennenzulernen, kämpfte Tim mit seinem Selbstwertgefühl und den rasant drehenden Gedanken, die wie ein Brummkreisel durch seinen Verstand wirbelten.

Michelle sollte hier sein. Sie sollte neben ihm sitzen, seine Hand halten und ihm ein stolzes Lächeln schenken, nachdem sie ihre Tochter mit einem liebevollen Blick bedacht hatte.

Sie sollten zu dritt den schief gesungenen Liedern der anderen Kinder lauschen, so wie all die anderen Familien, die sich in der Turnhalle der Schule befanden.

Ihm war bewusst, dass es mit Sicherheit auch alleinerziehende Mütter und Väter in den Reihen der Zuschauer gab, aber die nahm er kaum wahr. Für ihn zählten die, die das hatten, was ihm fehlte: ein glückliches Familiendasein.

Mit hocherhobenem Haupt hielt er unermüdlich lächelnd Miriams Hand, während all die Erinnerungen an bessere Zeiten seinen Verstand fluteten.

Der Tag, an dem er Michelle gebeten hatte, seine Frau zu werden. Der Moment, als sie in ihrem weißen Kleid ein ehrfürchtiges „Ja" gehaucht hatte, nur, um wenige Stunden später mit vom Sekt geröteten Wangen zu fragen:

„Können wir diese spießige Gesellschaft jetzt endlich verlassen und uns tatkräftig davon überzeugen, dass wir Mann und Frau sind?"

Michelle war seine Sonne gewesen. Sein Lebenselixier. Die treibende Kraft, die sein Glück und seine Liebe am Laufen gehalten hatte.

Ihr Lachen hallte durch seine Gedanken. Wie entzückt sie gewesen war, als er sie in ihr erstes gemeinsames Haus geführt hatte. Und wie viel Liebe sie aufgewendet hatte, um ihm und ihrer Tochter ein gemütliches Heim zu schaffen.

Er hatte es so genossen, nach einem harten Arbeitstag nachhause zu kommen, denn meist wurde er von einer fröhlichen Michelle, einer ausgeglichenen Miriam und einem leckeren Abendessen willkommen geheißen. Es war das pure Glück, das er am Tag des Autounfalls gewonnen hatte. Timothy hatte es perfekt gemacht, indem er Miriam adoptiert hatte. Nie würde er den Moment vergessen, an dem er die Papiere unterzeichnet hatte und wie Michelle und er abends mit einem Glas Wein beim Italiener darauf angestoßen hatten. Sie war so gerührt gewesen, dass sie ihm mit Tränen in den Augen für seine Liebe gedankt hatte.

Das war es gewesen. Familie, wie sie sein sollte. Wie er sie sich wünschte.

Aber Michelle war nicht hier.

Nachdem die Direktorin noch einmal alle herzlich willkommen geheißen und die Namen der Schüler aufgerufen und sie den dazugehörigen Lehrern zugeteilt hatte, sollten die Neuen noch kurz mit in die Klassenräume kommen, um schon mal einen kurzen Einblick zu bekommen. Ohne Eltern.

Miriam warf ihm einen unsicheren Blick zu.

Beruhigend drückte er ihre Hand. „Das wird schon. Keine Sorge. Ich warte im Hof."

Mit bangem Herzen beobachtete er, wie sich seine Tochter langsam der anwachsenden Kindertraube um Miss Tellinger näherte und dabei immer wieder zu ihm zurückschaute. Er hob den Daumen und lächelte. Gleichzeitig betete er, dass Miri wenigstens diese Viertelstunde überstehen würde, ohne über ihre Mutter sprechen zu müssen.

Als die Kinder verschwunden waren, begab sich Timothy an den Rand des Schulhofs und zündete sich eine Zigarette an. Eigentlich hatte er vor sechs Jahren aufgehört. Aber als sein Leben vor fünf Monaten aus den Fugen geraten war, hatte er wieder angefangen. Es ärgerte ihn selbst. Sucht war eine beschissene Sache.

Er hielt sich von den anderen Eltern fern, nickte nur hin und wieder höflich, wenn ihn jemand grüßte oder anlächelte. Unweit von ihm standen zwei Mütter und unterhielten sich angeregt. Eine von ihnen – ein extravagantes Wesen mit einem riesigen, weißen Hut und einer Sonnenbrille, die sie aussehen ließ wie eine Fliege – schaute ab und an zu ihm hinüber.

Er ignorierte sie. Hoffte, dass er sich die Feindseligkeit nur einbildete.

Es dauerte tatsächlich nicht lange, bis Miriam wieder zurückkam. Sie war in Begleitung eines blonden Mädchens in einem rosa Kleid mit weißen Schleifen. Die beiden kicherten, als sie näherkamen und Timothy atmete erleichtert auf. Offenbar war es besser gelaufen als er gedacht hatte.

„Daddy, das ist Sophie", stellte Miriam ihre Klassenkameradin vor. „Sie sitzt neben mir und wir ..."

„Sophie!" Die Frau mit der Schmeißfliegenoptik klang beinahe hysterisch. „Komm bitte!" Während sie beobachtete, wie ihre Tochter mit entschuldigendem Lächeln Folge leistete, beugte sich die Hutträgerin zu ihrer Freundin und flüsterte deutlich hörbar: „Hast du den nicht erkannt? Das ist dieser Anwalt! Der Mann von der Besoffenen, die im April den kleinen Jungen im West End überfahren hat."

Timothy trafen die Worte bis ins Mark. Aber nicht so sehr wie Miriams Anblick.

Seine Tochter zog die Schultern hoch, versuchte, sich klein zu machen, zu verschwinden.

Für einige Sekunden erlaubte sich Timothy die Wut, das brennende Gefühl, das wie eine alles verzehrende Flamme in seiner Mitte zu fauchen begann und dann wie ein tosendes Inferno durch seinen ganzen Körper jagte.

Er hasste sie alle. Die Frau mit dem Hut und ihre Freundin. Michelle. Sich selbst. Am allermeisten sich selbst, denn er hätte es kommen sehen müssen. Wie Szenen aus einem Film sprangen die Bilder in seinen Kopf, nur, um dann flackernd zu verschwinden und durch neue ersetzen zu werden ...

...Er hatte an ihrem vierten Hochzeitstag nicht frei bekommen. Also war Michelle tagsüber mit Miriam im Zoo gewesen und hatte anschließend zusammen mit ihr gekocht, damit

Daddy etwas Leckeres zu essen bekam, wenn er nach dem anstrengenden Tag in der Kanzlei nach Hause kam. Wieder einmal hatte er Überstunden geschoben. Als er endlich abgekämpft sein Heim betrat, sah die Küche aus wie ein Schlachtfeld und seine Tochter schlief bereits.

Michelle stand inmitten des Chaos, lächelte ihn an und reichte ihm ein Glas Weißwein. „Sie wollte warten, bis du kommst, aber sie hat es nicht geschafft. Du musst ihr morgen unbedingt sagen, wie dir der Nachtisch geschmeckt hat. Den hat sie selbst gemacht." ...

... An Miriams fünftem Geburtstag hatte er es geschafft, sich früher freizumachen. Er hatte die beiden überraschen wollen, doch als er die Tür aufschloss, war das Haus wie verlassen. Lautes Lachen und vergnügte Rufe führten ihn in den Garten, wo die beiden im Pool planschten.

Miriam war außer sich vor Freude, während Michelle zunächst erstaunt wirkte. Sie kam aus dem Pool und räumte eine Flasche Sekt beiseite, die bereits leer war. Offenbar hatte die Party ohne ihn begonnen ...

... Letztes Jahr an Weihnachten hatten sie gemeinsam die Gans zubereitet und dazu eine Rotweinsauce und Knödel gekocht. Michelle war großzügig mit dem Alkohol umgegangen. „Hey, hey!", hatte er sie gebremst und ihr die Flasche aus der Hand genommen. „Miri soll auch was von der Sauce essen können, oder?"

Michelle hatte gelacht. „Das verkocht doch. Ist schon nicht so schlimm. Sie trinkt das Zeug ja nicht wie Traubensaft."

Das Essen war schön gewesen. Ein gemütlicher Abend, an dem sie beisammengesessen und viel geredet und gelacht hatten. Michelle war öfter draußen gewesen. Mal, um nach dem Dessert

zu schauen. Mal auf Toilette. Und mal, weil sie geglaubt hatte,
ein Geräusch zu hören.

Am nächsten Morgen war die Rotweinflasche leer gewesen.
Timothy hatte nicht schweigen wollen. „Sag mal, hast du ges-
tern den Wein ausgetrunken?", hatte er beiläufig gefragt, wäh-
rend er die Flasche weggeräumt hatte.

Michelle, die gerade Cornflakes für Miri in eine Schüssel
füllte, hatte ihn mit verärgerter Miene angesehen. „Wieso sollte
ich? Sie ist mir umgekippt."

„Hast du mir gar nicht erzählt."

„Ich erzähle dir auch nicht, wenn ich scheißen war." Damit
war sie aus der Küche gerauscht ...

Es war schleichend schlimmer geworden und er hatte
es nicht gesehen. Hatte es nicht sehen, sondern lieber in
seiner Blase des Glücks verweilen wollen.

„Daddy?" Das ängstliche Flüstern seiner Tochter riss
ihn aus seinen Gedanken. „Fahren wir jetzt zu Mummy?"

„Ja." Seine Stimmt brach und er räusperte sich. „Ja, das
habe ich dir doch versprochen."

„Glaubst du, sie hat mich noch lieb?"

Tim schloss die Augen, kämpfte gegen die aufsteigen-
den Tränen, gegen den Kloß in seinem Hals und gegen die
hilflose Ohnmacht, die er empfand.

Seit Michelle im Rausch den kleinen Owen totgefahren
hatte und dafür verurteilt worden war, hatte Miri ihre
Mama nicht mehr gesehen. Heute durfte sie mitkommen,
wenn er sie besuchte. Das erste Mal.

Seit einer Woche trug seine Tochter sich mit Hoffnung
und Angst. Mit Aufregung und Abneigung.

Es war an ihm, ihr zu helfen. Sanft strich er ihr über das
Haar und lächelte sie ermutigend an. „Mummy wird dich

immer lieben, Kleines. Egal, wo du bist. Egal, wo sie ist und egal, wie viele Meilen zwischen euch liegen. Sie liebt dich mehr als alles andere auf der Welt."

„Granpa sagt, dass sie den Alkohol lieber hat als uns."

Und wieder kämpfte Timothy die Wut nieder. Wieder war er für Miriam stärker als er je gedacht hatte, sein zu können. „Mummy ist krank, Schatz. Alkoholsucht ist eine Krankheit. Niemand sucht sich das aus. Niemand wird freiwillig abhängig von so etwas. Dort, wo deine Mum jetzt ist, lernt sie, wieder ohne Alkohol zu leben. Und glaube mir: Sie hat längst bemerkt, dass du so viel wichtiger bist."

Zu spät. Aber das würde Miri jetzt nicht weiterhelfen. Wenn Michelle rauskam, würde ihre Tochter erwachsen sein. Mit etwas Glück würde sie ihr verzeihen. Bis dahin würde Tim alles tun, um seine Familie irgendwie zusammenzuhalten.

„Was ist mir dir, Daddy? Liebst du Mummy noch?"

„Immer!"

Er konnte die Frau, die ein Kind überfahren hatte, nicht so sehr hassen, wie sie sich selbst hasste.

Er war wütend. Ohnmächtig. Bestürzt. Beschämt.

Aber er war auch nicht unschuldig. Er hatte weggesehen, als der Alkoholismus Michelle langsam aufgefressen hatte.

Trotzdem würde er sie immer lieben. Die Frau, die hinter der Sucht so oft hervorgeblitzt war, die ihn zum Lachen brachte, die so voller Liebe steckte. Die Frau, die immer versuchte, es allen anderen recht zu machen und dabei selbst viel zu kurz kam. Die Frau, die unter all der

Starke so schutzbedürftig war und die so viel falsch gemacht hatte und so vieles bereute.

Timothy würde versuchen, seine Familie zusammenzuhalten, auch, wenn das Glück, das er gewonnen hatte, so
schnell zerronnen war. Er würde versuchen, es wieder zu
finden.

BRÜDER FÜR HIMMEL UND HÖLLE

(REBECCA HEYN)

Heute.

Tom strich sich nervös über seinen farblosen Overall, der an ein verwaschenes Grau erinnerte. Ein grimmiger Wachmann und nur noch wenige Türen trennten ihn von dem Besucherraum. Einen Raum, der Trost spenden sollte. Zum ersten Mal seit er in das Montana State Gefängnis eingesperrt wurde, empfang er Besuch und er hoffte inständig, dass es sich um seine Frau Debby handelte. Seit dem Gerichtsverfahren hatte er nichts mehr von ihr gehört und er machte sich große Sorgen. Glaubte sie nicht an seine Unschuld? Dass alles bloß ein großer Fehler war? Zwischen den Dieben, Mördern und Betrügern passte er nicht hinein. Er konnte verstehen, dass das Gefängnis im Nirgendwo lag und es eine lange Autofahrt von Billings war, aber sie war verdammt nochmal seine Frau. Sie war seine Seelengefährtin und sie musste bei ihm bleiben. Wie in guten so in schlechten Zeiten.

Ein surrendes Geräusch war zu hören und die wenigen Minuten, die sich wie Stunden anfühlten, wartete Tom gebannt, dass die letzte Tür geöffnet wurde. Ein Blick über seine Schulter zeigte ihm, dass es den anderen Insassen ähnlich ging. Jedoch nahm der Wachmann keine Notiz davon und fuhr mit seiner lähmenden Routine fort. Warten. Aufmachen. Schließen. Nächste Tür. Warten. Aufmachen. Schließen. Warten. Dieses ewige Warten, das Tom von Debby fernhielt. Das letzte surrende Geräusch war wie ein Segen in seinen Ohren und voller Eifer überblickte er den kargen Besucherraum. Mehrere Tische mit jeweils zwei gegenüberstehenden Stühlen waren die einzigen Möbel und sie wirkten wie graue Objekte in einer faden Steinwüste. Die Wände waren in einem dreckigen Gelb gestrichen, an der sich gelangweilte Wachen lehnten. Sieben Tische waren belegt und die ersten Gefangenen liefen bereits zielstrebig zu ihren Verwandten oder Freunden.

Tom suchte nach dem blonden Kurzhaarschnitt seiner Frau, konnte ihn jedoch nicht entdecken. Sie war nicht hier. Sie wollte ihn nicht besuchen. Er biss sich auf die Lippe, um einen gequälten Aufschrei zu unterdrücken. Wieso tat sie ihm das an? Verunsichert blickte er sich um und erkannte, dass nur noch ein besetzter Tisch auf seinen Gesprächspartner wartete. Ein einsamer Hinterkopf hinten rechts in der Ecke. Wer war das? Es war definitiv eine Frau. Das konnte er an ihren glänzenden Haaren und dem dezenten Kostüm erkennen. Sie hatte das eine Bein über das andere geschlagen und je näher Tom kam, desto mehr stach ihn der Pfennigabsatz ins Auge. Etwas, was Debby nie getragen hätte, denn sie fand, dass es ein Unterdrückungsobjekt der Männer war. In seinen Gedanken konnte er sich vorstellen, wie sie vor ihm stand und ihm dazu eine flammende Rede hielt. Er sah ihren entschlossenen Blick in den Augen und die blonden Strähnen, die ihr Gesicht umrahmten wie der Hauch einer Feder. Verdammt! Wie sehr er sie liebte und vermisste. Zögerlich näherte Tom sich der Fremden. Er war nur noch wenige Meter entfernt und er roch den süßlichen Duft ihres Parfüms. Ein Parfüm, das er kannte.

»Gracie?« Er setzte sich ihr gegenüber auf den Platz und starrte sie mit einem freudigen, aber zugleich fragenden Blick an. Der Stuhl knarzte unangenehm von seinem Gewicht und deutete darauf hin, dass er seine besten Tage bereits hinter sich hatte.

»Hallo, Tom«, sagte sie in ihrer vertrauten Stimme.

»Ich hatte dich gar nicht erkannt.«

»Ach das?« Sie zeigte auf ihre Kleidung und die neue Perücke. »Ich dachte, es wäre mal etwas Neues und nun ja, sie haben hier eine Kleiderordnung.« Entschuldigend zuckte sie mit den Schultern.

Tom nickte zögerlich und dachte an ihre schrillen Kostüme, die sie normalerweise trug. Ausgefallene Paillettenkleider und schrille Plateauschuhe, bei denen sich Tom wunderte, wie Gracie in ihnen laufen konnte. Selbst ihre heißgeliebte platinblonde Perücke hatte sie gegen ein unauffälligeres Modell eingetauscht. Ihr Make-Up war heute dezent aufgetragen. Kein auffälliger Glitzer um ihre Augen oder der dazu passende grelle Lippenstift. Nein, es war schlicht, dabei liebte sie die Aufmerksamkeit. Es war immerhin ihr Job.

»Was tust du hier?«

»Dich besuchen. Was sonst?« Ihre künstlichen Wimpern klimperten, als hätte er eine dumme Frage gestellt.

»Aber wieso? Du hast die Nachrichten gesehen, oder?«, fragte er bedrückt und dachte daran, dass alle, die ihn kannten, nun dachten, er wäre diese schreckliche Person. Die Tage bis zu der Gerichtsverhandlung waren die schlimmsten in seinem Leben gewesen. Die Zeitungen schrieben über ihn, als wäre er ein Monster. Ein Mörder. Ein Schänder. Dabei hatte er nichts getan und stets seine

Unschuld beteuert. Aber niemand hatte ihm geglaubt. Selbst sein Anwalt hatte die ganze Zeit davon geredet, dass es aussichtslos wäre und er sich dazu bekennen sollte, denn das würde sich strafmildern auswirken. Aber er wollte sich nicht für etwas bekennen, was er nicht getan hatte. Er war unschuldig.

»Ich weiß, dass du es nicht getan hast.«

Tom konnte nicht verhindern, wie seine Augen feucht wurden. Natürlich glaubte sie ihm. Gracie und er waren die ganze Nacht zusammen gewesen, aber die Polizei interessierte das nicht. Sie wollten einen Schuldigen und fanden ihn in Tom.

Am Abend der Tat.

Tom griff erneut nach seinem Bier, welches langsam von seinem festen Handgriff um das Glas lauwarm schmeckte. Er wusste, dass er sich dadurch den Geschmack verdarb, aber es spielte keine Rolle. Nicht jetzt. Nicht ohne Connor. Auf eine gewisse Weise gab es ihm Halt, denn alles schien unruhig vor ihm hinzuwabern, als befände er sich auf einer Schotterpiste. Dabei saß er an einem der hinteren Tische in einer urigen Bar unweit des Pioneer Parks. Vielleicht lag es aber auch nur an seinem vierten oder fünften Bier. Das Zählen hatte er längst aufgegeben, es war unwichtig. Alles schien so kleinlich und irrelevant.

»Was machst du denn für ein langes Gesicht, Süßer?«

Eine wohlbekannte dunkle Stimme erklang hinter seinem Rücken, die nur Gracie gehören konnte. Ihre Wimpern schlugen wie die Flügel eines Schmetterlings, während sie einen Stuhl zurückzog und gegenüber von Tom

Platz nahm. Wie an jedem Tag trug sie eines ihrer glitzernden Kleider und die platinblonde Perücke, die ihr stark geschminktes Gesicht umrandete wie eine Bonbonverpackung. Vermutlich kam sie gerade von einen ihrer nächtlichen Auftritte.

»Gracie«, murmelte Tom und nahm einen weiteren Schluck von seinem Bier.

Auf Gesellschaft hatte er eigentlich keine Lust, aber er wusste nicht, wie er sie loswerden konnte, also nahm er es einfach hin und hoffte, dass sie bald das Interesse an ihm verlor.

»Was ist denn los? Du machst ein Gesicht wie drei Tage Regen.«

Sie stützte ihre Ellenbogen auf den Tisch und musterte ihn für einen Moment. Ihre weißen Zähne wirkten wie eine Leuchtanzeige in der tiefsten Nacht. Tom fuhr sich unsicher durch die Haare. Auch wenn Gracie etwas eigen war und sie sich hinter einer schrillen Fassade versteckte, so schätzte er ihre offene Art. Schon viele Abende hatten sie zusammengesessen und ein oder zwei Bierchen getrunken und über Gott und die Welt geredet.

»Ist bei dir schon mal jemand gestorben, der dir nahestand?«, fragte Tom leise.

Gracie blickte ihn mitfühlend an.

»Ach, Tom, mein lieber Tom.« Sie legte ihre Hand auf seine und drückte sie sanft.

»Ja, meine zwei Brüder. Aber es ist schon lange her.« Sie seufzte. »Und ich glaube, ich habe damit abgeschlossen. Irgendwie.«

»Das wusste ich nicht«, sagte er bekümmert. »Ich wollte nicht...«

»Ist schon gut«, unterbrach ihn Gracie. »Wir sollten dir lieber helfen.« Sie winkte nach dem glatzköpfigen Wirt und orderte zwei weitere Biere.

»Dir wird es schon bald bessergehen«, trällerte sie und tätschelte seinen Arm.

Schon bald spürte Tom die betäubende Wirkung des Alkohols und der Schmerz wurde dumpfer. Sein Blick war verzerrt und schemenhafte Bilder von einer lachenden Gracie tanzten vor seinen Augen. Er konnte sich nicht mehr an viele Dinge erinnern, nur wie er einmal schwankend seinen Stuhl umwarf, als er zum Klo wollte und wie er mit Gracie Arm in Arm die Bar verlassen hatte. Die wolkenlose Nacht vermischte sich mit hupenden Autos, grellen Leuchtreklamen und tiefen Bässen eines in der Nähe liegenden Nachtclubs. Aber dann wurde es schwarz. Bis er Connors Gesicht über sich sah. Er sagte ihm etwas, aber Tom verstand es nicht. Als hätte sich eine schwarze Masse auf seine Ohren gelegt. Er wollte nach ihm rufen, nach ihm greifen. Aber alles fühlte sich taub an, als gehorche ihm sein Körper nicht mehr. Dabei war er seinem Bruder doch so nah.

Heute.

Immer mehr Tränen fanden den Weg aus seinen Augen und liefen die Wangen hinunter. Schon so oft hatte Tom im Gefängnis geweint und mittlerweile spielte die Scham, die er zunächst empfunden hatte, keine Rolle mehr. Sollten sie doch denken, was sie wollten. Nach dem Tod seines Bruders und der Verhaftung war alles belanglos.

»Aber Tom. Wir fangen doch hier nicht an zu weinen«, sagte Gracie mit einem aufmunternden Lächeln. »Das tun doch nur kleine Jungs. Oder bist du ein Baby?«

»Was?« Er erstarrte. Hatte sie das tatsächlich gesagt?

Ihr erst liebenswürdiges Lächeln glich nun dem eines Haifisches. »Ach Tom. Jetzt schau doch nicht so, es waren doch immerhin einmal deine Worte gewesen.«

»Meine Worte?« Wovon sprach Gracie?

Er wippte unruhig auf den Stuhl hin und her und blickte zu ihr. Gracie leckte sich genüsslich über die Lippen. Ihre Augen funkelten und er fühlte sich von Mal zu Mal unbehaglicher.

»Ich verstehe nicht.« Er hatte gehofft, dass Gracie ihn aufmunternd könnte, aber je länger sie redeten, desto unheimlicher schien sie ihm und er wollte am liebsten gehen und das Gespräch beenden. Aber die Gesprächszeiten waren genau vorgegeben und niemand durfte vorher den Raum verlassen. Zögerlich sah er zu einem der Wachmänner, der mit seinem Schlüssel spielte und langsam durch die Reihen schlenderte. Er wirkte desinteressiert. Dabei lauschte er den vielen Familiendramen vermutlich nur allzu gerne.

»Sag nicht, du erinnerst dich nicht. Rebredrevleips.« Gracies Augenbrauen wippten, als genösse sie jede Silbe.

»Spielverderber«, murmelte er leise und kleine Schweißperlen zierten seine Stirn. Wie konnte Gracie von ihrem Spiel wissen? Etwas, was nur Brüder in ihren kindlichen Jahren teilten, um ihre Mutter in den Wahnsinn zu treiben. Sie holte ein weißes Tuch aus ihrer Tasche und rieb sich damit über die Stirn. Die vielen Schichten von

Make-Up lösten sich langsam und hinterließen eine bleiche Haut.

»Was tust du?«, fragte Tom mit fragendem Gesicht.

»Schau genau hin«, entgegnete sie und zeigte ihre ungeschminkte Stirn.

Das grelle Licht ließ sie fettig und weiß aber doch makellos erscheinen. Bis auf... Konnte das sein? Eine lange Narbe prangte oben an ihrer Schläfe und endete in ihrer brünetten Perücke.

»Was willst du mir damit sagen?«

Toms Hände wurden nass und ein ungutes Gefühl machte sich in seiner Magengrube breit. Wollte sie damit andeuten, dass sie...?

»Ach, Tom. Du warst von uns nie der Schlaue gewesen.« Sie schnalzte missbilligend mit der Zunge. »Das war wohl eher Connor.«

Langsam dämmerte es ihm und er wollte sich am liebsten übergehen, aber doch blieb das wenige Essen in seiner Speiseröhre stecken und ein ekliger Geschmack blieb in seinem Mund.

»Arlo?«, japste er.

Vor drei Wochen.

Tom war müde. Seit einer Ewigkeit dauerte das Verhör nun an und sein Anwalt hatte sich noch nicht blicken lassen. Auch wenn es ihm rechtlich zustand, so schien es die Beamten nicht weiter zu interessieren. Vor allem Detective Garcia hatte es auf ihn abgesehen und bombardierte ihn pausenlos mit Fragen und bösen Blicken, als wäre er der Sohn Satans. Dabei hatte Tom bis jetzt noch nicht verstanden, warum er hier überhaupt saß. Wie es dazu überhaupt kommen konnte. Er stöhnte leise, als Garcia ihn erneut ins Kreuzverhör nahm.

»Also, Mr. Davis. Wo waren Sie am 27. Mai?«

»Das habe ich Ihnen doch schon gesagt.«

Garcia lachte, als hätte er einen Witz gemacht. »Wissen Sie, es ist ja nicht so, als hätten Sie einen Zwilling, der die Tat begehen könnte.«

»Das ist nicht witzig!«, brüllte Tom.

Er verlor langsam die Geduld. Es war, als wollte der Detective ihn nicht verstehen oder ihm passte die Geschichte nicht, die er ihm erzählte. Unruhig schielte er zu Detective Moore, die sich nun zu Garcia gelehnt hatte und ihm etwas ins Ohr flüsterte. Auch wenn es Tom nicht genau verstand, so war er sich sicher, dass sie sagte, sein Zwillingsbruder wäre erst vor kurzem bei einem Autounfall verunglückt. Für einen kurzen Moment hielt Garcia inne, als überlegte er tatsächlich, ob er mit dem Angeklagten sanfter umgehen würde. Aber Tom hatte sich getäuscht. Wie ein feuriger Drache schlug Garcia auf den Tisch und eine Röte schmückte sein Gesicht. Tom zuckte vom Geräusch zusammen und blickte mit aufgerissenen Augen zu ihm.

»Verdammt, Mr. Davis. Warum haben Sie es getan? Sind Sie ein Pädophiler? Törnen Sie kleine Jungs an? Können Sie von ihnen nicht genug bekommen?«

Tom machte den Mund auf, brachte aber kein Wort heraus. Viel zu sehr hatten ihn diese Anschuldigungen überrannt wie eine Herde Elefanten. Es machte ihn wütend und am liebsten wäre er aufgesprungen und hätte Garcia mit der Faust ins Gesicht geschlagen. Der Detective ging eindeutig zu weit. Wie konnte er so etwas behaupten?

Tom war kein Pädophiler. Er war nie einem Kind auf eine solche abartige Weise zu nahegekommen.

»Hören Sie, Mr. Davis. Wir haben diverse Beweise, die Sie mit dieser Tat in Verbindung bringen. Sie haben Angel Perez ermordet. Die Sache ist glasklar und sie brauchen es nicht zu leugnen. Warum meinen Sie, konnten wir Sie sonst bereits festnehmen, mhh? Die Beweislage spricht gegen Sie.«

»Ich muss gar nichts sagen«, sagte Tom barsch. »Außerdem wo bleibt mein Anwalt?«

»Der kommt, wann er halt kommt.« Garcia lächelte hämisch und fuhr sich durch sein schwarzes Haar. »Nun gut, vielleicht hilft es, wenn wir Ihnen ein paar Gedächtnisstützen geben.« Er blickte zu Moore, die nun nickte und mehrere Fotos auf den Tisch legte.

Tom stockte der Atem, als er einen nackten Jungen auf den Bildern erkannte. Er sah beinahe aus, als würde er schlafen. Nur die blutige Wunde ließ erkennen, dass der Junge nicht schlummerte, sondern eiskalt ermordet wurden war. Dunkles Blut hatte sich wie ein Heiligenschein um seinen Kopf gebildet. Es war schon etwas makaber, dass seine Eltern ihm den Namen Angel gegeben hatten. *Der Engel.* Fast so, als hätten sie sein Schicksal damit heraufbeschwört. Und ihn sollte Tom getötet haben? Er schüttelte den Kopf und senkte seinen Blick. Nein, zu so etwas wäre er nie in der Lage gewesen. Nie und nimmer hätte er eine solche abscheuliche Tat begehen können. Die Bilder brannten sich in seine Netzhaut und er musste sich davon abwenden. Doch etwas war seltsam. Woher kam das viele Wasser, welches neben der Leiche zu sehen war?

»Mr. Davis, ich warte«, sagte Garcia und trommelte mit seinen Zeigefingern auf den Tisch.

»Ich...« Tom stoppte.

Hatte es überhaupt einen Zweck sich zu rechtfertigen? Garcia war davon überzeugt, dass er diesen Mord begangen hatte. Hatte er überhaupt eine Chance?

»Nun gut, dann sage ich Ihnen, was passiert ist. Laut seiner Mutter hatte Angel Perez an der Schule bis 17 Uhr Basketballtraining, danach geht er über die Grand Avenue nach Hause. Nur kam er nie Zuhause an. Und da kommen Sie ins Spiel.«

Der Detective machte eine kurze Pause, als wollte er die Spannung aufbauen, dabei konnte sich Tom ganz genau vorstellen, was jetzt kam.

»Sie haben Angel Perez auf dem Nachhauseweg aufgelauert, ihn mitgenommen und in den Pioneer Park verschleppt. Dort haben Sie Ihre grausame Tat begangen. Sie haben sich an den Jungen vergangen, ihn gewürgt und ihn schließlich tödlich mit einem Stein am Kopf verletzt. Wussten Sie, dass er noch nicht sofort tot war? Er ist langsam verblutet.«

Garcia sprang vom Stuhl auf und ging auf Tom los. Er schüttelte ihn an den Schultern und Tom fühlte sich machtlos. Er knallte mit dem Kopf gegen die kalte Betonwand, aber noch immer bohrten sich die breiten Hände des Detectives in seine Schultern und hinterließen ein Brennen auf seiner Haut.

»Er hätte nicht sterben müssen, Sie verdammtes Arschloch!«, schrie Garcia.

Die Wut war nicht zu überhören und Tom sah die Schweißperlen, die über Garcias gerötete Schläfen liefen.

Sein Gesicht war ihm so nahe, dass er seinen warmen Atem spüren konnte. Der Hass in Garcias braunen Augen vermittelte nur eine Botschaft. *Ich werde dich zur Strecke bringen und niemand wird dich retten.*

»Juan«, sagte Moore und versuchte ihn von Tom wegzuziehen. »Das geht zu weit.«

Garcia ließ von ihm ab, setzte sich wieder auf seinen Stuhl und knetete seine Hände. Reue zeigte er keine und Tom war sich sicher, dass er es sofort wieder tun würde. Die Tür wurde abrupt geöffnet und Tom hoffte, dass es sich um seinen Anwalt handelte, der ihn aus dieser Horrorgeschichte befreien würde. Jedoch war es nur ein junger Polizist. Tom stöhnte innerlich auf. War ja klar. Zögerlich schritt der Mann auf Garcia zu und flüsterte ihm etwas ins Ohr. Garcias Miene verdunkelte sich und Tom ahnte Böses. Was hatten sie herausgefunden? Hatten sie endlich den wahren Täter gefunden? Sein Herz pochte wild in seiner Brust. Konnte diese Neuigkeiten ihm helfen? Er versuchte sich zu beruhigen und holte tief Luft. Der Polizist trat wieder vor die Tür, ohne einen letzten argwöhnischen Blick auf Tom zu werfen.

»So hätte ich Sie nicht eingeschätzt«, fing Garcia an und schüttelte mit dem Kopf. »Solche Zufälle kann es nicht geben. Das heißt, Sie taten es bewusst.«

Tom senkte den Kopf. Es gab kein Entkommen, das Verhör ging weiter. Dabei hatte er es so sehr gehofft. Er wollte, dass es endlich vorbei war. Er wollte endlich aus diesem Alptraum erwachen.

»Schauen Sie mich gefälligst an!«, brüllte Garcia. »Ich will es in Ihren Augen sehen.«

Auch wenn Tom seinem Befehl nicht nachkommen wollte, so blickte er doch auf. Er hatte nichts zu verbergen und das sollte der Detective sehen. Im nächsten Moment wurde die Tür erneut geöffnet und diesmal stand ein verschwitzter dicklicher Mann in einem schlechtsitzenden Anzug in der Tür, der einen erbärmlichen Eindruck machte. Das war wahrscheinlich sein Verteidiger. Garcia öffnete unbeirrt den Mund, als störe ihn ein weiterer Schaulustiger nicht. Wie ein emsiger Fotograf stierte er zu Tom, so als wollte er all seine Regungen in einem Bild einfangen. »Angel war Ihr Sohn, Sie Mistkerl.«

Tom wich alle Farbe aus seinem Gesicht. *Sein* Sohn?

Heute.

»Traurig, dass du es jetzt erst erkannt hast. Wie konntest du nur deinen Bruder vergessen?«

»Aber wie...?«, fragte Tom entgeistert.

»Wie ich überlebt habe?« Arlo lachte hysterisch auf. »Wie ich überlebt habe, nachdem ihr mich in der Pampa zurückgelassen hattet?« Er seufzte und blickte mit einem hämischen Grinsen zu Tom. »Connor hat mich das Gleiche gefragt.«

»Du hast mit Connor geredet? Er wusste es?« Tom fiel aus allen Wolken. Er verstand die Welt nicht mehr. Wie konnte ihm sein Bruder davon nicht erzählen?

»Bist du jetzt betrübt, dass Connor ein Geheimnis vor dir hatte?« Arlo ahmte die Bewegung eines weinenden Kindes nach. »Aber ja, er hat es sogar recht früh herausgefunden. Ihm hat nur mein Plan nicht gefallen.«

»Willst du damit sagen, dass der Autounfall gar kein Unfall war?«

Arlo bleckte seine Zähne. »Jetzt tu doch nicht so, auf eine gewisse Weise hatte er es verdient. Er hat schließlich nichts getan. Er hat einfach nur zugeschaut.«

Tom schluckte. Er wusste, wovon Arlo sprach. Jahrelang hatte er nachts davon Alpträume gehabt. Nassgeschwitzt war er in seinem Bett aufgewacht und sein Herz hatte wie verrückt in seiner Brust gehämmert. Immer wieder spielte sich die Szene in seinem Kopf ab. Er konnte nicht vergessen, was er seinem Bruder damals angetan hatte. Er war dumm und jung gewesen und hätte sich nie erträumen lassen können, dass es so ausarten würde. Doch es ließ sich nicht entschuldigen und er schämte sich dafür. Genau deshalb hatte er es tief in sich vergraben. Auch Connor wollte es vergessen und so sprachen die Brüder nie wieder darüber

Vor drei Wochen.

Toms Anwalt gab leise klagende Geräusche von sich, als er sich durch die Akte las. Mit hochgekrempelten Armen saß er Tom gegenüber und machte dabei einen Gesichtsausdruck, als schaute er einem Tier beim Sterben zu.

»Das heißt?«, fragte Tom zögerlich.

Mr. Kennings antwortete nicht, blätterte lediglich eine weitere Seite um, bis er die Akte schloss und er seinen runden Kopf hob.

»Mr. Davis, wenn ich ehrlich bin, sehe ich keine Chance hier irgendetwas zu reißen. Wissen Sie, was die Polizei alles gegen sie in der Hand hat?«

Tom schüttelte den Kopf, dabei wusste er es ganz genau. Garcia hatte es diverse Male, während des Verhörs heruntergerattert wie ein Maschinengewehr. Er schüttelte nur deshalb den Kopf, da es alles so surreal war. Mr. Kennings seufzte und nahm seine Finger zu Hilfe, um bei der Aufzählung nichts zu vergessen.

»Es gibt eine Videoaufnahme, die zeigt, wie Sie den Jungen in den Park bringen. Mehrere Augenzeugen berichteten von Schreien im Pioneer Park. Einer von ihnen meinte sogar, er hätte nach der Tat mit Ihnen geredet und Sie hatten Blut an ihrer Kleidung. Apropos Blut. Es war Angels Blut. Auch fand man Ihre DNA auf dem nackten Jungen. Zum Glück hat man kein Sperma gefunden.«

»Ich habe das nicht getan!«, schrie Tom aufgebracht und er spürte, wie das Blut in seinen Ohren pochte. Er hatte das Gefühl, dass sein Anwalt ihm gar nicht helfen wollte. Denn auch er war von seiner Schuld überzeugt und die Beweise und Aussagen der Zeugen waren belastend genug. Mr. Kennings ignorierte Toms kleinen Wutausbruch und fuhr fort.

»Und nun die Verbindung zu ihrer damaligen Jugendliebe Brenda Perez. Es gibt Ihnen nun das perfekte Motiv. Sie waren wütend, dass Brenda es Ihnen verschwiegen hat und zudem wollten sie ihre Ehe mit Debby retten. Früher oder später hätte sie es erfahren, dass Sie einen Sohn haben.«

Tom sprang auf, sodass sein Stuhl auf den kalten Betonboden krachte. »Was soll das hier? Ich dachte, Sie sollen mir helfen?«

»Ich zähle lediglich die Fakten auf.« Sein Verteidiger blickte wehmütig zu ihm. »So wie ich es gelernt habe«, murmelte er und Tom stöhnte auf. Das konnte doch nicht wahr sein! Wie lange arbeitete Mr. Kennings überhaupt schon als Anwalt? Für Tom wirkte er wie ein Schuljunge, der gerade das Lesen gelernt hatte.

»Sie haben nur ein Alibi genannt, aber der Zeuge ist nicht glaubwürdig. Zudem waren Sie betrunken«, plapperte er weiter, als handle es sich tatsächlich um eine Klausur und nicht um Toms zukünftiges Leben. Ein Leben, welches er im Gefängnis verbringen durfte.

Heute.

»Wie hast du es angestellt?«, fragte Tom hastig, da ihn eine Panik gepackt hatte, als Arlo von dem Vorfall zu erzählen begann. Er wollte es vergessen, dabei war ihm bewusst, dass er sich der Sache früher oder später stellen musste.

»Ein paar Kabel durchgeschnitten.« Arlo zuckte mit den Schultern, als spräche er über das Mittagessen seiner Katze und hätte nicht mit der Tat das Leben seines Bruders ausgelöscht.

»Und das hier?« Tom deutete mit einer subtilen Geste auf den Besucherraum. »Hast du...?« Er traute sich kaum die Frage zu stellen, die sein Schicksal mehr denn je besiegelte. Den Grund, warum er überhaupt hier saß und nicht mit seiner geliebten Debby zusammen auf der Veranda, während sie die wohltuende Abendsonne genossen.

Arlo lächelte hämisch. »Es war nicht wirklich schwer. Immerhin teilen wir uns das Gesicht und niemand weiß, dass ich noch lebe. Noch nicht mal unsere liebe tote Mutter.«

Er legte seine Hand auf die Brust und blickte zur Decke, als sei er ein gläubiger Christ, dabei war es nur ein Spiel für ihn. »Eine wirkliche dumme Frage, Tom. Ich war doch die ganze Nacht bei dir. Eine kleine Droge und schon konnte ich alles mit dir anstellen. Du saßt quasi in der ersten Reihe bei dem kleinen Spektakel.«

»Ich war dabei, als du ihn getötet hast?« Toms Mageninhalt wollte sich nun endgültig verabschieden und er presste die Hand auf seinen Mund. Ein Wachmann blickte neugierig zu ihm, aber er winkte ab. Mit einem verzerrten Gesichtsausdruck schluckte er es wieder hinunter. Er wollte die Aufmerksamkeit nicht auf sich ziehen. Nicht jetzt. Nicht, wenn Arlo ihm erzählte, welche Rolle er dabei spielte.

»Ich habe ihn nicht getötet«, sagte Arlo trocken. »Das warst du!«

Tom konnte nicht mehr. Er wollte weinen, schreien, herausrennen, aber doch blieb er stumm sitzen und blickte mit schreckgeweiteten Augen zu seinem Bruder. Was war mit seinem Bruder geschehen? Hatte er das zu verschulden? Eine Durchsage ertönte, die mitteilte, dass die Besuchszeit in einer Viertelstunde endete.

»Hast du es gewusst?«, fragte Tom, als er langsam seine Sprache wiederfand. Seine Stimme war kratzig und rau und klang wie nach einem schweren Hustenanfall. »Dass er mein Sohn ist?«

Arlo nickte. »Ich wollte es dir zeigen, wie es ist, wenn es dein eigenes Fleisch und Blut ist. Genauso habe ich mich damals gefühlt.«

»Ein Scheiß hast du! Warum hast du ihn da hineingezogen?« Tom zitterte vor Wut.

»Siehst du es nicht? Kannst du es wirklich nicht erkennen?«

Tom senkte den Kopf. Tränenschleier hatten sich vor seinen Augen gebildet und die Welt um ihm herum zerbrach. Arlo räusperte sich und Tom wusste nun ganz genau, was jetzt kam.

»Erinnerst du dich noch an unseren kleinen Wanderausflug?« *Natürlich tat er das.* »Wir haben unsere Sandwiches gegessen, haben uns gesonnt und dann waren wir schwimmen im See. Aber ihr habt euch dann einen Spaß erlaubt und meine Kleidung versteckt. Ich habe es viel zu spät bemerkt, dabei wollte ich doch einfach nur den Tag mit euch verbringen.«

Arlo schwieg einen Moment, als schwelgte er tatsächlich in Erinnerungen. Als könnte er den würzigen Waldboden riechen und das kühle Wasser des Sees auf der Haut spüren.

»Ich bin euch hinterhergejagt, bis ich nicht mehr konnte. Die Sonne war nicht mehr so stark und ich zitterte am ganzen Leib. Ich war durchgefroren und ihr wart einfach fort. Aber dann seid ihr zurückgekommen und ich war so wütend, dass ich auf euch losgehen wollte. Doch du warst schneller. Du hast mich gewürgt und ich dachte, ich würde sterben.«

Arlo hatte seine Hände zu Fäusten geballt, sodass seine Fingerknöchel weiß hervortraten. Wie zum Schlag bereit lagen sie auf dem Tisch und Tom lief es eiskalt den Rücken herunter. Er wusste, wie das Schauermärchen weiterging. Er wusste es, dabei wollte er es am liebsten vergessen. Es vergraben. Es rückgängig machen. Aber das war nicht möglich.

»Aber dann sah ich meine Chance. Ein handgroßer Stein lag in meiner Hand. Ich wollte dich treffen, mich erlösen, jedoch konnte ich nicht. Du hast ihn mir weggenommen. Ich habe geschrien, als sich die Lungen wieder mit Luft füllten. Geschrien so laut ich konnte. Aber dich hat es aufgeregt. Dann hast du den Stein genommen und mich damit am Kopf getroffen.«

Arlo fuhr sich über die lange Narbe und Tom konnte nicht anders, als seinen Zeigefinger zu beobachten, wie er sanft über die unebene Stelle streichelte, die er seinem Bruder zugefügt hatte.

»Ich spüre bis heute noch den Schmerz und fühle, wie mir das warme Blut herunterläuft. Es war nicht nur der physische Schmerz. Nein, ich habe mich verraten gefühlt. Ich war enttäuscht, dass ihr euch meine Brüder nennen durftet. Dabei war ich doch einer von euch.«

Seine Augen waren glasig und Tom konnte hinter all der Maske aus Wut und Hass eine tiefe Verletzlichkeit sehen. Er fühlte sich ausgegrenzt und verlassen. Tom konnte es ihm nicht verübeln. Innerlich waren sie so verschieden, dabei glichen sie sich wie auf das Haar. Sie waren Brüder und Tom hatte diese Verbindung mit dieser abscheulichen Tat zerrissen.

»Es tut mir so leid«, stammelte er und spürte die warmen Tränen, die seine Wangen hinunterliefen.

»Das ist alles, was du mir zu sagen hast?« Die Verletzlichkeit war aus Arlos Blick gewichen und nur noch die Wut und Enttäuschung war geblieben. »Du bist mein Bruder.«

Ein schrilles Geräusch ertönte und die Wachen deuteten den Gefangenen an, dass sie sich nun verabschieden mussten.

»Weißt du, Tom? Ich habe unseren Bruder in den Himmel gebracht und für dich habe ich *diesen* Ort gewählt. Ich dachte, er passt besser zu dir. Willkommen in der Hölle, Bruderherz.«

Die Stöckelschuhe von Arlo hallten auf dem dunklen Betonboden wider und Tom wusste, dass er dieses Geräusch noch öfter hören würde, denn sein Bruder wollte ihn leiden sehen für das, was er ihm angetan hatte.

Zur selben Zeit.

»Schwelgst du wieder in Erinnerung, Dad?« Alice Moore küsste ihren Vater zur Begrüßung auf die Wange und betrachtete die vielen Stapel alter Zeitungen, die das Leben des ehemaligen Detectives perfekt zusammenfassten, bevor er einen Schlaganfall erlitt und frühzeitig in Pension gehen musste. Fein säuberlich standen die Stapel in mehreren Reihen auf dem Gartentisch. Ein jeweils handgroßer Stein thronte ganz oben wie die Kirsche auf einem Eisbecher. Er nickte zufrieden und streichelte die Zeitung auf seinem Schoß, als wäre es eine Katze.

»Was liest du gerade?«, fragte sie und ließ sich auf einen der Gartenstühle nieder und ließ ihren Blick in den Garten schweifen. Gelbe und orange Hortensien bewegten sich sanft im Wind und ließen es zusammen mit dem kleinen Gartenteich, der plätschernde Geräusche von sich gab, idyllisch wirken. Ihr Vater konnte sich nicht beklagen. Für später konnte sie sich auch so einen ruhigen Ort wie Winifred vorstellen.

»Griffith-Fall. Es war einer, den ich nie gelöst habe.«

»Um was ging es?«, fragte Alice neugierig.

»Um einen vermissten Jungen. Die Brüder hatten zusammen einen kleinen Wanderausflug unternommen. Dabei ist ein Kind verschwunden. Die Mutter hat sich das nicht verziehen. Sie hat ihre anderen beiden Jungs zur Adoption freigegeben. Wenige Jahre danach ist sie verstorben. Es war herzzerreißend, dabei haben wir alles Mögliche unternommen. Aber der Junge war wie vom Erdboden verschluckt.«

Sie konnte sich kaum vorstellen, was die Mutter durchmachen musste. Vor einigen Jahren war sie selbst Mutter geworden und die endlose Liebe zu ihrer kleinen Lisa konnte Berge versetzen.

»Kann ich?« Sie ließ sich die Zeitung reichen.

Bevor sie den Artikel lesen konnte, hatte das kleine Bild ihre gesamte Aufmerksamkeit bekommen. Drei Jungen, die sich bis auf das Haar glichen, strahlten neben einer Frau in die Kamera. Sie wirkten so unschuldig und jung und Alice zog es das Herz zusammen.

»Weißt du noch, wie sie hießen?«, fragte sie, nachdem sie den Artikel überflogen hatten. »Ihre Namen wurden nicht genannt.«

»Natürlich, ich erinnere mich an alle Namen meiner Fälle. Der verschwundene Junge hieß Arlo. Und die Brüder, ich weiß nicht, ob sie ihre Namen behalten haben, aber bei einer späten Adoption werden sie selten geändert, hießen Connor und Tom.«

Ihre Augen weiteten sich. Wie groß konnte der Zufall sein? Sie hatte das Gefühl, als läge vor ihr ein bedeutendes Puzzlestück. Ein Puzzlestück, welches ihren letzten Fall völlig in Frage stellte. Was war damals passiert?

SIMETRA

(ABIGAIL ROOK)

Ines schaut auf das klobige Ding in ihrer Hand. Es ist ein Smartphone, jedoch ein ziemlich altes. Sie kann nicht sagen, was für ein Typ es ist, noch nicht einmal, zu welcher Marke es gehört. Jedenfalls ist es keines der aktuellen Modelle von Apple oder Samsung, so viel ist klar. Es ist ziemlich groß und schwer, hat aber einen recht kleinen Bildschirm und eine eigenartige, dunkel-violette Farbe. Das Telefon sieht benutzt aus, hat allerdings keine sichtbaren Schäden, wie etwa einen gebrochenen Bildschirm oder eine abgeplatzte Ecke. Wieso sollte es also jemand wegschmeißen, wenn es noch zu gebrauchen war - und vor allem, anstatt in den Müll einfach in den Hausflur werfen? Auf ihre Fußmatte!

Sie wollte es da nicht liegen lassen – vor ihrer Tür - und hat es deswegen mit reingenommen und auf ihren Küchentisch gelegt. Dann hat sie abgewartet, ob vielleicht irgendjemand anruft, aber das ist in der letzten halben Stunde nicht passiert. Hätte sie es lieber draußen liegenlassen sollen? *Ach was!*, denkt sie, dann hätte es vielleicht noch jemand mitgenommen, der nicht, wie sie, den rechtmäßigen Besitzer ausfindig machen will.

Der Sperrbildschirm ist auf jeden Fall nicht personalisiert, schlussfolgert sie, nachdem sie den Einschaltknopf an der Seite gedrückt hat und sich der Handybildschirm daraufhin aktivierte. Blautöne, die sich nach oben hin aufhellen, sowie weißliche, eingeschnittene Wellen, die von der Seite kreuzten - so in etwa sieht bei vielen Smartphones die Standardeinstellung aus. *Schade,* denkt sie sich leicht enttäuscht und muss sich aber gleichzeitig eingestehen, dass es ja auch nicht so üblich ist, bereits den Sperrbildschirm mit einem persönlichen Foto zu verschönern, weil es dann jeder andere auch sehen könnte. Sie selbst würde so etwas niemals machen! Hilfreich wäre es aber in diesem speziellen Fall schon gewesen. Vielleicht hätte sie so den Besitzer identifizieren können?

Sollte ich einfach mal versuchen, das Ding zu entsperren?, fragt sie sich, doch etwas neugierig geworden und spürt dabei sogar einen kleinen Anflug von Aufregung in sich aufflammen. Vielleicht gibt es ja gar keinen schwierigen Code zu knacken? Könnte ja sein, dass der Besitzer den Standardcode 0000 oder 1234 benutzt. Das wäre ihrer Meinung nach zwar sehr unvorsichtig, aber wenn jemand schon fahrlässig genug gewesen ist, das Telefon im Hausflur zu verlieren, dann legt derjenige möglicherweise auch nicht so viel Wert auf die Sicherheit seiner Daten im Allgemeinen. Jeder Jeck ist ann'ers – wie ihre Mutter gesagt hätte. Nichts ist unmöglich.

Sie wischt mit dem Finger einmal über das Display – und die Bildschirmsperre öffnet sich. *Das war ja fast schon zu einfach,* denkt sie verblüfft und sogar leicht amüsiert, doch im nächsten Moment verwandelt sich ihre Freude in Enttäuschung, denn auf dem Startbildschirm ist keine einzige App zu sehen. Nichts, womit sie etwas anfangen kann. Nicht einmal das Hintergrundbild hat sich geändert. Sie wischt nach rechts, dann nach links – und es passiert: nichts.

Verärgert schaltet Ines das Handy wieder aus und legt es zurück auf den Tisch. Sie hat sich definitiv umsonst Gedanken gemacht – reine Zeitverschwendung! Wer auch immer sich hier mit ihr einen Scherz erlaubt hat – er hat es geschafft, sie eine halbe Stunde lang mit diesem Streich zu beschäftigen. Vermutlich war es einer der jungen Nachbartypen. Das geistige Niveau der Bewohner dieses Studentenwohnheims erinnert doch eher an eine Jugendherberge! Ines ist schon Ende zwanzig und kann mit den Bübchen einfach nicht viel anfangen.

Sie lehnt sich zurück und lässt den Blick kurz über den Stapel Zeitungen auf dem Tisch schweifen. Was das gedruckte Wort angeht, ist sie eine ziemlich altmodische Person. Sie braucht das Gefühl, etwas in der Hand zu halten. Etwas, das raschelt und knistert. Ihr Telefon nutzt sie nur zum Telefonieren. Dafür sind die Dinger doch da, oder etwa nicht? Deswegen reicht ihr auch ihr altes Klapphandy vollkommen aus. Sicher kann sogar ein Billig-Smartphone tausend Dinge mehr als das Nokia, weil man mit diesen Apparaten online gehen kann, aber wozu? Für Internetrecherchen hat sie ja immer noch ihren Computer. Und mit ihrem Nokia könnte sie sogar SMS verschicken, oder ein paar pixelige Fotos machen. *Könnte* - aber wem sollte sie auch Bilder oder Nachrichten schicken? Sie meidet Fremde und Freunde hat sie keine. Die einzige Person, die ihr nahestand, war ihre Mutter gewesen, die jetzt schon viele Jahre tot ist. Ines ist aber kein eigenbrötlerischer Sonderling. Sie will wissen, wie das Leben da draußen so ist. Was Nachrichten angeht, die sie tatsächlich interessieren, ist das Internet meist aber nicht viel schlauer als ihre Tageszeitung. Die Zeitung weiß doch am besten, was los ist, findet sie. Zwei junge Frauen sind in den letzten Monaten in der Gegend verschwunden. Überschwemmungen bedrohen die Dörfer an der Elbe, wie eigentlich jedes Jahr. Die Bäckerei im Dorf ist pleitegegangen. Das hat sie alles im Lokalteil gelesen.

Auf einmal vibriert das Handy auf dem Tisch, gefolgt von kurzen, melodisch aneinander gereihten Piep-Geräuschen. Ines' Herz klopft viel heftiger, als sie es sich selber eingesteht. Sie zögert. Das könnte alles Teil des Streichs sein - vermutlich ist es das sogar! Aber vielleicht ist es doch kein Scherz und der Besitzer ruft gerade an, um das Handy zu orten? Ihre Neugierde gewinnt die Oberhand. Sie nimmt das Gerät auf und öffnet den Startbildschirm. Wenn es ein Streich ist, dann werden die sie kennenlernen! Sie wird diesen Idioten mal richtig die Meinung sagen – verziehen sollen die sich und lieber für ihre Prüfungen lernen! Na gut, sie wird vermutlich nichts von dem tun. Ines vermeidet Konfrontationen. Den Kontakt mit ihren Mitbewohnern hat sie auf das absolute Minimum begrenzt. Aber ärgern darf sie sich doch wohl! Bestimmt war es dieser Peter Fährmann aus der Wohnung über ihr, der den ganzen Tag nichts Besseres zu tun zu haben scheint, als laut Pop-Musik zu hören und nachts besoffen mit seinen Kumpels durchs Haus zu grölen. Merkwürdigerweise scheint das aber die anderen Hausbewohner nicht zu stören.

Auf dem Bildschirm sieht Ines jetzt ein neues Symbol, darunter das Wort *Chats*. Eine App, um sich mit anderen zu unterhalten - ziemlich eindeutig, eigentlich, denkt sie. Über dem nichtssagenden, blauen Icon blinkt eine rot eingerahmte Eins. Da ist wohl eine Nachricht eingegangen.

Nur, weshalb sieht sie diese Chat-App auf dem Startbildschirm erst jetzt?

Sie tippt auf das App-Symbol. Ein neues Fenster öffnet sich mit der Überschrift "Chats", darunter findet sich aber nur ein einziger Eintrag: "Simetra". Sie überlegt kurz, ob sie diesen Begriff schon einmal gehört hat, ist sich aber schnell sicher, dass er ihr gar nichts sagt. Entweder ist es ein seltsamer Name für ein Ding oder eine Art Spitzname einer Person.

Ines öffnet den Chatverlauf. Er ist fast leer, bis auf eine einzige Nachricht:

»Angekommen«

Das Eigenartige ist nur, dass es so aussieht, als sei die Nachricht von diesem Handy aus verschickt worden, denn vor dem Textblock steht ein "Du" und das kleine Pfeilsymbol daneben zeigt nach rechts - *ausgehend*. Abgeschickt wurde der Text exakt vor einer Minute. *Was soll das denn jetzt? Gibt es dafür auch eine besondere Einstellung, oder sowas - "Autotext" vielleicht, so wie man auch eine "Auto-Response" festlegen kann, wenn man E-mails nicht beantworten will?*, fragt sie sich verdutzt.

In diesem Moment schreibt Simetra, was Ines an einem sich bewegenden Stift-Icon erkennen kann.

»**Hallo**«, erscheint als Antwort auf die Geisternachricht. Vielleicht war das auch gar keine Reaktion darauf – wer antwortet schon mit *Hallo*? Dann, jedoch, folgt:

»**Wo hast du das Handy her?**«

Sofort spürt Ines, wie ihr Gesicht heiß wird und sich die Schamesröte ausbreitet. Sie fühlt sich ertappt – wie ein Ladendieb, der plötzlich die Hand des Securitymanns auf

seiner Schulter spürt. Dann geht ihr jedoch auf, dass Fährmann eigentlich wissen sollte, wo sie es herhat – er hat es
doch selbst dahin gelegt!

»Was soll das?«, schreibt Ines darum zurück.

Simetra antwortet nicht sofort, allerdings zeigt das
Smartphone an, dass sie weiterhin online ist. Dann doch
eine weitere Nachricht:

»Wo hast du es gefunden?«

Ines zögert kurz, antwortet dann aber doch. »Es lag auf
meiner Fußmatte, das weißt du doch, oder?«, antwortet
sie schließlich. »Was ist das hier? So eine Art blöder Witz?
Ist das dein Handy? Wer bist du? Fährmann?«

**»Dort kennst du mich, doch hier kennst du mich
nicht.«**

Nicht Fährmann, definitiv. Oder doch? Spielen wir jetzt
ein Ratespiel? "Wer bin ich", oder so was Dämliches? Eigentlich sollte Ines nicht ihre Zeit damit vertrödeln, mit
irgendeinem Spinner kindische Spielchen zu spielen, aber
inzwischen will sie wissen, was es mit diesem Telefon auf
sich hat.

»Bist du eine Art Promi, oder was?«, fragt sie also.

**»Man kennt mich. Viele kennen mich. Aber nicht hier.
Dort«**

»Wie, „dort"?«

»Dort. Dort kennst du mich.«

»In diesem "dort" würde ich dich kennen, aber hier
nicht?«

»Ja. So, wie du dich selbst kennst.«

Also, jetzt wird es mir zu seltsam, beschließt Ines. Am
liebsten würde sie dieses Spiel hiermit abbrechen, aber sie
bezweifelt, dass das Simetra so einfach akzeptiert. Ines

starrt eine Weile gebannt auf den Bildschirm, dann folgt plötzlich ein neuer Text:

»**Das führt zu nichts. Lassen wir das.**«

Da hast du recht, denkt Ines, spürt aber, wie ihr Interesse erneut erwacht. Vielleicht wird das Gespräch ja wieder etwas rationaler.

»Also muss ich gar nicht erraten, wer du bist?«

»**Nein.**«

»Dann frag ich mich doch, was das hier soll.«

Ines runzelt die Stirn und schüttelt ärgerlich den Kopf.

»Hast du denn nichts Besseres zu tun, als fremde Leute zu nerven?«

Und das Dümmste ist ja, dass ich auch noch freiwillig mitspiele!, denkt sie erbost. Simetra bleibt stumm. Sie antwortet auch die nächsten zwei Minuten nicht, in denen Ines auf den Bildschirm starrt und nicht weiß, was sie jetzt tun soll. »Hallo?«, schreibt Ines noch, doch auch dieses Mal reagiert Simetra nicht, obwohl sie noch immer online zu sein scheint. In diesem Moment öffnet sich ein Fenster, das eine System-Aktualisierung ankündigt. *Na dann eben nicht.*

Ines schaltet das Smartphone auf Standby und legt es zurück auf den Esstisch. Vielleicht meldet sich ja noch jemand, dem es tatsächlich gehören könnte, und wenn nicht – dann ist das auch nicht ihr Problem. Sie beschließt, ein bisschen an die frische Luft zu gehen.

Als sie von ihrem kurzen Spaziergang zurück in ihre Wohnung kommt, findet Ines das Telefon unverändert und offenbar unberührt auf dem Tisch wieder. Insgeheim ist sie darüber enttäuscht, auch wenn sie gar nicht weiß, was sie anderes erwartet hätte – vielleicht, dass sich das alles als großer Irrtum herausstellt und eigentlich gar nichts passiert ist. Dass sie es sich eingebildet hätte. Geträumt. Aber nein, das fremde Telefon liegt noch immer da, diesmal beleuchtet vom künstlichen Licht der Deckenlampe anstelle des Tageslichts, das um diese Uhrzeit nicht mehr durch das Fenster scheint.

Sie überlegt, ob sie es ignorieren und sich stattdessen aufs Sofa legen sollte, doch dann nimmt sie es doch an sich und schaltet es ein. Der Hintergrund hat sich nicht verändert. *Nicht weiter verwunderlich eigentlich*, denkt sie. Allerdings ist nun ein weiteres App-Symbol auf dem Startbildschirm zu sehen. Eine Art Bilder-Galerie. Ines zögert erneut. Sollte sie wirklich durch die privaten Bilder eines fremden Menschen blättern? Ihre innere Stimme warnt sie davor – *sowas tut ein gutes Mädchen nicht.*

Dennoch öffnet sie das Fenster. *Fotos* und *Videos* steht da jetzt geschrieben. Sie klickt auf *Fotos* und eine Slideshow öffnet sich. Die Bilder darin zeigen alle eine junge Frau mit hellbraunem, langem Haar und einem spitzen Mausgesicht. Könnte das die Eigentümerin des Telefons sein? Oder ist das vielleicht diese Simetra? Die Frau ist recht zierlich und dünn, scheint etwa Anfang zwanzig zu sein und zeigt in fast jedem Foto ihr breites Zahnpasta-Lächeln. Ines zieht eine Augenbraue in die Höhe. Sehr selbstverliebt, dieses Mädchen! Vielleicht ist sie auch die Freundin des Handy-Besitzers. Allerdings kommt ihr diese Person keinesfalls bekannt vor. Nur das letzte Bild ist anders. Es scheint eine Aufnahme eines kleinen, menschenleeren Badezimmers zu sein – mit einem Kleiderständer und einer Toilette, als hätte sich jemand aufs Waschbecken gesetzt und ein Foto geschossen. Ines schluckt. Sie kennt das Bad!

Nein, das kann nicht sein! Die Räume sehen doch alle gleich aus, hier im Wohnheim. Das ist nicht meins!

Der Bling einer eingehenden Nachricht lässt Ines hochschrecken, dass sie fast das Handy fallengelassen hätte.

»Da bist du ja wieder.«

Woher weiß sie das? Ines spürt, wie sich ihre Nackenhärchen aufstellen und sie instinktiv hinter sich schaut, in ihre leere Wohnung hinein. Sie hastet zur Couch und setzt sich. Zumindest hat sie so alles besser im Blick, sagt sie sich und gibt dabei gedanklich selbst zu, dass das schon ein bisschen paranoid klingt. Doch sie hat genug schlechte Bücher gelesen, um zu wissen, dass man immer auf der Hut sein sollte.

»Lass mich doch in Ruhe, du Stalker!«, schreibt sie wütend zurück.

»Hast du dir die Galerie angeschaut?«, fragt Simetra, ohne auf ihre Provokation einzugehen.

Erneut spürt Ines die Gänsehaut auf ihrem Armen kribbeln, doch dann kommt ihr der Gedanke, dass das vermutlich alles Teil des Streichs ist. Na gut, dann spiele ich mit und drehe den Spieß um! Jetzt verwirre ich sie einmal!

»Angekommen«, tippt Ines und muss dabei sogar leicht grinsen.

Simetra schreibt...

»Hast du auch die Videos gesehen?«

Verdammt, sie hat ihr Ablenkungsmanöver komplett ignoriert! Ines überlegt. Was soll das mit dem Video jetzt schon wieder bedeuten?

»Mir haben die Bilder schon gereicht. Manche Leute respektieren das Privatleben anderer Menschen!«

»Und, was sagst du dazu?«

Die Frage überrumpelt sie jetzt doch etwas. Sie tippt: »Wozu?«

»Zu den Bildern.«

»Bilder, halt. Wer ist die junge Frau? Gehört ihr das Telefon?«

»Es hat ihr Mal gehört.«

»Und wem gehört es jetzt?«

»Dir«

Was? Diese Unterhaltung wird absurd.

»Und wieso sind dann immer noch ihre Bilder auf dem Handy?«

»Weil du sie nicht gelöscht hast.«

»Das wird mir jetzt zu schräg«, schreibt Ines hastig zurück. »Sorry, das Spielchen hat ja sogar ein bisschen Spaß gemacht, aber jetzt wird es mir zu persönlich.« **»Sieh dir die Videos an.«**

»Ich will aber nicht!«

»Sie beantworten deine Fragen.«

Daraufhin geht Simetra offline. Was für eine Gruselkuh! Falls er/sie/es denn überhaupt tatsächlich eine Frau ist. Davon ist Ines fürs Erste ausgegangen, weil Simetra eher weiblich klingt. Allerdings könnte es auch sein, dass Simetra ein fünfzigjähriger, fettbäuchiger Pädophiler ist. Sie spürt, wie ihr Magen bei diesem Gedanken leicht flau wird. *Ich sollte ja aus seinem Beuteschema herausgewachsen sein, oder?*, beruhigt sie sich, ohne sich dabei tatsächlich zu beruhigen.

Ines schüttelt konsterniert den Kopf, öffnet aber die Galerie erneut. Diesmal klickt sie auf das "Videos" Album. Sie scrollt hindurch und versucht, sich dabei selbst Desinteresse vorzuspielen. Dann klickt sie auf ein Video. Es zeigt einen Typen mit schwarzer Strickjacke, krankhaft blasser Haut und ungekämmten Haaren, wie er versucht, auf sein Skateboard zu springen. Hinter der Kamera hört man das Lachen einer Frau. Irgendwann sieht der Typ diese mit gespielter Verärgerung an und meint, sie solle gefälligst mit dem Filmen aufhören. *Na ja, belanglos,* denkt Ines und klickt auf das Nächste. Jetzt sieht sie die junge Frau, die sie von den Fotos kennt „Hi!" in die Kamera rufen. Ihre Stimme geht im Rattern der vorbeirauschenden Wagen einer Achterbahn unter. Sie sind offenbar in einem Freizeitpark. »Wir sind jetzt angekommen!« »Jaah!«, ruft eine zweite Frau mit dunklen Locken, die ins Bild kommt, einen Arm um sie schlingt und sie zu sich zieht. »Ist ja mega was los hier!«, ruft das Foto-Mädchen und dreht ihre Selfie-Kamera in Richtung einer großen Menschenmenge. »Wie auf einem Open-Air Festival...« »Emmi, mach Schluss. Wir wollen noch zum Flugsimulator!«, wird sie von ihrer Freundin unterbrochen. Emmi erscheint wieder im Bild und haucht mit einem affektierten Schmollmund: »Bis dann!«, was allerdings schon im Gefuchtel ihrer Freundin untergeht, die lachend nach dem Telefon greift, um die Kamera abzuschalten.

Emmi.

Ines weiß, dass es zwecklos ist, und doch versucht sie, irgendwelche Erinnerungen hervorzukramen, die sie mit diesem Namen in Verbindung bringen kann. Er fühlte sich so vertraut an. Doch sie ist sich sicher, diese Frau niemals zuvor gesehen zu haben. Der Name hallt in ihrem Gedächtnis nach, wie die Endlosschleife eines Ohrwurms. *Emmi.*

Ines scrollt weiter durch die Videogalerie, als sie auch schon ans Ende gelangt. Das Vorschaubild des letzten Videos ist deutlich schwärzer als der Rest, der hauptsächlich im Tageslicht aufgenommenen Filme. Es scheint einen dunklen Raum zu zeigen. Ein Schatten ist auf dem Bild zu sehen, allerdings sieht es sehr unscharf aus. Ines klickt das Video an.

Das Kamerabild wackelt, sie hört schnelle Schritte hallen. Darunter gehetzten Atemzüge der Person, die dieses Video aufnimmt. Diese rennt - und schluchzt dabei immer wieder verzweifelt auf. Dann fokussiert der Film kurz auf eine dunkle Gestalt in einem dunklen Raum. Ein Ruck geht durch das Bild. Eine Treppe. Verwackelte Stufen werden für einen Augenblick scharf und verschwimmen dann wieder. Haare fliegen kurz durchs Bild. Dann dreht sich die Kamera der filmenden Person zu. Ines erkennt Emmi trotz ihres verheulten Make-ups und der Dunkelheit sofort. Ein erneuter Ruck geht durch das Bild und das Video endet.

Ines starrt entsetzt auf den Bildschirm - nicht in der Lage, sich zu bewegen. Was war das? Wovor hatte Emmi solche Angst? Am liebsten würde sie das Handy sofort wegwerfen, oder jemand anderem auf die Fußmatte legen. Sie hat Angst vor diesem Ding. *Nein!* Sie will kein Feigling sein!

Sie verlässt die Galerie, als plötzlich eine kurze Vibration durch das Handy zuckt. Ihr Herz setzt für einen kurzen Moment aus. Dann Stille. Sie hält den Atem an und lauscht. *Es hat einfach nur vibriert*, beruhigt sich Ines. Verdammte Panik, sie sollte sich wirklich mal zusammenreißen!

Zögerlich öffnet sie den Chat erneut, fest entschlossen, dieser Simetra ihre Meinung zu sagen und diese Farce ein für alle Mal zu beenden. Dann starrt sie entsetzt auf die unbekannte Nachricht am Ende des Chats. Ein Video, aber es steht ein "Du" davor. Das Handy hat es selbst verschickt, in ihrem Namen! Gerade eben, in dieser Minute. Was zum Teufel? Wie geht das? Es ist ein dunkles Video, wie das von der rennenden Emmi.

Ines schluckt. Ein Knacken ist zu hören. Panisch hebt sie ihren Kopf, ihr Blick jagt durch das Zimmer. Nichts! Es war bestimmt nur das Holz des Türrahmens. *Ich höre schon Gespenster!*

Ein Blick auf das Smartphone bestätigt Ines, dass Simetra noch immer offline ist. Dieses Wissen beruhigt sie aber kaum. Wer diese merkwürdige Person auch immer ist, sie hat es geschafft, ihr angstzumachen. Eine Scheißangst. Vielleicht ist es ja auch gar keine einzelne Person. Vielleicht sind es viele. Vielleicht alle anderen in diesem Wohnheim!

Ines atmet tief durch. Es ist ein Scherz - mehr nicht. Sie muss sich keine Sorgen machen. Gott, sitzt sie hier wirklich in ihrer Wohnung und gruselt sich vor einem alten Smartphone? Das ist doch alles nur ein schlechter Joke, ein Spiel! Reiß dich zusammen, du bist kein Kind mehr! Lass ihnen nicht diesen Triumph!

Mit zittrigem Finger klickt sie auf das Video.

Der Bildschirm bleibt zunächst schwarz. Nur Pixelfehler und Rauschartefakte verraten, dass das Video läuft. Erst nach ein paar Sekunden schwenkt die Kamera und man erkennt den Kopf einer Frau mit langen, hellbraunen

Haaren. Ihr Gesicht ist rot und fleckig, sie wischt sich hastig die Tränen aus den Augen. Ihre Gesichtszüge sind angstverzerrt. Die Kamera wackelt in ihren zitternden Händen. Sie sieht aus, als würde sie etwas sagen wollen, doch sie bringt nichts heraus. Dann holt sie tief Luft. »Es ist hier.« Ihre Stimme klingt hoch und dünn. Eine Störung verzerrt das Bild. Für eine halbe Sekunde wird der Bildschirm schwarz, dann sieht man Emmi wieder, diesmal auf einer Couch sitzend. »Ich bin Emma Weidekind«, sagt diese leise, aber deutlich. Das Bild springt zurück auf die weinende Emma in Nahaufnahme. »Ich kann es spüren«, flüstert sie und hält sich eine Hand vor den Mund, um hinein zu schluchzen. Ines nimmt ein unangenehmes, kribbliges Schwindelgefühl wahr, als hätte sie, auf einem Hochhaus stehend, einen Blick in die Tiefe gewagt. Ein eiskalter Schauer läuft ihr den Rücken hinunter. Im Video atmet Emma zittrig ein. »Es ist hier«, haucht sie. Dann ändert sich die Szeneneinstellung plötzlich und zeigt Emma mit in den Armen vergrabenem Kopf am Tisch kauern - mit bebenden Schultern, geschüttelt von Schluchzern. *Das kann sie nicht selbst aufgenommen haben! Es muss noch jemand anderes im Raum sein!* Ines' Atem stockt. »Lauf weg!«, schreit Emma im nächsten Take. »Es will nur di–«. Dann zerreißt sich die Szenerie in graue Pixel und das Video endet.

Ines spürt die Gänsehaut auf ihren Armen, das Zittern ihres Unterkiefers, doch der Rest ihres Körpers ist wie gelähmt. Sie atmet flach und hastig.

Der Signalton des Handys lässt sie krampfartig zusammenzucken. Systemaktualisierung steht auf dem Bildschirm. Noch zwanzig Sekunden. Noch zehn Sekunden.

Noch fünf Sekunden. Eine Störung zuckt durch das Gerät, das Bild verpixelt sich und im nächsten Moment zeigt der Bildschirm einen Chatverlauf – Simetras Chat.

Aber der Text erscheint ihr so fremd. Das ist nicht das Gespräch, das sie mit dieser Simetra geführt hat! Ihr Blick fliegt über das kurze Gespräch.

»**Hey.**«

»Hi, wer bist du?«

»**Du kannst mich Simetra nennen.**«

»Kennen wir uns?«

»**Dort kennst du mich, doch hier kennst du mich nicht.**«

Die gleiche Masche, die sie auch bei mir durchgezogen hat! Ines' Augen weiten sich vor Entsetzen.

»Was soll der Scheiß? Hat dir Erik meine Nummer gegeben? Sag ihm, er kann mich mal.«

»**Es geht nur um dich.**«

»Sorry, aber ich hab echt keine Zeit für den Mist jetzt.«

»**Nur um dich, Emma Weidekind.**«

Ihr Blick schweift über das Datum des Chats und gefriert sofort. Ihre Hände beginnen so stark zu zittern, dass sie das Telefon kaum noch halten kann. *Elfter Juni 2012.* Vor acht Jahren. "Emma Weidekind", hallt es in ihren Gedanken nach, wie in einer Echokammer.

Die melodischen Piep-Geräusche, die eine neue Nachricht ankündigen, dringen gedämpft zu Ines' Trommelfellen durch. Die Nachricht öffnet sich automatisch.

»**Du hast es gefunden.**«

Ines ringt nach Atem. Es gelingt ihr nicht, ihr Brustkorb schmerzt, als würde sich ein Wurm durch ihre Lunge fressen, auf dem Weg zu ihrem Schädel.

Ich bin Simetra. Dort kennst du mich, doch hier kennst du mich nicht.

Der Handybildschirm flackert. Nein, nicht nur der. Sie hat das Gefühl, das der ganze Raum verschwimmt. Das Licht wird dunkler, dann heller. Es geht kurz aus, dann wieder an. Aus. An. So kurz, dass sie es gar nicht richtig wahrnehmen kann. *Was machst du mit mir? Das sind nicht meine Erinnerungen!*

Ines' Finger fühlen sich taub an, ihre Gelenke steif, als würde sie langsam zu Stein werden, als sie unter großer Anstrengung die kleinen Buchstaben auf dem Handydisplay berührt.

»Was hast du ihr angetan?«

»Frag sie selbst, sie kennt mich hier.«

»Ich versteh nicht! Wer bist du?«

»Ich zeig es dir.«

Ines fühlt sich wie eine Passagierin in einem abstürzenden Flugzeug. Ihre Gedanken wirbeln und tosen. Ein wütender Tornado fegt durch ihren Verstand, saugt ihre letzte Willenskraft heraus. Sie sackt zusammen - liegt gekrümmt auf dem Boden, in einem Raum mit flackerndem Licht und umklammert das Handy mit schweißnasser Hand.

Emma Weidekind. Es findet dich!

»Geh ins Badezimmer.«

»Nein!«, haucht Ines.

»Geh ins Badezimmer und sieh in den Spiegel.«

Ines bleibt liegen, starrt auf das Handydisplay in ihrer Hand. Kann den Text durch den Tränenfilm kaum noch erkennen.

»Sieh in den verdammten Spiegel!«

Langsam kriecht sie in Richtung Bad, schafft es mit letzter Kraft, sich aufzurichten, und öffnet die Tür.

Tu das nicht! Lauf weg! Es will nur dich!

Doch es ist nicht mehr Ines' eigener Willen, der ihren Körper kontrolliert.

Zitternd steht sie im dunklen Badezimmer, das Handy in ihrer rechten Hand haltend, als wäre es eine Waffe. Es ist eine Waffe. Eine Waffe, die auf sie selbst gerichtet ist.

Ihre Füße tragen sie vor den Spiegel, ihr Kopf hebt sich langsam, wie an Fäden geführt. Sie schaut hinein.

Sie steht der Reflexion einer jungen Frau mit sommersprossigem Mausgesicht und hellbraunem, dünnem Haar, das in einem Dutt auf ihrem Hinterkopf steckt, gegenüber.

»Das bin ich nicht!«, flüstert sie.

»NEIN!« Ihr Schrei verhallt zwischen den kalten, weißen Fliesen.

»DAS BIN ICH NICHT!«

DIE EWIGE LIEBE DER GEZEITEN

(JULIA KEMP)

Siehst du Knochen im Wasser, verschwinde von der Reling. Und wenn es nur einer ist. Innerlich wiederhole ich diese Worte wie ein Mantra. Gegen die niemals Ruhenden hast du keine Chance.

»Irgendwie grausam, hm?« Die Wahrscheinlichkeit, dass Via meine Gedanken teilt, liegt bei zweihundert Prozent, Tendenz steigend. »Die armen Toten«, bestätigt sie meine Vermutung und spendet mir gleichzeitig Trost – alleine bin ich nicht.

Der Mond wirft seine Strahlen auf die Wellen, die wie pures Licht auf uns zurollen. »Es ist auch grausam, ein friedliches Volk zum Krieg zu zwingen«, gebe ich zu Bedenken.

Langsam nickt Via. Während sie dem Rauschen des Meeres lauscht, betrachte ich sie, als würde ich sie zum letzten Mal sehen. Was durchaus sein kann, denn wenn Captain Irison einem von uns befiehlt, für den Friedensvertrag beim Meervolk zu bleiben, würden wir ohne getrennt werden, Widerspruch ausgeschlossen.

Das Mondlicht lässt ihre Umrisse strahlen wie die Sonne selbst und ihre Augen tragen die Farben der tiefsten See. Glänzendes Gold fließt über ihren Rücken. Beinahe muss ich mich schlagen, um nicht die Finger in der Engelsmähne meiner Freundin zu vergraben und ihren Geruch in mich aufzusaugen. Für einen Augenblick bin ich geblendet von ihrer überirdischen Schönheit, so wie sie von den leuchtenden Wellen geblendet ist.

Doch dann wird ihre Haut, falls das überhaupt möglich ist, noch blasser. »Skelette«, flüstert sie. Ich sehe sie in diesem Moment. Synchron gehen wir rückwärts. Ich greife nach ihrer Hand, sie drückt meine. Ihre Finger sind kalt, als käme Via vom tiefsten Punkt des Ozeans und hätte noch nie das Licht der Sonne auf ihrer Haut gespürt.

»Ich habe die Zeit mit dir wirklich genossen«, sagt sie völlig ohne Kontext. Hat sie Angst?

Vertraut kommt mir der Gedanke vor, wie ein alter Freund. Vor jeder Trennung hat er mich in eine tödliche Umarmung geschlossen und nicht wieder losgelassen, bis ich Via wieder bei mir hatte. »Es waren die schönsten fünf Jahre meines Lebens. Aber wer sagt, dass sie jetzt enden müssen?«, erwidere ich. Mir fällt nur eine beruhigende Antwort ein, während die Bedrohlichen verspielt durch meinen Kopf jagen. Ich halte meinen Atem an. Meine Gedanken schweifen zu dem Ring, der zu Hause auf uns wartet. Mit einer großen, glänzenden Perle in der Mitte, geschmückt von kleinen Kristallen. Sobald der Einsatz vorbei ist, werde ich Via die Frage aller Fragen stellen.

Via strafft sich und wählt die beruhigende Antwort. Ich stoße langsam die Luft aus. »Niemand.« Seit wir uns kennen, habe ich ihr kein Wort so wenig geglaubt. Sogar ihr ›Ich hasse dich‹ vor unserer ersten Trennung klang ehrlicher. Dabei kann ich nicht so schlimm gewesen sein – zwar auch nicht perfekt, aber immerhin annähernd–, denn in den letzten fünf Jahren hat sich unser Beziehungsstatus etwa so oft geändert wie meine Haarfarbe. Im Moment ist es helles Grün, auch wenn Via meint, dass es nicht zu meiner Hautfarbe passt. Angeblich sehe ich aus wie ein Baum. Ein Baum mit grünen Augen.

»Wir passieren die ersten Posten!«, ruft jemand. Via und ich werfen einander einen Blick zu. Als sie meine Hand loslässt, schmücken fünf halbmondförmige Abdrücke meinen Ballen. Zeitgleich schauen wir nach hinten, wo Captain Nicolas Irison auf das Deck tritt. Er rümpft die Nase, bevor er zu uns kommt. »Sind Sie aufgeregt?« Er trägt ein blütenweißes Hemd, Via und ich Kapuzenpullis.

»Sehr«, gibt Via zu. Ich nicke knapp. Irison mag es nicht, wenn man Gefühle zeigt. Nur bei Via sieht er darüber hinweg. Immer.

Irison sieht sich um. »Wir werden die Skelette in Kürze hinter uns lassen. Ziehen Sie Ihre Anzüge an.« Mit einer kleinen Geste entlässt er uns.

Wir nicken ihm beide kurz zu und verschwinden unter Deck. Die Anzüge sind – bis auf Irisons – direkt unter der Oberfläche links aufgereiht und so ziemlich das einzig Moderne an diesem Schiff. Das Meervolk hat bei seinen Bedingungen für den Frieden festgelegt, dass wir alle fünf Jahre mit exakt diesem Schiff zu ihnen kommen und jegliche Technologie auf dem Land zurücklassen. Es gibt genau fünfzehn Anzüge, von denen momentan einer auf Via reagiert und einer auf mich, die es uns ermöglichen, unter Wasser zu atmen und uns so mit dem Meervolk zu treffen.

Ich pfeffere meinen Pulli zur Seite, wo er genau auf Vias landet.

Diese Bedingungen haben wir damals akzeptiert, weil wir es mussten. In dem Krieg – den *wir* dem Meervolk aufgezwungen hatten – waren in apokalyptischen Ausmaßen

Menschen gestorben, Schiffe gesunken, Inseln verschwunden und Städte von Hurrikans verwüstet worden, bis wir schließlich kapituliert hatten.

Der Anzug schmiegt sich kühl an meine Haut. Ich erschaudere. Dann wandert mein Blick zu Via. Das silberne Schuppenmuster steht ihr fantastisch. Als habe sie nie etwas Anderes getragen, dreht sie sich zu mir um und lächelt.

»Was glaubst du, wen wählen sie aus?«, frage ich Via, während ich nach meinen Handschuhen greife.

»Mich bestimmt nicht«, murmelt sie geistesabwesend, während ich meine Frage beinahe schon wieder vergessen habe. »Ich bin doch nur hier, um gut auszusehen.«

Ich nicke lediglich. »Was glaubst du, wie ist es, fünf Jahre in vollkommener Fremde zu verbringen?« Gleichzeitig fungieren ein Mensch und eine Meerjungfrau als Botschafter bei dem jeweils anderen Volk. Wobei das im Moment nicht ganz stimmt, da der Botschafter des Meervolkes abgetaucht ist und sich vor der Öffentlichkeit verbogen hält. Heute werden Via und ich wohl erfahren, wer es ist.

»Beängstigend«, erwidert Via mit überraschender Entschlossenheit. »Eindrucksvoll, sicher, das auch, aber man fühlt sich fehl am Platz, ausgeschlossen, wie von einer Krankheit befallen, gemieden.« Sie hebt langsam den Kopf und sieht mich unter ihren ellenlangen Wimpern hervor an. Ich drohe, in ihren nachtblauen Augen zu ertrinken und rühre doch keinen Muskel, um etwas daran zu ändern. Eine unendliche, beinahe resignierte Ruhe schwappt zu mir über und bricht sich tausendfach in meinen Gedanken.

Als Irison angerufen hat, um mir mitzuteilen, dass er mich ausgewählt hat, um ihn zum nächsten Treffen zu begleiten, war Via ausgerastet, wie ein brodelnder Vulkan. Das Kristallklare in ihren Augen verschwamm und versperrte mir den Zugang zu ihren Gefühlen. Eine unkontrollierbare Gefahr, hatte sie geschimpft, und mir nicht verraten, wen oder was sie meinte.

Ich hatte mich nicht getraut, ihr zu sagen, wie aufgeregt ich war. Dass ich, ganz ohne höheren Rang, ausgewählt worden war, zeigte doch, wie hohe Chancen ich auf Irisons Posten hatte, oder etwa nicht? Er hatte einmal erzählt, noch den Dritten Weltkrieg miterlebt zu haben, also musste er bald in Ruhestand gehen. Ich hätte vor Stolz platzen können. Aber Vias Reaktion hatte mich dazu gebracht, die Zähne zusammenzubeißen und zu schweigen.

Als der nächste Anruf kam, dieses Mal für sie, war sie ganz still. Die Ruhe selbst, so wie jetzt. Sie schaltete nicht auf laut, ließ mich nicht mithören, verriet mir nicht, was Irison zu ihr gesagt hatte. Sie teilte mir lediglich mit, dass auch sie eingeteilt war. Sie verschloss sich vor mir und ich ließ sie in Frieden. Es war nur eine ihrer Phasen, redete ich mir ein.

Später, nachdem sich die Sonne im zurückgehenden Meer ertränkt hatte, lagen wir zusammengekuschelt im Bett und ich war mir sicher, dass uns nichts, nicht einmal der schlimmste Streit, jemals wieder trennen und kein Sturm auf der Welt Via mehr aufwühlen könnte. »Erzähl mir eine Geschichte. Etwas über die See«, bat sie mich leise. Irisons Anruf schien sie mehr aus der Fassung gebracht zu haben, als sie mir zu zeigen bereit war.

Ich stützte mein Kinn auf meine Hand und sah sie an. Sie hatte die Decke weg von sich geschoben, obwohl es draußen höchstens zehn Grad waren, und sah mich bittend an. »Also gut. Es war einmal, vor langer, langer Zeit – genauer gesagt vor etwa fünf Jahren, kurz bevor wir uns kennenlernten – da kam eine wunderschöne junge Meerjungfrau zu den Menschen, um einen Friedensvertrag zu sichern. Jung und naiv wie sie war, blieb sie nicht lange an der Öffentlichkeit, um ihren diplomatischen Pflichten nachzugehen. Die Meerjungfrau verschwand von der Bildfläche und verzaubert seither unschuldige Männer mit ihrem schrecklichen Sirenengesang.«

»Was Vernünftiges! Du sollst mich ablenken, James!« Ich lachte leise. Via boxte mich in den Arm. Dann drehte sie sich auf den Rücken und starrte an die Decke. »Könntest du mit dieser Meerjungfrau zusammenleben?«

»Keine Ahnung. Wäre wohl eine spontane Entscheidung«, erwiderte ich wahrheitsgemäß. »Und falls sie versuchen würde, mir besagte Entscheidung abzunehmen, wäre die Antwort nein.«

Via nickte nachdenklich. »Dann erzähl mal weiter.« Bei der Erinnerung an diesen Abend muss ich schmunzeln. Via hatte die Geschichte geliebt – und das, obwohl sie nicht einmal gut ausging. Die Meerjungfrau und ihr Geliebter gingen getrennte Wege, da sie einfach zu verschieden waren und ihre Differenzen nicht beilegen konnten. »Wie im echten Leben«, war Vias einziger Kommentar dazu gewesen.

»Alle Mann an Deck!« Irisons Stimme schallt durch das Schiff und zerreißt die Erinnerung wie ein Schuss.

»Wer zuerst oben ist?«, flüstere ich.

Auf Vias Lippen bildet sich ein schelmisches Grinsen.

»Und los!«

Via ist natürlich schneller. »Ich hab dich gewinnen lassen«, flüstere ich ihr ins Ohr, bevor ich mich neben ihr in die Reihe stelle. Sie zwickt mich in die Seite und sieht zu Irison, der vor uns auf und abläuft. Links von mir steht ein Mann – nein, ein Junge, der kaum älter als sechzehn sein kann. Seit wann nehmen wir Kinder mit?

Irison wirft mir einen warnenden Blick zu und so kurz vor dem Ziel nehme ich ihn mir zu Herzen. Wenn ich den Captain jetzt verärgere, könnte er mich aus einer Laune heraus von Via trennen. Irison ist kein sprunghafter Mensch, aber rachsüchtig wie eine Meerjungfrau, oder wie Via. Außerdem kann der Junge durchaus der Botschafter sein – dann stände ich ganz schön dumm da.

»Sie alle haben die Regeln gelesen, nicht wahr? Ich erwarte, dass Sie der Menschheit keine Schande machen. Sollte sich einer von Ihnen nicht an die Vorschriften halten, werde ich Sie höchstpersönlich zur Verantwortung ziehen. Vorausgesetzt, wir überleben Ihren Fehler.« Für einen Moment schweigt er, lässt uns zappeln wie Fische an der Angel. Dann nickt er dem Jungen zu, der sich daraufhin mit übernatürlich anmutender Eleganz über die Reling schwingt.

Nacheinander setzen wir unsere Helme auf und folgen ihm. Mit einem Platschen lande ich im Wasser. Via wird direkt nach mir kommen. Ich schnappe erschrocken nach Luft, als mich die eisigen Wogen mit sich ziehen. »Arschkalt«, murre ich. Schwerfällig, quälend langsam, setze ich mich in Bewegung. Nur weil die Anzüge dafür sorgen, dass wir nicht erfrieren, schwimmen wir hier noch lange nicht in einem Whirlpool.

»Ruhe und Ordnung bewahren«, erwidert Irison durch mein Headset. »Wir nehmen die Formation ein und folgen den Lichtern. Niemand verlässt die Kette.«

Via greift nach meiner Hand und drückt sie aufmunternd. In einer halben Stunde haben wir es hinter uns, scheint sie mir sagen zu wollen. Ihre Augen leuchten freudig, als ein kleiner Fisch unseren Pfad kreuzt. Sie streckt die Hand nach dem kleinen Tier aus, es stupst sie vorsichtig an und schwimmt dann eilig weg.

Wir setzen unseren Weg fort. Der Junge schwimmt mit gleichmäßigen, perfekt ausbalancierten Zügen an der Spitze, Irison mimt das Schlusslicht. Unsere Zeit in absoluter Stille, nur unterbrochen von Atemgeräuschen, kommt mir unendlich lang vor und doch kaum wie ein Wimpernschlag. Ehe sich meine Augen vollständig an die Finsternis gewöhnt haben, halten wir an.

Und vor uns schweben *sie*.

Die Märchen und Sagen untertreiben maßlos, sogar die Erzählungen von Kriegsveteranen werden ihnen nicht gerecht. Plötzlich fühle ich mich klein und unbedeutend diesen wunderschönen, übermächtigen Wesen gegenüber.

Als würde mir Poseidon selber gegenüberstehen, zucke ich zusammen, kaum, dass sich einer von ihnen bewegt. Seine goldene Flosse zuckt so schnell, dass ich es kaum wage, zu blinzeln. Als ich es doch tue, hat er sich innerhalb eines Sekundenbruchteils viel zu weit auf uns zu bewegt. Sein Blick streift mich nur kurz. Ich fange an, zu zittern.

Augenblicklich wird mir klar, warum wir in diesem Krieg kein Land gesehen haben.

Die Ausstrahlung eines Gottes haftet ihm an, als er an mir vorbei schwimmt. Ich kann den Blick nicht von ihm nehmen. Bin ich tot und im Himmel – oder kann etwas so Magisches fester in der Realität verankert sein als jede Geschichte? Meine Wahrnehmung verschwimmt zu einem undurchdringlichen Nebel.

Die nächste Bewegung, die ich registriere, geht von Via aus. Mit schnellen Handgriffen löst sie die Schnallen ihres Helmes. »Via?« Mit einem Zischen entweicht die aufgestaute Luft. »Via!« Panisch greife ich nach ihren Händen. »Was machst du!?« Ich versuche, den Helm wieder auf ihren Kopf zu drücken. Was ist in sie gefahren?

Durch einen Schwall an Luftblasen hindurch schüttelt sie den Kopf. Für einen Moment legt sie ihre Finger an meinen Helm, dann schüttelt sie erneut den Kopf und streift den Anzug in erschreckender Geschwindigkeit ab.

Ich finde keine Zeit mehr, zu reagieren, bevor sie von blendend weißem Licht umhüllt wird. Als es wieder dunkel ist, sehe ich in dem Wesen vor mir nicht mehr nur Via. Das kann nicht Via sein. Das darf nicht Via sein! Ich sehe eine Meerjungfrau, deren helles Haar dem ihren so ähnlich ist, die ihre kobaltblauen Augen trägt. Sie holt tief Luft, als hätte sie seit Jahren nicht mehr geatmet. Aber die Abgesandte der Meermenschen hat doch noch niemanden ausgewählt! Auf meinen Ohren bildet sich Druck auf. Ich fühle es kaum. Wieso Via, wieso meine Via?

Und dann begreife ich endlich.

»Via...«, hauche ich kraftlos. Keiner meiner Muskeln will mir gehorchen. Mein Verstand befiehlt mir, die Flucht zu ergreifen, während mich mein Herz anfleht, zu meiner Freundin zu schwimmen. Es muss eine einfache, logische Erklärung geben. Ich habe nur nicht gehört, wie die Meermenschen ihre Wahl getroffen haben! Oder Via hat sich freiwillig gemeldet. Oder... oder sie hat mich von Anfang an belogen. »Captain, ich muss hier weg.« Meine Stimme klingt seltsam hohl, als ich diese Worte ausspreche. Aber es ist doch die Wahrheit... oder?

»Reißen Sie sich zusammen, James. Sie bleiben hier.«

Panisch suche ich nach Worten. Mein Mund öffnet und schließt sich und ich bleibe stumm. Ich muss hier weg. Via sieht zu mir, ihre finsteren Augen funkeln mich unendlich traurig an. Wie hatte ich jemals die Schönheit des Nachthimmels in ihnen finden können? Ich sehe nichts als dunkle Abgründe, die mich zu verschlingen drohen. »Bitte.« Ich flüstere. Dass Irison mein Flehen mit Ignoranz straft, registriert nur ein winziger, rationaler Teil von mir. Der Rest meines Geistes ist gefangen von Via. Das kann nicht sein. Das ist ein schlechter Scherz! Panisch kneife ich mich in den Arm. Ich muss aufwachen! Der Schmerz dringt nur wie durch eine Wand zu mir hindurch. Eine viel zu dicke Wand aus Enttäuschung und Angst.

Via kommt auf mich zu. Hektisch zuckend will ich zurückweichen. Gegen sie habe ich keine Chance, nicht einmal einen Anflug von Hoffnung auf Flucht. Sie hat mich belogen. Sie hat mich die ganze verdammte Zeit lang belogen! Ihre schmalen Finger legen sich auf das Glas vor meinen Augen. Sie scheint verschwommen, mein Helm ist von innen beschlagen. Ihre Gesichtszüge haben sich in meine Netzhaut eingebrannt, sodass ich wie durch den klarsten Kristall erkenne, dass sie versucht, mir etwas zu sagen. Der Übersetzer knackt und fängt an, seiner Aufgabe nachzugehen. Die Worte dringen nicht zu mir durch. An ihrem Hals sind kleine, parallele Schlitze. Via hat Kiemen! Sie hat mich belogen. Die ganze Zeit hat sie mich belogen!

Hastig drücke ich sie von mir. Ich kann das nicht. Auf einen Schlag haben sich Welten zwischen uns geschoben und Abgründe aufgetan. Könnte ich mit der Meerjungfrau aus meiner Geschichte, mit Via zusammenleben? »Nein«, sage ich tonlos. Ob Via noch versteht, was ich sage? Keine Ahnung.

Aber der Sinn erschließt sich ihr.

Und sie weicht zurück.

Es bricht mir das Herz, ihren verletzten Blick zu sehen. Ihre Lippen soll das Lächeln zieren, das ich wie die Luft zum Atmen brauche. Dennoch mache ich keinen Versuch, sie wieder an mich zu ziehen. Sie hat versucht, mir meine Entscheidung abzunehmen. Sie hat gewusst, wie ich dazu stehe. Sie hat mich belogen und verraten!

Via wirft mir einen langen Blick zu, bevor sie sich umdreht und mit einem einzigen Zucken ihrer schneeweißen Schwanzflosse bei dem Anführer mit den goldenen Schuppen ist. Er gibt einige unverständliche Laute von sich. »Meine geliebte Tochter«, tönt der automatische Übersetzer in meinen Ohren. Tochter! Via ist die Tochter des göttlichen Meermannes. Ich beiße mir auf die Unterlippe, bis ich Blut schmecke.

»Formation einhalten. Die Auswahl beginnt«, verkündet Irison. Mit meinen letzten Kräften straffe ich mich. Das hier ist gleich vorbei und dann kann ich Via vergessen. Kann ich? Ich hoffe es.

Wieder öffnet sich ihr Mund. Der Anführer nickt. Der Übersetzer schlägt nicht an. Er schwimmt vor, hält genau vor Irison inne und sagt etwas. Dazu macht er eine unmissverständliche Geste: Seine Hand deutet direkt auf mich. Mir bleibt die Luft weg. Via, schießt es mir durch den Kopf, es war Via! Mit Berechnung hat sie das getan. Panisch atme ich ein, versuche, meine Lungen zu füllen.

Wem kann ich unmöglich eine Forderung abschlagen? Irison. Wem kann Irison unmöglich eine Forderung abschlagen? Dem Anführer der anwesenden Meermenschen. Und wem kann der wiederum unmöglich einen Wunsch abschlagen? Seiner Tochter. Via.

Wütend sehe ich sie an. Meine Angst ist vergessen. Wenn Irison das wirklich durchzieht, mache ich Via das Leben zur Hölle. Verdammt, ich bringe sie um!

»Er ist psychisch instabil. Wenn Sie erlauben, würde ich darum bitten, jemand anderen auszuwählen. Es wäre ungut für die Beziehung unserer Völker. Sobald wir wieder an Land sind, werden wir ihn in eine geschlossene Anstalt übergeben.« Der Übersetzer arbeitet auf Hochtouren, um Irisons plötzlichen Redeschwall wiederzugeben. Ich sehe ihn dankbar an. Er wirft mir einen Blick zu, der zu sagen scheint: Freuen Sie sich nicht zu früh.

Soll er mich doch in die Klapse stecken, sofern Via nicht da ist.

Wie konnte sie mir das nur antun? Wieso hat sie nichts gesagt? Die Antwort ist ernüchternd logisch. Sie hat geahnt, wie ich reagieren würde und hat mir nicht genug vertraut, meine eigenen Entscheidungen zu treffen.

Der Anführer mustert mich kurz, dann nickt er und deutet auf einen Mann neben Irison. Seine Augen werden groß, aber er stellt sich seinem Schicksal tapfer. Als er sich aus seinem Anzug schält und von einer alten Meerjungfrau am Arm berührt wird, wächst auch ihm eine Flosse, wie Via.

Und dann verschwinden die Meermenschen einfach so und hinterlassen uns nur einen kleinen Strudel, der sich kurz darauf in Nichts auflöst.

»Zurück zum Schiff«, befiehlt Irison kalt und schwimmt voraus. Viel zu langsam kommt wieder Bewegung in meine tauben Muskeln. Mein Herz pocht gleichmäßig und meine Lungen arbeiten wie gewohnt. Und dennoch ist da ein dumpfer Schmerz, genau zwischen den beiden, der mir jeden Atemzug zur Hölle macht.

»Sie haben niemanden mit uns geschickt«, stelle ich fest, als wir wieder auf dem Schiff sind. Der Wind reißt an meinen Haaren. Irison reagiert nicht. Als ich vor ihm unter Deck trete, knallt er die Tür hinter uns zu. Überprüfung der Anzüge. »Captain.«

»Beten Sie, dass Sie nicht an einem zweiten, wahrscheinlich endgültigen Krieg Schuld tragen«, faucht er mich an.

Ich schweige betreten. Vielleicht wäre es besser gewesen, meine Gefühle einfach herunterzuschlucken und mit Via zu gehen. Die fünf Jahre hätte ich schon durchgehalten. Möglicherweise hätte ich Via sogar verzeihen können.

Ich fahre mir durch die Haare. Was habe ich angerichtet?

»James«, flüstert Irison tonlos. Seine Wut ist verpufft. Ich fahre herum.

Im Türrahmen steht Via mit dem Rücken zu uns, die Haare klitschnass. Sie steckt wieder in ihrem Anzug. Zu ihron Füßen der Boden ist von einer Pfütze bedeckt. Langsam dreht auch sie sich um. »Ich dachte, dir hat unsere gemeinsame Zeit gefallen?«, zischt sie. Ihre Stimme ist trügerisch ruhig. Ich sehe die Wut in ihren Augen.

»Du hast mich belogen«, erwidere ich und versuche, meinen Zorn herunterzuschlucken. Hier, auf dem Meer, mit Irison als einzigen Zeugen, habe ich ihr nichts entgegenzusetzen. »Obwohl du wusstest, wie ich dazu stehe.«

Das hätte ich nicht sagen sollen. Ihre Augen leuchten auf und scheinen gleichzeitig alles an Licht zu verschlucken, als sie den Kopf schief legt. »Vielleicht liebst du mich einfach nicht genug?«

Ich schüttele den Kopf. Daran kann es nicht gelegen haben. Plötzlich fühle ich mich so einsam, dass ich in der Empfindung zu ertrinken drohe. Ein leises Krächzen verlässt meinen Mund.

»Dann kannst du zu deiner Liebe stehen!«, keift sie und streckt eine Hand aus. Ich schüttele den Kopf. Vias Gestalt verschwimmt vor meinen Augen. Sie hat mir einst von der ewigen Liebe des Meervolks erzählt.

Scheint, als habe ich meine Freundin unterschätzt.

Als ich ein hölzernes Krachen hinter mir höre, werfe ich mich flach auf das Deck. Abgebrochene Bretter segeln knapp über mich hinweg und schlägt vor mir ein Loch in den Boden. Sofort rappele ich mich wieder auf die Füße und laufe. Via steigt über den Masten hinweg, als läge das Hindernis nicht in ihrem Weg. Irison zieht mich tiefer in den Laderaum. Ihr Blick ist auf mich fixiert.

Ich stolpere. Als ich hinfalle, wird mir die Luft aus den Lungen gepresst. In meine Hand bohrt sich ein Splitter. Keuchend komme ich auf die Knie. Via lässt sich durch nichts aufhalten, nicht einmal durch Irison, der mit gezogener Waffe vor ihr steht. Sie geht weiter auf mich zu.

»He!« Vias Kopf fährt herum. Der Junge und ein weiterer Mann sind uns unter Deck gefolgt. Beide haben ihre Waffen auf Via gerichtet.

Das Schiff gibt ein langes, altersschwaches Ächzen von sich. Plötzlich sind überall Bewegungen. Knochen klammern sich an das Holz. Skelette prügeln auf zuckende Leiber ein. Ein Schuss zerreißt meine Anspannung und ich dränge mich neben Irison in eine Ecke.

Siehst du Knochen im Wasser, geh weg von der Reling.

Der Junge rennt an mir vorbei und springt durch das Loch. Als ich einen Schrei höre, eile ich zur Reling. Die Strömung zieht ihn unter Wasser. Lange steigen Blasen auf.

Dann sehe ich nur noch Wellen.

Gegen die niemals Ruhenden hast du keine Chance.

Als mich jemand an der Schulter herumreißt, reagiere ich wie durch Glas. Via hat ein Kind getötet. Einfach so. Wegen mir. Sie ist es auch, die sich über mich beugt und mich auf das Holz drückt. Zwei Reihen spitzer, weißer Zähne starren mir entgegen. Genüsslich leckt sie sich über die Lippen, während sie auf mich herabsieht.

Ich blicke in die Tiefe ihrer Iriden und verliere mich darin. Als würden tausend Hämmer auf meinen Kopf niedersausen, zerspringt er. Ich schreie auf. Auf meiner Schulter saugt sich ein Tropfen Blut in den Stoff des Anzugs. Mein Ohr pocht dumpf.

Via hält mich fest, als wolle sie mich in eine innige Umarmung ziehen. Ihre Fingernägel bohren sich in meine Oberarme. Im nächsten Moment krache ich gegen die

Wand. Mein Rücken knackt. Mir wird schwarz vor Augen. Sterne tanzen in wildem Reigen durch mein Blickfeld. Sie kommt näher und holt aus, bevor ich auch nur den Kopf drehen kann. Der Schlag presst mir die Luft aus den Lungen. Ich höre ein Knirschen.

»Du gehörst mir«, faucht Via in mein Ohr. Ihre schmalen, eiskalten Finger schließen sich um meinen Schädel, als wolle sie ihn mit bloßen Händen zerdrücken. »Mir!« Ihre Lippen formen sich zu einem tödlichen Kuss.

»Lass ihn los, Via«, höre ich jemanden rufen. Irison. Seine Waffe ist auf Vias Hinterkopf gerichtet.

»Niemals, Sterblicher!«, kreischt sie so schrill, dass ich glaube, mein Trommelfell platzen zu hören.

Ich keuche. Blut tropft auf meine Brust, als ich seitlich weg von ihr robbe und meinen Kopf gegen die Wand sinken lasse. »Drohen Sie ihr«, sage ich und spucke Blut auf die Dielen. »Sie müssen ihr drohen, verdammt!« Ohne Irison habe ich keine Chance, hier rauszukommen. Ich habe ohnehin kaum eine.

»Was glauben Sie, was ich hier tue?«, erwidert er gehetzt. Auch er sieht mitgenommen aus. Aus einem Schnitt an seiner Stirn läuft unaufhörlich Blut, dennoch hält er seine Waffe tapfer auf Via gerichtet, die ihm ins Gesicht starrt. Die beschleunigte Heilung einer Meerjungfrau wird sie auch vor einer Kugel aus Blei im Gehirn retten. Irison könnte genauso gut mit einer Wasserpistole auf sie zielen.

Ich traue mich nicht, nach dem letzten Mann zu sehen. Es ist viel zu still. Nur widerstrebend lasse ich meinen Blick über den Raum schweifen. Weit und breit nichts, womit man einer wütenden Meeresgöttin auf hoher See drohen könnte. Außer...

»Sie müssen… Erschießen Sie… Erschießen Sie mich«, höre ich mich selber röcheln.

Via fährt zu mir herum. Sie bleckt die Zähne und will sich schützend vor mich werfen, uns beide retten.

Irison zieht eine Augenbraue hoch, reagiert aber augenblicklich. Via ist unaufmerksam. Ein Tritt gegen ihre Rippen und sie ist aus dem Weg. Dann ist er bei mir und presst mir den Lauf seiner Waffe unters Kinn. »Runter vom Schiff, Via«, knurrt er. »Du weißt gar nicht, wie gerne ich jetzt abdrücken würde.«

Das Schiff schwankt gefährlich. Eine Kiste rutscht haarscharf an uns vorbei. Ich kann die Nägel zählen, die meine verschwommene Sicht passieren.

Meine … Ex-Freundin faucht. Dann zieht sie auf allen Vieren zurück. »Ich wusste es. Du hast mich nie geliebt.« Ihr Zischen klingt fast schon bedauernd. Sie bleckt die Zähne. Mir läuft eine Schweißperle über die Nase und hängt für einen unendlich langen Sekundenbruchteil in der Luft. Mein Herz stockt. »Erschieß ihn doch, Sterblicher!«

Wassermassen fließen viel zu schnell in den Frachtraum. Ich halte die Luft an. Irison verstärkt den Druck seiner Waffe an meinem Hals.

Aber noch bevor Irisons Hand untergeht, bäumen sich die Wellen auf und verschlingen Via. Das Wasser zieht sich zurück.

Wir sind allein.

Und am Leben.

Und weder die Hoffnung auf einen dauerhaften Frieden mit dem Meervolk, noch unsere Kollegen haben diese Begegnung überlebt.

DER PERÜCKENMACHER

(H.R. KREHL)

Gedämpft prasselte der Regen auf das Dach. Das Donnergrollen klang wie aus weiter Ferne, obwohl das Unwetter direkt über Franks Kopf tobte. Weil es in diesem Zimmer keine Fenster gab, wurden akustische und visuelle Reize weitestgehend ausgesperrt.

Das störte ihn nicht, denn er hatte kein Interesse an seiner Umwelt, noch weniger an seinen Mitmenschen. Nichts fesselte ihn so sehr wie seine Lieblinge.

Lächelnd griff Frank zur Fernbedienung der Stereoanlage und schaltete sie ein. Die sanften Töne klassischer Musik erfüllten den Raum.

Er hatte das Haus seiner Großmutter nach ihrem Tod umgebaut. Vorher war es hell und freundlich gewesen. Jetzt herrschte Dunkelheit. Einige Fenster hatte er zugemauert, andere mit schweren, blickdichten Vorhängen versehen. Keiner durfte ahnen, was er in seinem Domizil versteckt hielt. Keiner durfte von seinen Schätzen erfahren.

Sie gehörten ihm! Er würde nicht erlauben, dass jemand sie ihm wegnahm!

Sie waren so kostbar, dass nicht einmal der Schein der Sonne sie berühren durfte. Die UV-Strahlen schadeten seiner Sammlung, weshalb kein Tageslicht in sein selbst ernanntes Atelier gelangte.

Es war warm in seinem Reich. Mit Wasser gefüllte Schalen, die er auf den Heizkörper gestellt hatte, dienten dazu, die Luft feucht zu halten, um seine Errungenschaften vor Austrocknung zu schützen.

Frank mochte kein grelles, künstliches Licht, deshalb hatte er die Deckenbeleuchtung gedimmt. So saß er im wohltuenden Halbdunkeln vor einem Perückenkopf - das Gesicht nah an dem vollen, braunen Haar.

Der Geruch des Shampoos, mit dem er es gelegentlich wusch, strömte in seine Nase. Er bildete sich sogar ein, dass ihm noch immer der Duft nach Angst und Schweiß anhaftete. Bei dieser Vorstellung breitete sich eine angenehme Wärme in ihm aus. Ein Prickeln, als krabbelten tausend Ameisen auf seiner Haut, durchlief seinen Körper. Das sanfte Glühen wurde zu einer unstillbaren Flamme, die ihn verzehrte, bis er Feuer fing. Das Gefühl der seidig weichen Locken in seinen Händen war berauschend, erfüllte ihn mit purer Glückseligkeit.

Erinnerungen an die Begegnung mit der Frau, die einst die Besitzerin seines Lieblings gewesen war, stiegen vor seinem inneren Auge auf.

Frank verließ das Lebensmittelgeschäft und wandte sich nach rechts. Mit hochgezogenen Schultern bahnte er sich einen Weg durch die Menschenmenge. Die Blicke der Fremden verfolgten ihn, bohrten sich von allen Seiten durch seine Kleidung und brannten auf seiner Haut. Er konnte das abfällige Gerede der Passanten förmlich hören, wusste, dass sie ihn belächelten. Er hatte es eilig, dieser vernichtenden Verachtung zu entkommen. Außerdem sehnte er sich nach seinen Schätzen und wollte so schnell wie möglich zu ihnen zurück. Bei dem Gedanken an seine Kostbarkeiten schlich sich ein versonnenes Lächeln auf seine Lippen.

Plötzlich stieß ihn jemand in den Rücken und er stolperte erschrocken einen Schritt nach vorn. Verärgert schaute er über die Schulter.

„Tschuldigung", murmelte die junge Frau und lief, ohne ihn noch eines weiteren Blicks zu würdigen, an ihm vorbei.

Er nahm ihre Haare wahr, starrte auf sie, wie sie vor ihm wogten. Sie glänzten in der Sonne, waren voll und von einem satten Braun.

Er musste sie seiner Sammlung hinzufügen! Wollte sie besitzen, musste sie für sich allein haben!

Kurz entschlossen folgte er ihr.

Nach einigen Minuten zu Fuß steuerte sie auf die Universität zu, in der sie für mehrere Stunden verschwand.

Frank vertrieb sich die Wartezeit damit, dass er an ihre wunderbaren Locken dachte. Er malte sich aus, wie sie sich anfühlen würden, wie sie riechen mochten. Wusste, dass er in wochenlanger, sorgfältiger Arbeit ein Meisterstück daraus machen würde.

Frank hatte Angst, er könne die Frau verlieren, wenn sie gemeinsam mit dem Studentenstrom aus dem Gebäude käme, doch er entdeckte sie sofort, als sie in Begleitung eines Mannes auf die Straße trat.

Erneut heftete er sich an ihre Fersen. Gebannt beobachtete er jede Bewegung der beiden. Sie lachten viel und tauschten Zärtlichkeiten aus. Zum Glück nahmen sie in ihrer Verliebtheit ihre Umgebung kaum wahr, sodass er unbemerkt blieb.

Sie führten ihn schließlich zu einem Mehrfamilienhaus, von dessen Fassade an einigen Stellen der Putz abbröckelte, das aber ansonsten in einem guten Zustand zu sein schien. Sie blieben davor stehen. Der Kerl wandte sich ihr zu, hob die Hand und strich ihr eine Strähne aus dem Gesicht.

In Frank schrie alles. Sein Magen zog sich schmerzhaft zusammen.

Der Typ besaß die Frechheit mit seinen dreckigen Fingern weiter mit den Locken herumzuspielen.

Frank spürte einen giftigen Stich der Eifersucht. Nur er durfte ihr Haar berühren! Es gehörte ihm!

Wie die Klinge eines glühenden Messers schnitt die Wut in seinen Magen und unbändiger Zorn schoss brennend durch seine Adern. Hilflos ballte er die Hände zu Fäusten. Ein roter Schleier legte sich über seine Augen. Sein Atem ging abgehackt. Am liebsten wollte er auf den Mann losgehen, aber er durfte es nicht. Mühsam beherrschte er sich. Käme es zu einer körperlichen Auseinandersetzung zwischen ihnen, könnte er die Frau nicht mehr unerkannt beschatten.

Das Pärchen verabschiedete sich mit einem langen Kuss voneinander. Sie ging ins Haus, während ihr Freund ihm, zu Franks Erleichterung, den Rücken zukehrte und weiter die Straße entlanglief.

Fürs Erste hatte Frank genug gesehen und brach die Observation ab. Er wollte um keinen Preis auffallen.

Ab diesem Moment fuhr er jeden Morgen schon früh zu ihrem Haus. Er folgte ihr überall hin, studierte ihren Tagesablauf, um möglichst viele Informationen über sie zu sammeln.

Zwei Wochen lang tat er nichts Anderes.

Nachts träumte er von ihren Haaren und tagsüber starrte er sie sehnsüchtig an, wollte sie am liebsten sofort besitzen. Sie ließen ihn nicht los. Bis der Tag kam, an dem er sie erobern würde.

Frank saß hinter dem Steuer seines Transporters und wartete darauf, dass sie die Diskothek verlassen würde. Es war eine laue

Sommernacht. Die perfekte Temperatur, um allein nach Hause zu laufen. Er wusste, dass sie es immer so machte. Bei schlechtem Wetter nahm sie die öffentlichen Verkehrsmittel.

Er hatte in einer schummrigen Seitengasse geparkt, in der die fensterlosen Betonwände der Diskothek und verschiedener Fabriken die einzigen stummen Zeugen sein würden.

Nervosität und fiebrige Aufregung ergriffen Besitz von ihm. Ungeduldig klopfte er mit den Fingern einen unsteten Rhythmus auf das Lenkrad. Er fischte in der Seitentür nach der Zigarettenschachtel, fummelte fahrig eine Kippe heraus und zündete sie an. Frank hatte das Rauchen an sich aufgegeben, doch in solchen Situationen konnte er dem Druck ohne Glimmstängel nicht standhalten. Für diesen Fall hatte er immer ein Päckchen in seinem Auto parat. Zuhause verbot er es sich strikt. Er wollte nicht, dass sich der Gestank in seinen Lieblingen festsetzte.

Der Rauch füllte mit einem kratzigen Gefühl seine Lunge. Genüsslich seufzend stieß er den Atem aus. Zug für Zug wurde er ruhiger. Als nur noch der Filter übrig war, drückte er den Stummel im Aschenbecher aus.

Endlich sah er sie kommen. Sein Magen flatterte, hob und senkte sich. Es fühlte sich an, als müsse er sich jeden Augenblick übergeben.

Mit wild pochendem Herzen wartete er, bis sie sich auf seiner Höhe befand. Er riss die Tür auf und sprang auf die junge Frau zu. Grob griff er nach ihr, bekam ihren Arm zu fassen.

Erschrocken schrie sie auf, erstarrte für den Bruchteil einer Sekunde. Dann schlug sie plötzlich nach ihm, kratzte ihm am Unterarm und trat wild um sich. Sie traf sein Schienbein. Beißender Schmerz durchzuckte ihn. Er knickte ein und riss sie mit zu Boden. Den Griff lockerte er allerdings nicht. Er durfte sie unter gar keinen Umständen entkommen lassen!

Die Angst, dass sie fliehen könnte, ließ das Adrenalin durch seine Adern schießen. Hastig erhob er sich und drehte ihr den Arm auf den Rücken.

Sie schrie gequält auf, verharrte aber bewegungslos. Besser für sie, sonst würde der Knochen brechen.

Er schob sie in Richtung seines Fahrzeugs.

„Hilfe!"

„Schnauze!", zischte er und drängte sie schneller vorwärts. Dabei verstärkte er den Druck auf ihren Arm, sodass sie gezwungen war, sich nach vorn zu beugen.

„Hil ...!" Mit der freien Hand erstickte er weitere Hilfeschreie. Die junge Frau biss zu, doch Frank ignorierte den Schmerz.

Als er am Auto angekommen war, löste er die Hand von ihrem Mund, öffnete eilig die Hintertür und bugsierte die junge Frau in den Transporter, ihren Arm im festen Griff.

Der Innenraum war, bis auf eine Halterung, an der er Handschellen befestigt hatte, leer. Dorthin dirigierte er sie. Sein Plan sah vor, dass er sie mit den Fesseln fixieren würde. Doch er hatte die Rechnung ohne sie gemacht.

Als er sie in die Ecke drängen wollte, trat sie um sich.

Sie verfehlte seine Hoden nur knapp, weil er sich in letzter Sekunde wegdrehte, und erwischte stattdessen seinen Hüftknochen.

Wut kochte heiß in ihm hoch, dämpfte den Schmerz. Er war so weit gekommen und wollte auf den letzten Metern nicht versagen.

Mit voller Wucht rammte er seine Faust in ihren Magen. Die junge Frau schnappte nach Luft, krümmte sich. Diesen Augenblick nutze er, zwang sie auf den Rücken und setzte sich auf ihren Brustkorb. Aus der Hosentasche holte er eine aufgezogene Spritze mit zwanzig Millilitern Haloperidol hervor. Er drückte ihren Kopf zur Seite, sodass ihre Halsarterie gut sichtbar wurde, und stach die Injektionsnadel rein. Der Widerstand der jungen Frau erlahmte sofort. Plötzlich ging ein Beben durch ihren Körper, ihre Gliedmaßen zuckten und zappelten unkontrolliert.

Frank brachte sich außer Reichweite. Er wollte nicht von den um sich schlagenden Armen und Beinen getroffen werden. Mit diesem Krampfanfall hatte er gerechnet. Das kannte er bereits von vorherigen Eroberungen. Geduldig wartete er ab und betrachtete dabei mit erregter Vorfreude, wie sich ihre braunen Locken wie ein großer Fächer unter ihr ausbreiteten.

Als es vorbei war, hob er sie hoch und befestigte ihre Hände an den Fesseln.

Er verließ den hinteren Teil des Transporters, stieg auf der Fahrerseite ein und lehnte sich im Sitz zurück.

Erst jetzt nahm er wahr, dass er außer Atem und verschwitzt war. Der Kampf hatte ihm mehr abverlangt, als er erwartet hatte. Triumph und unbändige Freude stiegen in ihm empor und ersetzten die Erschöpfung. Ein Gefühl der Macht durchströmte ihn. Er konnte alles schaffen! Er war unbesiegbar!

Ein unbändiges, befreiendes Lachen brach sich bahn und schüttelte seinen ganzen Körper ...

Frank bemerkte, dass er bei dieser Erinnerung vor sich hingluckste.

Amüsiert über sich selbst, schüttelte er den Kopf und holte eine Tasche mit Frisierutensilien hervor. Er musste sich um seine Schätze kümmern, durfte sie nicht vernachlässigen.

Summend machte er sich daran, behutsam Strähne für Strähne der Perücke zu kämmen. Er begann bei den Spitzen und arbeitete sich langsam nach oben, wo er sie festhielt, damit die Montur nicht beschädigt wurde.

Fachgerecht. So, wie er es gelernt hatte. Als Perückenmacher wusste er, wie empfindlich künstliche Kopfhaut war. Um keinen Preis wollte er das Risiko eingehen, seinen Schatz zu beschädigen.

Als er fertig war, lächelte er zufrieden und schob seine Hände in die seidige Pracht. Liebevoll streichelte er sie, ließ sie durch seine Finger gleiten. Ein wohliger Schauer durchlief ihn, bereitete ihm am ganzen Körper eine angenehme Gänsehaut.

„So schön", murmelte er.

Er tippte sich überlegend gegen die Lippen. Frank konnte sich noch nicht entscheiden, ob er die Haare offenlassen oder zu einem Zopf flechten sollte.

Zu weiteren Überlegungen kam er nicht, denn seine Aufmerksamkeit wurde von einer Bewegung, die er aus den Augenwinkeln wahrnahm, abgelenkt. Schemenhaft kam etwas aus den Ecken gekrochen. Hektisch sah er sich um. Er fürchtete die Dunkelheit, die in Fetzen aus den düsteren Fugen sickerte. Sein Herz raste. Der Schweiß brach ihm aus allen Poren und sein Mund wurde trocken. Aber er konnte die Schatten spüren, wusste, dass sie ihn beobachteten; dass sie nach seinen Schätzen gierten und sie ihm stehlen wollten. Ein eisernes Band legte sich um seinen Brustkorb. Frank versuchte, sich zu beruhigen, schloss die Augen und atmete tief ein und wieder aus.

„Geht weg!", flüsterte er. „Verschwindet!" Immer und immer wieder, bis die Beklemmung allmählich verschwand. Dann schlug er die Lider auf.

Die Schatten waren verschwunden.

Schon seit er Ende zwanzig war, befiel ihn dieses bedrohliche, beängstigende Gefühl. Es flackerte auf, wurde schwächer, bis es wieder anschwoll. Er wusste nicht, warum er heimgesucht und gequält wurde. Er wusste nur, dass sie ihm schon seine Mutter genommen hatten. Und seine Oma.

Angestrengt versuchte er, sich wieder auf das Wesentliche zu konzentrieren, widmete seinem Schatz die volle Aufmerksamkeit.

Die Frage nach der Frisur war noch immer aktuell.

„Na, was meinst du, Mama?" Er verschränkte die Arme vor der Brust, legte den Kopf schief und lauschte gespannt nach einer Antwort von ihr.

„Zopf", erklang die liebevolle Stimme seiner Mutter in seinem Verstand. Ihr Tod stellte kein Hindernis für ihre Konversation dar.

Schließlich nickte er.

„Ich glaube auch, dass ihr ein Zopf besser steht", befand er und flocht mit geübten Fingern die Haare in einander. „Hübsch siehst du aus, Kleine." Zufrieden und stolz betrachtete er sein Werk. Er hauchte einen zärtlichen Kuss auf den Scheitel und wandte sich dem nächsten seiner Lieblinge zu.

Er besaß acht dieser kostbaren Schätze. Doch das war nicht genug. Er wollte mehr davon besitzen. Er brauchte sie! Der Drang, der Wille, die Lust – sie quälten ihn, ließen ihm keine Ruhe, erlaubten ihm keinen Schlaf. Nur, wenn er eine neue Eroberung nachhause gebracht hatte, wenn er seiner Sammlung eine weitere Trophäe hinzugefügt hatte, fühlte er sich befriedigt. Die Glückseligkeit, die er in diesen wenigen Stunden erlangte, hielt nie lange.

Bei dem Gedanken daran, dass sich bereits eine neue Kostbarkeit in seinem Keller befand, legte sich ein Lächeln auf seine Lippen.

Vorfreude überkam ihn. Summend setzte er seine Arbeit fort. Wenn er hier fertig war, würde er den braunen Locken einen Besuch abstatten.

CAYENNE SITUATION

(NELYSIAN)

Als ich in der sechsten Klasse war, ging der Feueralarm los.

Ich wusste noch genau, wie mein Herz vor Aufregung gepocht hatte. Wie das schrille Klingeln in meinen Ohren hallte, als wir in einer Doppelkolonne aus dem Schulhaus evakuiert wurden. Die gefasste Miene meiner Klassenlehrerin, als sie uns auf den Sammelplatz führte. Und die anschließende Erleichterung, als sich der ganze Aufruhr als Übung herausstellte.

Erst viele Jahre später, als ich vor meinem vierzigsten Geburtstag selbst das Lehramt übernommen hatte, wusste ich ihre Gefasstheit zu deuten. Spätestens dann, als mich eine Mail mit dem Betreff 'Feueralarm' erreichte.

Doch das schrille Klingeln riss mich unerwartet aus dem Unterricht.

Vor Schreck liess ich beinahe die Kreide fallen. Für einen Sekundenbruchteil spiegelte sich dieselbe Überraschung in den Gesichtern der Schüler, bevor Verwirrung ihren Platz einnahm. Dreiundzwanzig Augenpaare schweiften nervös umher, während sich Unruhe bemerkbar machte. Und dann schlug es ein.

Ich hatte keine Mail bekommen.

Bevor ich ein Wort hervorbringen konnte, knackten die Lautsprecher und die Stimme von Direktor Jürgen erfüllte den Raum. «Dies ist keine Übung!» Schweres Atmen. «Ich bitte alle Schüler, sofort in ihr Klassenzimmer zurückzukehren und die Türen zu verschließen.» Er verhaspelte sich beinahe an diesem Satz, seine Stimme eine Tonlage höher als üblich. «Wir—» Er stockte. «Wir haben eine Cayenne-Situation hier.»

Die Worte schlugen wie eine Bombe ein. *Nein.* Unmöglich. Mein Puls katapultierte sich nach oben, während mein Verstand versuchte, die Nachricht zu begreifen. Aber ich hatte mich nicht verhört. Dieser Satz schleuderte mich endgültig aus meiner Schockstarre. Ich hastete zur Tür und wollte sie abschließen, doch die Vierteldrehung brachte einen abgebrochenen Riegel zum Vorschein. Dieser musste noch hervorgestanden haben, als jemand die Tür heftig zugeknallt hatte.

Frustriert schrie ich auf und versuchte vergebens, die Panik auszublenden. Schweißperlen standen mir auf der Stirn. «Alles in Ordnung?», erklang eine besorgte Stimme, die ich nur verzerrt wahrnahm. Absolut *nichts* war in Ordnung. *Mittwoch.* Ich erinnerte mich genau. Es war Mittwoch gewesen, als ich in den Medien erfuhr, welches schreckliche Ereignis sich in Winnenden zugetragen hatte. Wie der 17-jährige Tim Kretschmer mit einer Pistole in die Schule marschierte.

Und wie er fünfzehn Leben mit sich in den Tod riss.

Der Schock hielt wochenlang an. Jedes Mal, wenn dieses Ereignis meine Gedanken kreuzte, überkam mich eine Welle der Ungläubigkeit. Was bewegte einen Menschen dazu, einen Amoklauf zu begehen? Auf diese Frage bekam ich nie eine Antwort. Es dauerte keine zwei Wochen, bis Direktor Jürgen wegen seiner Vorliebe für Marvel

Filme und Cayenne-Pfeffer das Codewort «Wir haben eine Cayenne-Situation hier» für Amokläufe festlegte.

Seit zehn Jahren rostete dieser Satz in der hintersten Ecke meines Gehirns und ich hatte gehofft, diese Worte nie hören zu müssen.

Ein Schuss liess uns alle zusammenzucken. Dann Schreie. Noch mehr Schüsse. *Peng. Peng. Peng.* Das entsetzte Geschrei der Schüler vermischte sich mit meinem eigenen. «In die Ecke, schnell!», brüllte ich panisch. «Kopf auf den Boden! Bleibt unten, um Himmels willen!» Meine Stimme brach. Tränen stiegen mir in die Augen, krampfhaft blinzelte ich sie weg. In der gegenüberliegenden Ecke kauerten sich die Schüler wie ein verängstigtes Menschenknäuel nebeneinander, leise schluchzend, um ihr Leben bangend. Ich ertrug diesen Anblick kaum.

Die Schüsse kamen näher.

Ich war nicht gläubig, doch spätestens jetzt schien der Augenblick gekommen zu sein. Stumm betete ich dafür, dass alle involvierten Personen von diesem Amokläufer verschont werden sollten. Dass der Lehrer, der nebenan unterrichtete, seine Frau heute Abend in die Arme schließen konnte. Dass die freundliche Putzfrau, der ich stets auf dem Gang begegnete, sich in Sicherheit bringen konnte. Und vor allem, dass das Ganze so bald wie möglich vorbei war.

Meine Augen waren auf die Türe fixiert, von der ich wusste, dass sie uns keine Sicherheit bot. Nicht vor einem Psychopathen ohne Skrupel und Mitgefühl. Nicht vor seiner Pistole, die von seinen Rachegelüsten gesteuert wurde. Nicht vor seiner Unzurechnungsfähigkeit, wenn der Blutrausch seine Sinne vernebelte und ihn nur noch eines fühlen liess: Hass.

Niemand rührte sich. Hätte man eine Stecknadel fallen lassen, würde sie in dieser Stille wie Feuerwerkskörper am ersten August klingen. Mattes Morgenlicht strömte durch die halboffenen Rollläden und warf Zebrastreifen auf die verzweifelten Gesichter der Schüler. Mein Herz setzte beinahe aus, als ich dumpfe Schritte von außen vernahm. *Geh weiter. Geh weiter!* schrie ich in Gedanken, während ich verzweifelt nach etwas Ausschau hielt, um die Tür zu verbarrikadieren–

Rumms!

«Macht die Tür auf! », brüllte eine männliche Stimme. Ein dumpfes Geräusch stellte sich als Faustschlag heraus, prompt gefolgt von wütendem Fluchen.

Das war's.

Panik brach aus und verbreitete sich wie ein Waldbrand, wie aufgeschreckte Tiere verließen die Schüler ihre Ecke, stießen Tische um und verschanzten sich dahinter wie Soldaten in ihren Schützengräben. Angst schnürte mir die Kehle zu und ich zwängte mich tiefer in die Ecke; wünschte, ich könnte mit den Schatten verschmelzen und unsichtbar werden. Wir waren alle schutzlos ausgeliefert. Anders in Actionfilmen durchschnitten Pistolenkugeln Holz wie Butter, und dieses Wissen bereitete mir mehr Angst, als ich zeigte.

Plötzlich wurde die Türklinke nach unten gedrückt und die Tür schwang auf. Der Schrei blieb mir im Hals stecken, als ich direkt in den Lauf der Pistole starrte. Die Mündung glänzte wie frisch poliert, und ich wagte es nicht, auch nur zu blinzeln.

Binnen Sekunden würde ich tot sein.

Doch das Allerschlimmste war, dass ich das Gesicht hinter der Waffe erkannte.

«Randall? » Mehr als ein heiseres Flüstern brachte ich nicht hervor.

Seine wilden Augen fokussierten sich auf mich. Ich erschrak. In seinem Blick loderte etwas, was ich noch nie zuvor bei einem Menschen gesehen hatte. Etwas Ungezügeltes, wie bei einem Jäger, bevor er seine Beute in Stücke zerriss. Gleichzeitig waren sie abgestumpft und ausdruckslos, als wären alle anderen Emotionen mit seinem gesunden Menschenverstand erloschen. Das war nicht Randall. Das waren nicht die Augen, die im Unterricht gedankenverloren in die Ferne blickten. Das waren nicht die Hände, die poetische Gedichte aufs Blatt hauchten.

Es war nicht der Junge, den ich kannte.

«Nicht mehr», antwortete er kühl.

«Bitte», flehte ich. «Du musst das nicht tun. Wir können darüber re–»

«Hören Sie auf mit diesem Scheiß! », brüllte er mich an. Sein Gesicht war gerötet, an seiner Stirn trat eine Ader hervor. «Das sagen Sie nur, damit ich Sie nicht abknalle! Halten Sie einfach den Mund! »

Traumatisiert nickte ich, während er von mir abrückte. *4) Keinesfalls das Gespräch mit dem Amokläufer suchen.* Hysterisch keuchte ich auf, als mir diese Verhaltensregel aus dem Kurs einfiel. Zu spät. Aus dem Augenwinkel nahm ich wahr, wie Arnold versuchte, ungesehen aus dem Zimmer zu kriechen. Bevor ich nachdenken konnte, fiel ein Schuss und er krümmte sich schreiend am Boden. Blut benetzte seine Jeans und tropfte auf den Linoleumboden, ich war hypnotisiert, konnte den Blick nicht abwenden. «Niemand geht bevor ich es sage! », rief Randall und lachte schrill, während der Junge seine Hand auf die Wunde drückte und vor Schmerzen wimmerte. Doch das Blut hörte nicht auf zu fließen.

Er wird verbluten.

«Du kannst ihn nicht verbluten lassen», wisperte ich fassungslos. «Was treibt einen Menschen dazu, seine Freunde zu verletzen? »

Randall ignorierte mich völlig. Stattdessen suchten seine Augen die chaotische Aneinanderreihung von Tischen ab, hinter denen kein einziger Kopf hervorschaute, obgleich die Schluchzer und die hektischen Atemzüge unüberhörbar waren.

«Ich weiß, dass ihr hier seid», sagte er hämisch. «Ihr habt Angst vor mir. » Die Feststellung klang wie ein Vorwurf. «So wie ich Angst vor euch hatte. Wisst ihr, wie es sich anfühlt, jeden Morgen mit Selbstmordgedanken aufzuwachen? » Er kicherte. Es war das Kichern eines Wahnsinnigen. «Natürlich nicht. Genauso wenig, wie jede Mittagspause auf der Toilette verbringen zu müssen. Den Nachhauseweg anzutreten kam einem Spaziergang durch die Hölle gleich. »

Obwohl Randall mehr zu sich selbst sprach, schienen die Worte an jemanden gerichtet zu sein. Nachdenklich spielte er mit der Pistole und wägte sie in seinen Händen. «Nun werdet ihr dafür bezahlen. »

Seelenruhig richtete er die Pistole auf die Tische und feuerte zweimal ab. Mein Schrei vermischte sich mit dem Geschrei der Schüler, während sich die grauenhafte Szene sich in meine Netzhaut einbrannte. Ich würde beides nie vergessen.

«Hansen, Don und Michael», sagte er fordernd. Seelenruhig. Aus dem Augenwinkel sah ich, wie Don sich zögerlich aus seiner Deckung wagte. Blanke Angst war ihm quer über sein Gesicht geschrieben, als Randall ungeduldig mit der Waffe wedelte und ihm bedeutete, näherzukommen. Mit einer schnellen Handbewegung hatte Randall ihn am Hals gepackt und den Lauf der Waffe an seine Schläfe gedrückt. Ich atmete scharf auf.

«Es-es tut mir leid», stotterte Don, während leise Schluchzer seinen Körper durchschüttelten. «Wir bezahlen dir das G...geld zurück», brachte er wimmernd hervor. Randall verstärkte den Druck. «zweifach! », schrie Don, «N-nein, dreifach! D...du bekommst alles dreifach zurück, versprochen!» Ein nasser Fleck breitete sich auf Dons Khakihosen aus. «Wie fühlt es sich an, Don? », verspottete ihn Randall gehässig. «Spürst du, wie das Blut in deinen Ohren rauscht, hm? Oder die Panik, die deine Luftröhre abschnürt? » Don nickte hastig und schrie auf, als Randall mit der anderen Hand seine Haare packte.

Kalter Schweiß rannte über meinen Rücken, als ich einen Blick auf die Wanduhr riskierte. Doch die Zeiger waren stehengeblieben. Wo blieb die Polizei? Ein widerliches Knacksen verriet mir, dass Randall Dons Nase gebrochen hatte. Er holte zum zweiten Schlag aus, sein Gesicht zu einer Grimasse verzerrt. Ohne nachzudenken griff ich dazwischen.

Der Schlag traf mich an der Seite und seine Wucht liess mich stolpern. Scharf atmete ich ein und stützte mich an der Wandtafel ab. Randall funkelte mich wütend, fast schon wahnsinnig an, während er langsam die Waffe hob. Ich wusste, was nun geschehen würde; ich war zu weit gegangen, ich hätte nicht dazwischen gehen sollen. *Er wird mich erschießen*, schoss es mir durch den Kopf; das Adrenalin rauschte in meinen Adern, mein ganzer Körper war angespannt.

Doch er zögerte.

Und dieses Zögern entschied über mein Leben.

Blind stürzte ich mich auf ihn und rammte meinen Ellbogen in seinen Bauch. Er keuchte auf und drückte mehrmals ab, ein Projektil surrte haarscharf an meinem Kopf vorbei. Ich schrie und schlug blindlings auf ihn ein, ich sah, wie er die Pistole fallen liess, um meine Schläge abzublocken. Mit dem Fuß wollte ich die Waffe außer Reichweite kicken, doch ein stechender Schmerz im Oberschenkel hielt mich zurück. Mein Sichtfeld verschwamm, als sich ein dunkelroter Fleck sich auf meinen Leggings ausbreitete.

Blut. Zu viel Blut.

Mein Kopf brummte, als wäre ich gegen eine Wand gelaufen. Schwarze Punkte begannen, mein Sichtfeld einzuengen, mein ganzer Körper erschlaffte. Ein schrilles Geräusch übertönte das Pochen, es kam mir bekannt vor, doch ich konnte meine Gedanken nicht sortieren. Eines war mir jedoch klar: Ich würde in diesem Klassenzimmer sterben.

1) Kein Feueralarm auslösen!

Die Schüsse nahm ich nur weit entfernt wahr. Genauso wie die Stimme, die 'Polizei!' rief. Noch mehr Schüsse, doch mein Kopf war hübsch in Zuckerwatte verpackt, sodass es sich wie Händeklatschen anhörte. *Wie schön*, dachte ich. Ich schloss die Augen und stürzte in die Dunkelheit.

Massaker in Zürich: Amokläufer feuert 23 Schüsse ab

03.05.2019, Freitag. Bericht von Marcel Schwarz

In Zürich ereignete sich das Unfassbare: Der 17-jährige Randall Turner beging an der Sekundarschule Obergasse Amok und tötete sieben Menschen, darunter sechs Schüler und eine Lehrperson. Achtzehn Personen sind schwer verletzt. Nachdem er im Schusswechsel am Arm angeschossen wurde, stellte er sich der Polizei.

Der Junge kam ganz gewöhnlich zur Schule, nur, dass er eine Beretta 92 bei sich trug. Um 08.49 Uhr fiel der erste Schuss, erinnerte sich ein Lehrer. Kurz daraufhin folgte die Durchsage des Direktors, wo das Codewort die schreckliche Vorahnung bestätigte. Der Täter steuerte das Zimmer 19 im Erdgeschoss an, wo er einen Jungen anschoss und einen weiteren schikanierte. Nach Angaben einiger Schüler hatte die 35-jährige Lehrerin Sowena Sparrow eingegriffen und den Täter zu Boden gebracht, bevor die Polizei kam und die Kontrolle übernommen hatte.

Die grosse Frage nach dem Warum stellt sich immer. In Randalls Fall konnten wir einen Grund ermitteln, meint Polizeichef Mack Hibbert. Im Verhör hätten drei Jungen, deren Namen der Redaktion bekannt ist, zugegeben, den 17-Jährigen gemobbt zu haben. «Es ging aber weiter hinaus als das», fügt Hibbert hinzu. «Wir sprechen hier von Gelderpressung.» Anfangs waren es kleinere Beträge, doch vor einer Woche forderten sie einen Betrag, der sich auf tausend Franken belief.

Diese Summe hätte Randall nicht aufbringen können, doch aus Angst vor den gewalttätigen Folgen beging er Ladendiebstahl. Der Ladenbesitzer erstattete Anzeige, weshalb dem Jungen gemäß Jugendstrafrecht eine zusätzliche Busse drohte. «Diese gesamte Konstellation musste ihn dazu gebracht haben, den Amoklauf durchzuführen», schlussfolgert Hibbert.

Die Eltern zeigen sich erschüttert. «Wir hätten nie gedacht, dass Randall dazu fähig wäre.»

Auf dem Schulhof brennen Kerzen für die Opfer. Blumen schmücken den Asphalt, Briefe und Texte sind über den gesamten Platz verteilt. Am folgenden Sonntag sollte der Trauergottesdienst stattfinden. «Es ist sehr schwer, sich selbst einzugestehen, dass Kara nicht nach Hause kommen wird.», teilt uns eine Mutter mit, deren Tochter dem Amokläufer zum Opfer gefallen war. «Ich drücke allen Betroffenen mein Beileid aus und wünsche ihnen die nötige Kraft, mit diesem Schicksal zurechtzukommen.»

Das wünsche ich auch.

Ich faltete den Zeitungsartikel säuberlich und legte ihn in die Nachttischschublade. Der Amoklauf war schon drei Monate her. Die Trauer und der Schock hatten ein wenig nachgelassen, doch ich konnte mir nicht vorstellen, wie das für die Betroffenen sein musste. Für die Eltern, die ihre Tochter nie aufwachsen sehen werden. Für den Bruder, der an die Zimmerdecke starrt und das leere Bett ignoriert. Jeden Abend las ich den Artikel vor dem Zubettgehen durch und schwelgte in meinen eigenen Gedanken.

Auch heute konnte ich immer noch nicht fassen, welches Glück mir vergönnt wurde. Ein glatter Durchschuss am Oberschenkel. Ich hatte viel Blut verloren, konnte aber nach ein paar Tagen auf der Intensivstation aus dem Krankenhaus entlassen werden. Ich seufzte und trank den Pfefferminztee aus, bevor ich die Decke zurückschlug und darunter kroch. Ich starrte an die Zimmerdecke. Wenn ich die Augen schloss, würden mich die Bilder überwältigen.

Natürlich gab ich mir die Schuld. Als Lehrperson wäre es meine Aufgabe gewesen, die Warnzeichen zu erkennen. Seine Noten hatten sich verschlechtert. Er zog sich immer mehr zurück. Der Inhalt seiner wöchentlichen Texte veränderte sich. Ich redete mir ein, dass er in einer Phase steckte, die bald vorüberziehen würde. Ich nahm mir vor, ein Gespräch mit ihm zu führen. Dieses hatte nie stattgefunden. Denn anstatt mich mit den Anzeichen einer drohenden Gefahr auseinanderzusetzen, beruhigte ich mein Gewissen. Randall war ein anständiger Junge. Vermutlich war er einfach etwas abgelenkt— so die schlechten Noten. Vielleicht hatte er Probleme zu Hause— so seine Abwesenheit. Womöglich wollte er sich mit einem tiefgründigen Thema auseinandersetzen— so die Anspielungen auf den Tod in seinen Texten.

Im Nachhinein wusste ich, dass diese Anzeichen wirklich auf ein ernstes Problem zurückzuführen waren— Hätte ich richtig hingeschaut, hätte ich reagieren können. Doch das tat ich nicht. Und genau deshalb war es im Nachhinein zu spät für Randall gewesen.

In diesen nächtlichen Stunden, wo meine Gedanken alles andere übertönten, war die Schuld am grössten. 'Was wäre, wenn...?' – 'Hätte ich...?' – 'Wieso ausgerechnet...?'

Unzählige Fragen schossen mir durch den Kopf, doch auf keine einzige hatte ich eine Antwort.

Es war schwierig, das Geschehene zu verarbeiten. Noch schwieriger war es, seinen Alltag normal weiterzuführen. Die Zeit konnte mich nicht vergessen lassen, doch sie konnte meine unsichtbaren Wunden heilen. Vielleicht nicht alle, denn manche Narben blieben für immer. Aus diesem Grund verdrängte ich die unbeantworteten Fragen, die schrecklichen Erinnerungen, die nagende Schuld, bis die Leere meine Gedanken verschluckt.

Meine Augen fallen sanft zu.

Vielleicht fühlte sich Frieden so an.

DEIGHE

(ABIGAIL ROOK)

»Und der Schnee fiel.
So lautlos, so sacht.
So kalt, so dicht,
Im Dunkel der Nacht.
Und das Eis taut,
Im Frühjahr, weit hin.
Wie schön es doch ist,
Dass ich am Leben bin.«

Die Sonne ging nicht unter. Das tat sie nie um diese Jahreszeit. Ma erzählte mir manchmal von den Ländern, in denen der Tag hell und die Nacht dunkel waren, egal zu welcher Zeit im Jahr. Wenn ich darüber nachdachte, dann ergab das auch weit mehr Sinn, denn dann konnte man verlässlich die Nacht vom Tag unterscheiden. Zumindest sollte die Sonne nachts vom Himmel verschwinden, denn in den weißen Nächten fiel mir, so wie in dieser Mittsommernacht auch, das Einschlafen schwer. Immer wieder stand ich aus meinem Bett auf, spähte hinter den zugezogenen Vorhang des Fensters und beobachtete die langen, bizarren Schatten der Hügel und der vereinzelten Sträucher, jetzt, da die Mitternacht bereits eine Stunde vorbei war. Im rötlich-fahlen Licht schlich die Sonne den Horizont entlang, als umkreise sie allein unser Haus in der

Mitte dieser Weiten. Ich fragte mich, ob die Leute im Dorf, auf dessen Markt Ma und ich einmal im Monat Gewürze, Zunder und Brennholz kauften und gelegentlich auch gegen Fisch eintauschten, wirklich denselben Sonnenstand sahen, oder ob sie direkt über ihnen schien. Ich wusste, dass das Dorf zu weit weg war, um es von unserem Haus aus zu sehen, dabei gab es um uns herum nichts als eine baumlose Ebene, die sich nur selten zu sanften Hügeln wölbte. Ich machte mir noch eine Zeitlang meine Gedanken, bis ich es aufgab, schlafen zu wollen, das Fenster öffnete und mich hinaus in die helle Nacht lehnte. Die kalte Luft schlug mir ins Gesicht und blies mein Haar, das mir bis zur Kinnspitze reichte, zur Seite. Auch, wenn ich mich so lange es ging dagegen sträubte wie ich konnte, hätte Ma wohl bald meine Haare geschnitten, bevor wir das nächste Mal Besuch bekamen und Mrs. Harvey wieder sagte, ich sähe aus wie ein Mädchen. Das alte Ehepaar, das ursprünglich aus England, einem weit entfernten Ort stammt, besorgte für uns ab und zu die Dinge, die nicht auf dem Markt verkauft wurden. Obst und Gemüse, eine neue Kurbel für die kleine Handmühle, in besonders kalten Zeiten im Winter auch etwas Kohle, Stoffe für die Gardinen, Öl für den Schlitten, Hundefutter. Die Harveys waren nicht reich, im Gegensatz zu uns aber relativ wohlhabend, und es störte sie nicht, wenn wir ihnen nicht den gesamten Betrag von dem zurückzahlten, was sie für uns ausgegeben hatten. Außerdem waren sie schon lange Zeit unsere Freunde und einzigen Bekannten, da konnte man schon mal ein Auge zudrücken. Die Sonne hatte sich inzwischen so weit bewegt, dass es gut und gern um zwei in der Früh sein konnte. Eine Windböe pfiff mir um die

Ohren und ich fröstelte, doch es kam mir nicht in den Sinn, mich wieder ins Zimmer zurückzuziehen. Es hätte mir sowieso nicht geholfen. Schlafen hätte ich trotz meiner Müdigkeit nicht gekonnt, und jetzt, da mich die Frische wiederbelebte, war daran gar nicht mehr zu denken.

Das Pfeifen des Windes hätte beinahe das Winseln unter meinem Fenster übertönt. Ich blickte die hölzerne Wand unserer Hütte herab und schaute in zwei, im Sonnenlicht glitzernde Hundeaugen. Ich grinste und rief hinunter: »Braver Junge, Eetu! Na, kannst du auch nicht schlafen?« Eetu winselte erneut, ehe er zurück in seinen Verschlag trottete und sich dort niederließ, während er mich noch immer im Auge behielt. Den gespitzten Ohren nach zu urteilen war der Husky aber hellwach, immer begierig darauf wartend, einen Befehl erteilt zu bekommen. Oder er wollte, dass endlich irgendjemand das Licht ausmachte. Verübeln konnte man es ihm nicht. Ich beobachtete, wie unser Schlittenhund mich aus einem blauen und einem bernsteinfarbenen Auge anstarrte, und seinen Kopf auch nicht senkte - so wie es seine wilden Artgenossen taten, um einem Blickduell auszuweichen - als er erneut aus dem Schatten der Hütte herauskroch und sich unsere Blicke trafen. Dann beschloss ich doch, mich in die Wärme des Hauses zurückzuziehen, solange noch Reste von ihr in meinem Zimmer verblieben. Ma hätte es nicht gut gefunden, dass ich nachts das Fenster öffne, doch diese Nacht war keine Nacht, so wie die vielen davor und danach. Plötzlich hörte ich das leise Quietschen der sich öffnenden Luke im Boden, die den Eingang meines Zimmers verschloss, das eher eine kleine Dachkammer war, in der man nur geduckt gehen konnte. Mein Bett war auch nur eine uralte Matratze, an vielen Stellen eingerissen und durchgelegen, doch ich bezeichnete sie gern als Bett, eben weil ich mich dort ... wohlfühlte. Sie war Teil meines Zuhauses. Meines - unseres. Und damit war ich zufrieden.

Offenbar hatte Ma versucht, die Luke möglichst sachte zu öffnen, doch diese war so schwer, dass sie scheppernd gegen den Dachbalken schlug. Leise schimpfend steckte sie den Kopf durch das Loch und blickte sich in meinem Zimmer um. Ihr Lächeln, das ihre schiefen Vorderzähne preisgab, die jedoch so weiß waren, als würde sie sie regelmäßig putzen, beruhigte mich. »Na, Curry?«, sprach sie leise und kletterte aus der Luke und auf allen Vieren zu mir herüber. Es machte mir nichts aus, dass sie mich manchmal Curry nannte. Vor anderen Leuten - also den Harveys - war es mir vielleicht ein wenig peinlich, doch meistens waren wir sowieso nur zu zweit. Ma hockte sich neben mich und rieb sich die Arme. »Brrr, es zieht aber ganz schön hier oben. Willst du vielleicht ein Fell?«, fragte sie. Ich zuckte nur mit den Schultern. »Ist nicht nötig. Ich kann sowieso nicht schlafen.« Ma runzelte die Stirn. »Ja, weil es so kalt ist.« Ich musste grinsen und schüttelte den Kopf, obwohl mir klar war, dass Ma den wirklichen Grund kannte, weshalb ich nicht schlafen konnte. Ich war mir sicher, dass es ihr nicht anders ging, sonst hätte sie ihre hellblonden Haare nicht zu einem Dutt zusammengebunden, sondern offen über ihre schmalen, knochigen Schultern fallen lassen. Auch ich war nur ein Haufen Knochen mit einem dünnen Hautüberzug, doch beklagen konnten wir uns nicht. Ich lebte hier, bin hier sogar geboren und bisher noch nicht erfroren oder verhungert. Das war etwas, das so vielen anderen nicht gelungen ist, außerdem hatten wir sogar ein paar Vorräte, da Ma sich sehr gut darauf verstand, im vereisten See zu fischen. »Weißt du, Curry«, sagte sie nach einer Weile, in der wir uns nur angeblickt und geschwiegen hatten, » ich erinnere mich gerade an eine Geschichte über ein Mädchen, das an den Sonnenwenden erscheint.« Ich fragte gedankenversunken: »So wie der Weihnachtsmann, aber auch im Sommer?« »Na ja, so ähnlich«, meinte Ma. Ich versuchte mir eine jüngere Version von ihr mit einem weißen Rauschebart, so einen wie Mr. Harvey ihn ansatzweise hatte, und einer roten Mütze vorzustellen. So, wie Mrs. Harvey mir den Weihnachtsmann aus dem fernen England beschrieben hatte. Es fiel unheimlich schwer, mir ein Mädchen vorzustellen, weil ich fast noch nie eines gesehen hatte. Ich kannte nur zwei Frauen, Ma und Mrs. Harvey. Im Dorf wohnten sehr wenige Kinder, und diese sahen nicht aus wie Ma oder ich. Ich wusste, dass Ma vor meiner Geburt wo anders gelebt hat, doch obwohl diese Gegend meine Heimat war, fühlte ich mich vor allem im Dorf fremd. So, als würden wir hier nicht hingehören. Nur die Harveys sahen uns ähnlich – ihre Augen war runder, ihre Nasen länger und ihre Gesichter spitzer als die der Menschen hier. Wir waren die Fremden und würden es immer bleiben. Ich wusste es, Ma wusste es, doch wir sprachen nie darüber. Nun jedoch redete sie von dem Mädchen, das wie der Weihnachtsmann war, aber auch im Sommer erschien. »Sie bringt keine Geschenke, also nichts, was man in der Hand halten kann, wenn du verstehst, was ich meine. Es sind geistige Dinge, die sie beschert, so etwas wie Einsicht und Erkenntnis.«, sprach Ma weiter und ich war mir nicht sicher, ob ich nach den Worten Einsicht und Erkenntnis noch zuhören wollte, doch Ma zuliebe tat ich es. Sie wollte etwas erzählen, um mich zu beruhigen. »Es passiert in der Mittsommer- und auch in der Mittwinternacht, wenn man im Schnee spazieren geht -« »Wer geht denn nachts draußen spazieren?«, unterbrach ich sie. »Im Sommer ist es ja schön, ab auch im Winter, wenn sich die Sonne nie blicken lässt? Das ist doch viel zu kalt - egal zu welcher Tageszeit.« Ma jedoch tat so, als hätte sie mich nicht gehört, und fuhr fort: »- und man hört aus der Ferne ein Flötenspiel. Leise, leise, wie der fallende Schnee und der pfeifende Wind. Doch die Melodie ist seltsam, sie ist wunderschön, aber doch so ... anders. Sobald sie erklingt weißt du, dass sie nur dir gilt, nur für dich bestimmt ist. Dass sie von deinen Herzenswünschen erzählt, von deinen Ängsten, deinen Träumen, deiner Trauer.« Ich verzog das Gesicht. »Und wenn ich gar nicht traurig bin?«, versuchte ich sie aus dem Konzept zu bringen. Ma lächelte: »Die Trauer ist unser ewiger Begleiter, mein Kind. Manchmal geht sie für eine Weile, aber sie wird uns nie für lange Zeit verlassen.« Musste man nicht erst mal etwas besitzen, um über dessen Verlust traurig zu sein? Ich hatte Ma und ich hatte Eetu, sonst nichts. Ich wollte nicht weiter darüber nachdenken. Sollte ich noch weiter zuhören? Es interessierte mich nicht mehr, doch Ma schien meine Gedanken nicht gelesen zu haben. »Die meisten Leute folgen diesem Flötenklang - fast alle, nur ganz wenige widerstehen. Wer zur Quelle der Melodie gelangt, sieht ein Feuer brennen -

ein Lagerfeuer. Davor sitzt ein Mädchen, in Lumpen gekleidet, und spielt auf einer hölzernen Querflöte. Es bittet den Ankömmling, sich zu setzen und unterhält sich mit ihm. Nach einer Weile steht dieser dann auf und geht. « Ich sah sie fragend an. »Einfach so? Das würde ich nicht machen. Ist das nicht furchtbar unhöflich?« Ma sah aus, als hätte sie gehofft, dass ich diese Frage stellen würde. »In den Augen des Mädchens ist es das nicht. Es wartet darauf, dass er geht, weil es bedeutet, dass er etwas Wichtiges erfahren hat, etwas, das sein Leben ändern wird. Das muss nicht unbedingt etwas Bedeutendes sein, es kann sich auch um ganz schlichte Dinge handeln, wie ... die Position der Holzscheite im Kamin«, sagte sie und formte mit ihren Händen die Symbole für Feuer und Holz, wie es die Dorfbewohner taten. Ich musste lachen, auch wenn ich nicht wusste, ob die Sache mit dem Kamin ein Scherz war. »Woher weiß die denn, wie das Holz in unserem Kamin liegt?«, fragte ich nach. Ma antwortete: »Sie weiß eben ziemlich viel.« Kurz schien sie zu überlegen, was sie noch sagen könnte, oder sie wartete darauf, dass ich eine Frage stellte. Aber mir war nicht nach Fragen zumute. Es war immer noch sehr kalt, doch die Müdigkeit hatte mich trotzdem wieder eingeholt. Wie lang war die Mitternacht nun her? Zweieinhalb Stunden? Drei? Ich hasste sie, die Mittsommernacht. »Ich glaube, die Menschen dieser Gegend kennen das Mädchen nicht. Sie erzählen sich andere Geschichten. Großvater hat so viele Sagen hierher mitgebracht. Er war ein guter Erzähler, voller Sanftmut und Weisheit. Es sind gälische Sagen, weißt du?« Ich nickte langsam. Ich wusste nicht, was Gälisch eigentlich bedeutete. Es hatte was mit Mas alter Heimat zu tun, das war mir klar, doch ich konnte mir darunter überhaupt nichts vorstellen. Ein Land ohne Schnee und Eis! Es klang wie ein Traum, wie etwas Unmögliches. Ma sprach nicht viel darüber. Sie erklärte mir einmal, dass mein Name, Corey, soviel bedeutete wie Gottes Frieden, Friedenbringer oder aber der, der vom Hügel kommt. Ich hatte sie gefragt, warum sie mich so nannte, was Corey für sie selbst bedeutete, warum mein Name so anders war als die der Menschen im Dorf. Sie hatte kichernd geantwortet: »Du erwartest sicher eine tiefgründige Weisheit von mir, aber in Wahrheit fand ich den Namen einfach schön.« Auch ihr eigener Name, Eilidh, war gälisch. Man sprach es wie Eili aus, da das dh nicht betont wurde. Ich kann schreiben, deshalb weiß ich das, Ma hat es mir beigebracht. Meine Sprache war aber Englisch, wie die der Harveys. Ma sang manchmal auf Gälisch, oft weinte sie dann auch. Ich mochte Gälisch deswegen nicht.

Mir war gar nicht aufgefallen, dass Ma nun wieder eine Weile geschwiegen hatte, als sie fortfuhr: »Kennst du das gälische Wort für 'Eis', Curry? Es lautet ‚deighe'. Das ist auch der Name dieses Mädchens. Deighe. Denn es kommt aus der eisigen Kälte und es bringt sie zu dir, wenn du ihr näherkommst.« Für mich ergab das nicht viel Sinn. Wenn dieses Mädchen - Deighe - doch eigentlich gut war, wieso brachte sie dann Kälte statt Wärme? Andererseits konnte sich ihr Besucher ja am Feuer wärmen, oder war es dort auch kalt? Wieso machte ich mir eigentlich so viele Gedanken darüber? Mas Großvater schien einfach ein schräger Vogel gewesen zu sein. »Und warum tut sie das?«, fragte ich schlussendlich, nur um noch etwas zu sagen.

»Ich meine, wieso bringt diese Deighe den Menschen Einsicht und Erkenntnis. Gibt es da einen Haken?« Ma lächelte: »Klingt so, als wärst du drauf und dran, sie persönlich zu treffen. Vielleicht verrät sie es dir. Ich weiß nicht, wieso sie das tut, es ist wahrscheinlich ihre Aufgabe. Sie ist schließlich kein Mensch, weißt du? Sie ist ein Wintergeist und sie lebt hier, im ewigen Winter. Ein Mensch würde nicht überleben, wenn er nur ein altes Hemd und eine dünne Hose trüge, und ein Mensch könnte niemals so Flöte spielen, wie Deighe es kann.« Kein Mensch? Also war dieses Mädchen wie ein Tier? Nein, ein Geist. Was genau war ein Geist? Ma warf einen Blick aus dem Fenster, runzelte die Stirn und murmelte: »Es sieht nach Morgen aus.« Dann strahlte sie mich an. »Kommst du mit? Wir könnten mit Eetu zum See laufen und dort ein wenig fischen. Danach können wir es ja noch einmal mit dem Schlafen versuchen.« Ich nickte und erhob mich, nur um mir kurz darauf an der Decke den Kopf zu stoßen. Da wohnte ich schon mein ganzes Leben lang hier oben und konnte trotzdem nie die Höhe der Decke abschätzen. Aber wahrscheinlich lag das auch daran, dass ich in Gedanken gerade bei einem Flöte-spielenden Wintergeist war, der aussah wie ein in Lumpen gekleidete Weihnachtsmann, nur als Mädchen. Und ich vergaß für eine Weile die Sommersonnenwende – diese weiße Nacht, die mir zuflüsterte, dass bald die bittere Kälte und die Dunkelheit zurückkehren würden.

GESPALTEN

(J. N. KREHL)

„Heute Morgen ist von Spaziergängern eine weitere Leiche gefunden worden, die im nahen Stadtwald abgelegt und regelrecht zur Schau gestellt worden ist. Die Polizei von King County hat bestätigt, dass es sich offenbar um ein weiteres Opfer des sogenannten Spalters handelt. Demnach sind Schädel und Genitalbereich des zwanzigjährigen, lateinamerikanischen Arbeiters mit einer Axt auf brutalste Weise gespalten worden. Es ist anzunehmen, dass ..."

Micky griff durch das Seitenfenster des fremden Wagens und schaltete das Radio ab. Es war sehr leise eingestellt gewesen, sodass man die Nachrichtensprecherin drei Schritte weiter schon nicht mehr hätte hören können, aber er wollte keinerlei Ablenkung in dieser Nacht. Geräusche jeder Art konnten ihm gefährlich werden, konnten über Leben und Tod entscheiden.

Nebel lag über den Feldern der Umgebung, kam aus dem nahen Wald gekrochen wie ein hungriges Wildtier, das sich nur widerwillig und scheu der Zivilisation näherte.

Wobei das eine viel zu hochtrabende Bezeichnung für das alte, verfallende Farmerhaus und die baufällige Scheune war, vor denen der Streifenwagen parkte. Im Lichtkegel der Scheinwerfer waberten die Dunsttentakel träge dahin als seien sie Späher, die ihre kalten Finger über das Gelände gleiten ließen, um es zu erkunden.

Durch den Nieselregen, der seit Stunden unablässig fiel, glänzte der bröckelige, gelbe Verputz feucht. Die schwarzen Öffnungen der Fenster wirkten wie tiefe Wunden in der fettigen Haut eines lebendigen Organismus.

Micky zog ein letztes Mal an seiner Zigarette, dann stieß er sich von der Seite des Polizeiautos ab und ging mit ruhigen Schritten auf das verlassene Gebäude zu.

Seine Sohlen erzeugten ein leises Schmatzen im feuchten Gras. In seinen Ohren dröhnte es viel zu laut, als reibe jemand Schmirgelpapier über Holz. Einbildung, wie er nur zu gut wusste.

Durch nichts durfte er seine Anwesenheit verraten, um keinen Preis das Überraschungsmoment verlieren, sonst wäre das sein sicheres Ende.

Seine Finger waren von der Novemberkälte klamm und vor seinem Mund bildeten sich kleine, weiße Wölkchen, wann immer er ausatmete. Er fröstelte, wünschte sich zurück in die Wärme seines Heims, wollte nichts sehnlicher, als in Ruhe einen beruhigenden Tee trinken und den wohltuenden Klängen von Chopin lauschen.

Doch heute Abend hatte er anderes vor. Es galt, ein für alle Mal die Fronten zu klären. Wenn es ihm heute nicht gelang, diesen verdammten Kerl unschädlich zu machen, dann vermutlich niemals.

Wie eine Raubkatze, die sich an ihre Beute heranpirscht, stieg Micky die drei Steinstufen empor, die ihn auf die Veranda führten. Der Holzboden knarrte verräterisch unter seinen Füßen, aber im Innern würde man den Laut nicht hören können.

Die morsche Holztür öffnete sich mit einem nervtötenden Quietschen. Für Micky fühlte es sich an als schneide ihm jemand bei lebendigem Leib die Haut von den Knochen.

Er hielt inne, eine Hand an der Klinke, einen Fuß schon über die Schwelle geschoben. Sein Herz raste, schlug unkontrolliert gegen seinen Brustkorb. Angestrengt lauschend zählte er bis zehn, während das unangenehme Brennen in seinem Nacken und auf seinen Unterarmen langsam nachließ.

Als sich seine Augen allmählich an die Dunkelheit im Flur gewöhnt hatten, trat Micky durch die Türöffnung.

Leise schob er sich an der Wand entlang Richtung Kellertreppe, die gleich neben dem Aufgang zum ersten Stock durch eine weitere, sehr schmale Holztür zu erreichen war.

Er kannte sich hier aus.

Das Haus hatte sein eigenes Leben. Besonders bei Nacht. Es schien ihm, als würde es atmen, kam ihm vor wie ein riesiges Tier, das krank und sterbend in einer Höhle lag und darauf wartete, dass sich seine Beute von allein zu ihm begab; das darauf hoffte, ein unschuldiges Opfer käme ihm nahe genug, um es zu verschlingen, auf das der Hungertod noch ein paar Tage auf sich warten ließe. Dieses Gebäude barg grausame Geheimnisse, wusste von all den fürchterlichen Dingen, die hier geschehen waren. Es besaß eine eigene Seele, die so schwarz und böse war wie die seines Besitzers.

Micky atmete tief durch. Heute würde das Haus wieder Zeuge werden, wie ein Leben aus dem Gefängnis seines menschlichen Körpers wich. Noch war es unklar, ob es Mickys letzter Atemzug sein würde oder der des Mannes, der irgendwo in der Stille und Dunkelheit auf ihn wartete.

*

Micky überlegte, ob er wirklich sofort in den Keller gehen sollte. Wäre es nicht zu einfach? Vermutlich würde sein Widersacher genau das von ihm erwarten.

Im Erdgeschoss befanden sich die Küche zu seiner Linken und der Wohnraum zu seiner Rechten – beide waren ins Dunkel der Nacht getaucht. Nur das Licht der Scheinwerfer des Streifenwagens drang durch die Ritzen der geschlossenen Fensterläden. Es waren nur die Fetzen dämmriger Beleuchtung, die sich bereits durch einige Meter Nebelschwaden gekämpft hatten und im Innern des Hauses so viel ihrer Kraft verloren hatten, dass lediglich die Umrisse der Möbelstücke erkennbar waren.

Soweit Micky es beurteilen konnte, hielt sich dort niemand auf. Der Kerl war also entweder im Obergeschoss oder wartete unten in der Kühle des Kellergemäuers auf ihn.

Während er versuchte, eine Entscheidung zu treffen, öffnete er in Zeitlupe die Tür zur Treppe, die nach unten führte. Dabei drückte er sie mit beiden Händen in den Angeln nach oben, weil das schwere Teil sonst entsetzlich knarrte. So schwang sie allerdings geräuschlos auf und offenbarte den Abstieg in den Keller. Wie ein pechschwarzer Schlund präsentierte sich der Zugang zu dem, was für so viele Männer das Tor zur Hölle geworden war.

Das Adrenalin schoss durch Mickys Adern, das Blut rauschte in seinen Ohren.

Angestrengt lauschte er, ob von unten ein Geräusch zu ihm heraufdrang, doch das Haus blieb stumm.

Wenn er einen Vorteil erringen wollte, musste er sich etwas einfallen lassen.

Es war anzunehmen, dass sein Gegner sich bereits seit Stunden hier aufhielt und sich vorbereitet hatte. Sicher konnte Micky aber nicht sein.

Es gab verdammt viele Unbekannte in dieser Gleichung. Aber er hatte keine andere Wahl. Er musste mit allem rechnen.

Ein Knarren, das in der absoluten Stille wie ein Paukenschlag durch das Haus dröhnte, ließ Mickys Augen nach oben zucken. Es war aus dem ersten Stock gekommen. Jemand befand sich direkt über ihm. Da, wo das Schlafzimmer lag. Dort lauerte der Bastard also auf ihn. Hoffte, dass er kopflos das Haus nach dem Eindringling absuchen würde und ihm auf diese Weise in die Falle ging.

Aber nicht mit ihm. Er kannte sich hier aus. Er würde den Spieß umdrehen.

Micky war nicht der Hund, der zum Knochen kam. Wenn der Kerl ihn wollte, dann musste er schon zu ihm kommen. Es war Micky, der hier die Regeln bestimmte.

Entschlossen setzte er einen Fuß auf die Kellertreppe und lief vier Stufen hinunter, bis er jene erreichte, die bereits morsch war. Ging man, an den Stein des Fundaments gepresst, ganz am Rand entlang, konnte man lautlos ins Untergeschoss gelangen. Wenn man aber, so wie Micky, genau in die Mitte trat, knarzte die Stufe. Laut. Noch lauter als die Dielen im Schlafzimmer.

Obwohl Micky mit dem Lärm rechnete, schnitt er ihm bis ins Mark und erzeugte ein Flaues Gefühl in seiner Magengegend.

Nun wusste der Mistkerl, dass er ebenfalls im Haus war; wusste, dass sein Opfer sich unter ihm befand. Er würde kommen, würde der Versuchung, ihn möglichst schnell zur Strecke zu bringen, nicht widerstehen können.

Micky eilte die Treppe wieder hinauf, ließ die Tür sperrangelweit offen. Er durchquerte den Flur, schlüpfte in die Küche und kroch dort unter den kleinen, viereckigen Esstisch, an dem gerademal zwei Leute Platz fanden.

In der dunklen Ecke würde man ihn nicht sehen können, da Tisch und Stuhlbeine ihre Schatten warfen, in denen er sich verstecken konnte.

Von ihr aus hatte er sowohl die Treppe als auch Teile des Flurs und des Wohnzimmers im Blick. Vor allem aber den Zugang zum Keller.

Es dauerte nicht lange, bis die düstere Silhouette einer Gestalt leise und lauernd aus dem ersten Stock hinabgeschlichen kam.

Ein Lächeln legte sich auf Mickys Lippen. Sein Trick hatte funktioniert. Jetzt würde es losgehen. Jetzt zählte jeder Vorteil. Und noch immer war das Überraschungsmoment auf seiner Seite, wähnte sein Widersacher ihn doch unter, nicht hinter sich.

*

Am Fuß der Treppe blieb der Schatten stehen und spähte in den angrenzenden Wohnraum. Als er dort anscheinend nichts entdecken konnte, ging er weiter den Flur entlang. Er sah die offenstehende Tür und erstarrte. Vermutlich überlegte er, wie er vorgehen sollte.

Micky beobachtete, wie er langsam und behutsam die Pistole aus dem Holster an seiner Hüfte zog. Mit einem kaum hörbaren Klicken entsicherte er sie.

„Miguel?" Der tiefe, selbstsichere Bariton vibrierte durch das ganze Haus, riss ein schauerliches Loch in die angespannte, lauernde Stille.

Micky lächelte.

Er wollte also reden, wollte, dass er ihm antwortete, um seinen Aufenthaltsort im Haus zu verraten. Für wie dumm hielt er ihn denn?

Vielleicht ging es ihm aber auch nur darum, Zeit zu schinden. Oder darum, sein Gewissen zu beruhigen.

Letztlich war Micky das völlig egal. Er hatte längst die Fäden in der Hand, war zum Spielmacher geworden, als er diesen Ort betreten hatte.

„Miguel, bist du das? Hör zu! Lass uns reden, ja?" Während er sprach, schob er sich durch die Schwärze des Flurs, die Waffe mal auf die Öffnung zum Keller, mal zu den Durchgängen zu Wohnzimmer und Küche gerichtet.

In der Stube knackte es und er fuhr herum, stieß gegen die elfenbeinfarbene Kommode, die rechts von ihm an der Wand stand.

Ein unterdrückter Fluch war zu hören, als er in letzter Sekunde eine gerahmte Fotografie auffing. Dann nur noch der aufgeregte Atem, der stoßweise ging und keuchend in Mickys Ohren hallte.

Micky unterdrückte ein erheitertes Lachen.

Das Haus war alt und das Holz atmete. Es knackte und knarrte des Öfteren, doch er konnte sich des Gedankens nicht erwehren, dass das Gebäude seine Seele teilte, dass es dem Eindringling einfach einen Schrecken hatte einjagen wollen.

Mit grimmigem Amüsement beobachtete er, wie sein Widersacher das Bild zurück an seinen Platz stellte. Natürlich konnte er in der Finsternis nicht erkennen, was auf der Aufnahme zu sehen war, aber er wusste es. Es war das einzige Familienporträt, das im ganzen Haus zu finden war. Micky war darauf zu sehen, mit freudigem Lächeln und verstrubbelten Haaren. Neben ihm seine Mutter mit ihrer blassen Haut und dem zu einem strengen Dutt gebundenen, blonden Haar. Und auf der anderen Seite sein Vater. Juan. Ein rassiger Latino mit feurigem Blick.

Micky hasste das Foto. Aber er behielt es, damit er nicht vergaß.

Die Sekunden dehnten sich. Es schien ihm, als stelle dieser verdammte Kerl den Rahmen in Zeitlupe zurück an seinen Platz.

Dann stockte der Eindringling ein weiteres Mal und nahm etwas von der Kommode herunter, um es in seine Tasche zu stecken.

Mickys Dienstmarke.

„Miguel! Ich weiß, dass du hier irgendwo bist. Im Keller?"

Ja, Chuck, im Keller. Warst du denn noch nicht da unten?

Seine Nerven waren bis zum Zerreißen gespannt, als er beobachtete, wie der leichtsinnige Idiot auf die offenstehende Tür zum Untergeschoss zu ging.

„Mach keine Dummheiten, Kleiner. Wir können über alles reden."

Mach du keine Dummheiten. Du hättest nie herkommen sollen.

Mickys Atemzüge wurden schneller und sein Herz hämmerte so laut, dass es in seinen Ohren pochte, als er sah, wie der andere Polizist die ersten Stufen hinunterstieg und langsam in der undurchdringlichen Dunkelheit des Untergeschosses verschwand.

Ein lautes Knarren verriet ihm, dass Chuck die fünfte Stufe erreicht hatte. Sein Zeichen. Es war Zeit zu handeln.

Lautlos kroch er unter dem Küchentisch hervor. In geduckter Haltung eilte er bis zur Treppe. Ganz an das kühle Gemäuer gedrückt, stieg er hinab. Stille. Kein Geräusch begleitete ihn. Das verräterische Knarren blieb aus, als er die heikle Stelle erreichte. Den letzten Absatz nahm er schnell. Er hatte nicht viel Zeit, bis Chuck merken würde, dass er sich nicht in den Nischen des Gewölbes versteckte.

Unten lehnte eine Axt am Geländer. Wenn er die erreichte, war das Leben seines Partners Geschichte.

Micky gelangte ans Ende der morschen Holzkonstruktion. Mit dem Fuß stieß er gegen etwas, das da nicht stehen sollte. Ein blechernes Scheppern zerriss die angespannte Stille.

Dosen. Leere Konserven, die sonst in einem klapprigen Regal an der Wand standen. Wie kamen die dahin?

Verwirrt und alarmiert versuchte Micky, zu erspüren, wo Chuck sich befand. Hatte sein Kollege ihm diese Falle gestellt?

Grelles Licht blendete seine Augen. Instinktiv hob er zum Schutz eine Hand vor das Gesicht.

„Miguel." Chucks Stimme klang sanft und bedauernd. „Hast du gedacht, ich würde dir so leicht ins Netz gehen? Ich mag vielleicht zum alten Eisen gehören, aber dumm bin ich nicht."

Zumindest nicht so naiv, wie ich dachte.

„Jetzt lass' uns eins nach dem anderen tun, Miguel, ja?"

Micky konnte das Gesicht des anderen Polizisten nicht sehen.

Chuck hatte nicht nur seine Waffe, sondern auch die Taschenlampe direkt auf sein Gesicht gerichtet. „Ganz langsam. Schritt für Schritt." Nervosität und Konzentration lagen in Chucks Tonfall. Er war bei weitem nicht so cool und besonnen wie er tat. „Leg' deine Waffe auf den Boden. Dann schieb sie mit dem Fuß zu mir rüber."

Micky nickte, um seinem Partner zu zeigen, dass er seine Anweisung verstanden hatte. Extrem langsam zog er mit der linken Hand seine Dienstwaffe aus dem Holster. Die Rechte hielt er in die Höhe, damit Chuck sie sehen konnte.

Ein überlegenes Lächeln schlich sich auf Mickys Lippen, als er seine Glock 17 auf den Boden legte und sie kurz darauf zu dem Mann, der ihn so vieles gelehrt hatte, hinüberkickte.

Glaubte Chuck wirklich, er sei ohne seine Pistole unschädlich?

Micky fühlte sich erst jetzt richtig lebendig. Jetzt begann das spannende Spiel.

„Chuck, es tut mir leid."

Für den Bruchteil einer Sekunde genoss Micky die Verwirrung, die spürbar zwischen ihnen im Raum hing. Dann handelte er.

*

Blitzschnell sprang er nach vorn, direkt auf Chuck zu. Er wusste, sein Partner würde nicht auf ihn schießen. Konnte es nicht. Wollte nicht.

„Miguel!" Der Name war Gebet und Fluch zugleich. Das Flehen, es gut sein zu lassen und das Entsetzen darüber, dass Micky zum Angriff überging, waren gleichermaßen darin zu hören.

Es waren nur drei Schritte. Sekundenbruchteile.

Mit der rechten Hand schlug er seinem Partner die Taschenlampe aus der Hand. Klappernd traf sie auf dem nackten Betonboden auf. Schlagartig wurde es wieder dunkel im Keller.

Er sah nichts mehr. Alles war schwarz.

Chuck stand noch direkt vor ihm. Er hörte seinen keuchenden Atem, roch den sauren Schweiß der Angst. Als er seine Hand nach vorn streckte, spürte er den Stoff der Uniform an seinen Fingerspitzen.

Ein lauter Knall explodierte direkt vor ihm.

Die Überraschung zog wie ein Windhauch an ihm vorbei. Also hatte der alte Hund doch geschossen. Zu seinem Pech daneben.

Der Keller lag plötzlich im Stillen. Der angestrengte Atem des anderen, war für Micky nicht mehr zu vernehmen. Der Schuss hatte sein Gehör betäubt.

Vorübergehend.

Es war wichtig, ruhig zu bleiben. Er durfte nicht in Panik geraten.

Schnell und zielsicher packte er das Hemd seines einstigen Mentors, holte aus und rammte seine geballte Faust dorthin, wo er Chucks Gesicht vermutete.

Schmerz schoss in seine Fingerknöchel und raste seinen Arm hinauf.

Anscheinend hatte er getroffen.

In rascher Folge schlug er mehrmals zu.

Chuck war offenbar von seiner Attacke überrascht worden, denn ihm blieb keine Gelegenheit zur Gegenwehr.

Micky spürte, wie warme, klebrige Flüssigkeit über seine Hand lief. Blut.

Hastig tastete er nach den Armen seines Gegners, erreichte schließlich dessen Hände und stellte fest, dass sie leer waren.

Was mit der Waffe war, konnte er nicht sagen. Vielleicht war sie schon zu Boden gefallen.

Der ältere Polizist versteifte sich plötzlich, versuchte, sich aus Mickys Griff zu winden. Es gelang ihm, seine Hände zu befreien und Micky spürte einen heftigen Schmerz an der Schläfe, wo sein Partner ihn mit der Faust erwischte.

Mehrmals bekam er Chucks Unterarme zu fassen, musste sie aber wieder loslassen, weil der Mann sich vehement zur Wehr setzte.

Die betäubte Stille, in der ihr Kampf ums Überleben stattfand, war gespenstisch. Dann endlich gelang es Micky, seinen ehemaligen Mentor zu fixieren, sodass dieser ihn nicht mehr mit den Fäusten erreichen konnte. Eine Mischung aus Erheiterung und Bedauern durchströmte ihn. Mit einem heftigen Tritt gegen die Knöchel nahm er seinem Partner das Gleichgewicht, schickte ihn zu Boden und sprang über ihn, sobald er spürte, dass er nach hinten kippte.

Er suchte den Kopf des Mannes und nahm ihn in beide Hände. Abermals versuchte der andere Polizist, sich zu wehren, bäumte sich unter ihm auf und stemmte sich mit den Armen gegen Micky.

Doch er ließ sich nicht abschütteln. Innerlich war er kalt, zielorientiert. Brutal schlug er den Hinterkopf seines Mentors auf den harten Beton des Kellerbodens. Er spürte das widerliche Knacken, das seine Ohren nicht wahrnahmen in seinen Fingern. Chucks Körper erschlaffte sofort unter ihm und Micky krabbelte keuchend von ihm herunter.

Noch immer war die Welt still und dunkel.

Für ein paar Sekunden blieb er einfach neben dem Bewusstlosen sitzen, starrte ins Nichts und lauschte in sich hinein.

Das war knapp gewesen. Der Schuss hätte ihn ebenso gut treffen können. Oder Chuck hätte seinen Angriff vorausahnen und ihn doch überwältigen und verhaften können.

Ein raues Lachen stieg in seiner Kehle auf. Das Vibrieren seines Adamsapfels war allerding sein einziger Anhaltspunkt dafür, dass der Laut tatsächlich seinen Mund verließ.

Nachdem er sich beruhigt hatte, stand er auf und schaltete das Kellerlicht ein. Eine einzige nackte Glühbirne, die über einem alten Holztisch hing, der im hinteren Teil des Raumes stand.

Inzwischen kehrte ein Rauschen in seine Ohren zurück und er nahm seine eigenen Schritte und Bewegungen als dumpfe Geräusche wahr, als befinde sich sein Kopf unter Wasser.

Eisige Ruhe ergriff erneut von ihm Besitz, als er Chucks Körper hochhob und ihn zu dem Tisch hinübertrug. Dort legte er ihn auf den Rücken und band seine Hand- und Fußgelenke mit den dafür vorgesehenen Lederfesseln fest.

Bei seinen sonstigen Opfern war das dringend nötig. Sie zuckten, zappelten und wehrten sich immer so sehr, wenn er mit der Axt nach ihren dreckigen Schwänzen hieb.

Bei Chuck war es reine Vorsichtsmaßnahme. Eigentlich war es traurig, dass er ihn töten musste. Er war in Ordnung. Aber er war ihm zu nahe gekommen. Sein Partner hatte zu begreifen begonnen. Schuld waren die Rosen. Die hatten seinen Mentor auf seine Fährte gebracht.

Micky hatte unbedingt gewollt, dass die Presse darüber berichtete, dass der Spalter seinen Opfern stets eine rote Rose zwischen die Zähne gesteckt hatte, aber sein Team – allen voran Chuck – hatten das zurückhalten wollen, da es sich um Täterwissen handelte.

Aber Micky war die Botschaft doch so wichtig gewesen. Er hatte der ganzen Welt mitteilen wollen, dass es gerade die gottverdammten Rosenkavaliere waren, denen man misstrauen musste.

„Aber du wolltest das nicht", flüsterte er nun und strich sanft mit dem Zeigefinger über die zertrümmerte Nase seines Partners. „Du hast mir im Weg gestanden. Das war okay für mich, weißt du, Chuck? Aber dass du in meiner Vergangenheit schnüffelst, mit meiner Mutter sprichst, es wagst, hierher zu kommen – das ist nicht okay für mich!"

Er wandte sich um, ging zur Treppe und griff sich die Axt, die dort am Geländer lehnte.

Er würde Chucks Leiche auf ähnliche Weise drapieren wie die ganzen lateinamerikanischen Kinderficker, denen er den Schwanz und das Hirn spaltete. Auch wenn sein Mentor das sicher nicht verdiente, bestand so vielleicht die Chance, dass man den Mord einem Nachahmungstäter zur Last legen würde.

Mit gespreizten Beinen, um einen möglichst festen Stand zu haben, stellte Micky sich an das Fußende des Holztisches. An der Wand vor ihm, direkt über Chucks Kopf, hing ein plakatgroßes Porträt von Juan.

Sein Vater war sonntags mit roten Rosen von der Kirche nachhause gekommen, um seine Mutter zu umwerben. Aber geliebt hatte er abends stets Micky. Jeden Sonntag.

„Tut mir leid, Chuck.", flüsterte Micky. „Jetzt sind wir beide seine Opfer."

Dann rammte er seinem Partner die Axt in den Schädel.

IN-VITRO LIEBE

(MARCUS REIß)

÷Mutter÷

Manchmal, wenn sie das Meer sah
oder Sterne
sprach sie mit mir.
Flüsterte Verkündigungen, dabei glaubte sie
nicht mal an Gott.
Aber daran, dass wir alle anders werden.
Eines Morgens, in einem fraglosen
Frühling schenkte sie mir etwas.

÷Wunschkind÷

Nachts pflanzten SIE mich ein.
Im lauen Schlaf meiner Mutter.
Das Blut, die Schnitte, das Schweigen
weckten sie nicht.
Zuerst war ich reines Gehör.
Sie gluckerte, murmelte, waberte.
Ich schwebte wach in ihrem Uterus,
eine Mätresse gewichtsloser Ängste.
In diesem Unort lag ich mundlos,
halb gegliedert und blind.

Sie spürte mich zuerst nicht.
Ich war die „tausend Gramm zu viel" von denen
ihre Waage am Seeufer sang.
Mutter zerfiel innerlich, bespuckte ihr
Kleid, verzehrte sich und
sprang.
Gänsehautzumtrotz schwamm sie
atemlos, umtost.
Ihre wahnhaften Wunden, Risse und
Narben waren leider
auswaschimmun.
Ihre Haut?
Zeitloser als die Zeit.

÷zur Welt kommen÷

An meine Geburt erinnere ich mich nicht.
„An meine Geburt erinnert sich
meine Mutter nicht", sagte meine Mutter einmal und tat
es ihr gleich.
SIE extrahierten mich im Schlaf. Mein
Äußeres brannte, wurde kühl und surreal.
Schwereleicht lag ich wach.
Eine Collage aus blassen Augen,
Kinderohren, Winkelstirnen flüsterte
vielstimmig: „Hab keine Angst," und „DU bist frei."

Und ich? War einfach da.
Mutters liebste Brut.

Sie beschnitt Äste. Schnurrte, hoffte auf
Hoffnung.
(Ich war da. DA.)
Sie las Mädchennamen aus Büchern vor.
Zählte und strichelte die Ypsilons.
(Ich war da. DA. DA!)
Ängstlich tanzte sie. Demuttrunken.
Ich blieb. Da. Und war doch nirgends.
Kam zur Welt wie Regen.
Jede Sekunde wuchs ich und schwand und wurde
Luft.

÷Imperfekt÷

Mein erster Freund
(die Gelangweilten haben ihn selig)
verstand nicht, warum ich das Wasser
mehr liebte als ihn.
So sehr mehr.
Stunden lang versteckte ich mich darin,
tauchte unter, ließ mich treiben.
Luft rein, Luft raus.

Verzerrt, durchnässt und gebrochen
bin ich einfach überall.
Hierin, nicht bei ihm, bin ich eine andere.

Unverraten.

Nie reibe ich die Nässe ab.
In keinem Sommer, keinem Winter.
SIE sollen mich trocknen sehen
und liegen.
Mich, die Unperfekte.
Ich wünschte, auch meine Seele bestünde
aus Gradienten und Parabeln, aus
Fugen und Fluchtpunkten.
Das sage ich euch, die Gezimmerte,
versehen mit kontrafaktischen Armen,
Ohren und Fingern.
Trotzdem bin ich Musik und reine
Vibration.
Ich bin ein Spiegelspiel.

÷Transkription÷

Am Grab kniend, entferne ich Mutters
Namen.
Kratze und schabe wie eine Krähe auf
schwarzem Schiefer.
Letzter Dienst an einer längst Vergessenen.
Sie liebte alles Glatte, verehrte meine Haut,
diese Ebenheit in allen Winkeln, gefaltete Falten.
Nichts fällt aus der Art.
Sag mir Mutter, Gebärerin
der Verwundeten. Was ist das hier für ein Ort?
Alle trauern ungebückt.

Die Meißelworte - fort.
SIE sind die Lebenswachen.

Alles ist überall vernäht und verschlossen.
Maximalversorgt und verhütet.
Die Nacht ist die Konversion, nach der
Alpträume keine Träume mehr sind.
Menschen gehen nicht mehr.
Sie wandeln und ich unter ihnen.
Aber ich bin die Gewandelte,
bin stille Musik: Heilerin der Heillosen.
Aber anders genug?
Einen Grabgang weiter ragt ein Messer
fest verwurzelt und verloren.
Ich schneide,
säge,
schneide weiter,
schneide
ab was mich trägt und hält.
Ich teile mich, blute
und bin viele.
Alles Verwünschte fällt ab, wie Staub
von jenem Stein.
Meine Haut - Krater, Rose, Revolution.
Ich sehe SIE kommen,
zerstöre mit Links alles was mich trug
und schlafe tief
in meinen Flüssigkeiten.

÷vitro÷

SIE kehrten zuruck.
Begruben mich nicht, mich die
Geteilte, die Wahre.
Nichts sollte mehr zu mir gehören!
Nichts.
Nichts da.
SIE bargen meine Teile,
suchten und verstauten jedes Gramm mit
liebloser Ignoranz.

Dann war alles warm.
Ich tauche ein
in laues Wachs,
in warme Milch,
in kalte Creme.
Die Paste umgab mich porentief.
Sammelte sich an Stummeln und Enden, an Adern und
Händen
und formte was mir fehlte.
Tausendstelsekundenlangsam
härteten
Handhüllen, Fingerhüllen, Fußhüllen
aus.
Gläserne Glieder, durchschaubar schön zerbrechlich.
Bei meiner dritten Geburt,
lag ich wie meine Mutter im Bett
und wusste nicht, was geschah.

÷internal Aufruhr÷

Ich sehe meine Knochen, Sehnen, Adern wachsen.

Unaufhörlich.

Mit eigenen Augen filme ich das unsichtbare

Kriechen und Krauchen,

diese

permanenten Grenzgeburten.

Warum bin ich nur so sichtbar?

Mein Herz ekelt sich und mit ihm alle Welt.

Die Ohren halte ich mir zu, Haut an Glas, Glas an Haut.

Warme Kälte und inmitten dieses klebrige Geräusch.

SIE marschieren in mir.

SIE sind meine Haut.

Aber in mir darf kein Krieg sein - ich liebe den Frieden.

Ich bin eine hübsche Kapitulation.

Alles larviert und lebt, alles bebt.

Mit „Händen" und „Beinen" schlage ich verzweifelt und

bekümmert auf eine Mauer ein.

„Lass es sein!"

Denn gar nichts zerspringt.

÷love÷

"Seht mich an!"

Die Straße fließt förmlich und flieht.

Es gibt Fenster in diesem Cafe.

Sie lassen meinen Blick nicht hinaus, aber den aller

Äderpuppen herein, die

graugebräunt stolzieren.

Fein austariert und verstimmt beieinander.

Ein Pärchen sieht an mir vorbei. Absichtslos.

So weit ist es gekommen.

„Ihre Augen sind so etwas nicht gewöhnt", flüstere ich mir zu.

„Sie sind blind", überrascht mich eine Stimme. „Sie können das nicht sehen."

Nur langsam verstand ich, dass sie jemandem gehörte.

„Das Glas an Dir sehe ich nicht", sagt er, ein Gesicht voller Haare, mit Augen aus...?

„Warum sagst Du das? Bist Du auch blind?" Er ist pure Ignoranz.

Musste es sein.

„Kann ich Dir was bringen?"

„Siehst Du mich?" Er ist geheuchelte Hilfsbereitschaft.

„Ich sitze nur hier."

Er bestand nur aus Augen wie Perlen: „Bist Du verrückt?"

„Ein wenig. Fürchte ich. Mich. Vor. Dir."

Ich erstarre. Er starrt nicht.

„Du hast glasige Pupillen. Dir fehlt Schlaf, Hübsche."

Einen Zungenbiss später sehe ich seinen Bewegungen nach.

Er geht normal, irgendwie ungelenk, wie ein wandelnder Fehler.

Warum tut er das?

Er bringt mir schwarzen Kaffee mit einer Minznote.

„Glas ist ein Spiegel."

Ich hebe meine Arme. „Erwischt!"

„Du verstehst nicht. Ich sehe etwas, was Du nicht siehst."

„Siehst Du SIE?"

„Niemand tut das."

„Siehst Du mich?"

„Ich sehe eine Tote, die ihre Geburt überlebt hat
und eine zweite nicht verkraftet."

Entweder war er SIE oder ein Dämon.

Ich liebe nicht ihn.

Ich liebe was er an mir liebt.

Ich liebe ihn an mir vorbei.

÷Sir÷

Ich zählte die Tage meiner Geburt.

Jede Sekunde sah er mir zu.

Nein.

Er sah, wie ich hinaussah und spürte, wie ich wuchs.

Wie alles Ich wurde

unter diesem Glas.

Und er wuchs mit mir.

Am Ende seiner Schicht küssten wir uns.

Er atmete anders, roch anders, sprach anders, ging anders.

Das klingt komisch, aber ohne einander sind wir uns fremd.

Einen Namen besaß er übrigens nicht.

Hier nennt man ihn „Sir",

dabei war er erst neunzehn.

Seine Geschichte hat er mir nie erzählt.

Er lebte sie für mich
jeden Tag und schenkte sich.

Vielleicht gab es nichts der Rede wertes.
Vielleicht wollte er mich schonen,
mich die Wiedergeborene
vor
Erinnerungsoverflow.
Memo: Meine Geschichte begann vor der Geburt.
Ob er darauf neidisch war?
Wir küssten uns jeden Tag, körperlos, mit vollen Lippen.
Niemals anders.
Hätte er mich berührt, die Heranwachsende,
meine Haut, Augen, Haare,
all die Ebenheiten
wäre ich durchschaut.
Die Gäste nannten mich übrigens ‚Puppe'.
Es war nie so gemeint.

÷lovelorn÷

Am See,
meine Hand in seiner,
trocknen wir monoatmend nebeneinander.
Sir schwimmt nicht,
(es fühle sich zu menschlich an)
aber er sieht mir zu
wie ich im See erst schwebe und dann verschwinde.
Dreht die Radiogesänge leise

damit ich das Plätschern höre und das Rauschen in mir.

Für ihn bin ich ein Abgrund,

der einzige, liebenswerteste, der, der alle anderen

Abgründe fernhält.

Nass wie ich bin lege ich mich

in die Sonne, die

mit halber Kraft scheinbar Unscheinbares schafft.

So trockne ich vor mich hin,

Haut an Haut,

ich glaslose, unversehrte Seele.

An die Schmerzen der Vergangenheit denke ich wehmü-

tig zurück.

Es fehlte Vieles

und doch

hat nicht viel gefehlt zu meinem Glück.

Ich spüre meine

wieder lebenden Finger,

kreise meine wiederbelebten Füße

spüre

wiedergegebene

nimmerverlorene Angst.

Wer bin ich?

Die Schuldige, die schlecht Träumende? Die Gefangene,

ungewollt Gewollte?

Unendlich traurig

zähle ich die Tropfen auf meiner Haut.

Wo meine Finger, Hände, Zehen waren

lauert die Unzählbarkeit.

Absolut nichts haftet dort.

love is an art –

Sir träumte.
Seine Lider flatterten im Atemtakt.
SIE waren so nahe.
Gesichtlos betraten sie meine Träume,
atmeten wie Bäume
ein verlogenes Grün.
Ich, die Unberührbare,
mehrfach geborene, unhaltbare
lag und lauschte.
Die Luft hing klamm in den Winkeln.
Ihre Blicke
sondieren meine Stirn
und alles an mir,
was rund-eckig-vermessen
einen Namen hat.

Ich bin ihre Brut,
geboren um zu sterben
als Bild von Bildern,
Original-Kopie-Original.
Dabei hasse ich Oberflächen
mehr noch als Blaupausen.
Irgendwann waren SIE fort
und ließen mich erleichtert und unberührt zurück.
Sir ist Künstler.
Kein Maler, kein Dichter, kein Musiker.

In seiner Nähe bin ich bunt, alles reimt sich auf einander,
alles ist im Takt.
Er fügt mich ein in diese Welt,
in dem er stillhält,
mich trocknen sieht,
mich an- und nicht auszieht,
Spiegel verhängt,
Mauern baut.
Er glaubt an eine Welt für mich,
in der alles
unhaltbare, doppelt geborene, unberührbare, unperfekte,
verwundete, verwandelte und heranwachsende
nur versteckt, was ich bin:
eine heillos liebende
unendliche Melodie.

SIE SIND WIE WIR, NUR FREIER

(TONI3ER)

Hier schwebe ich nun, in meinem Sichtfeld die Erde mit all ihrer Schönheit. Ich höre mein Herz klopfen, Angstschweiß läuft kalt mein Gesicht hinab und ich will sie genießen: Die letzten Augenblicke meines Lebens.

Mein ganzes Leben habe ich wie auf einem dünnen Seil getanzt, ich habe nicht nur überlebt, ich habe gelebt, mit der ständigen Angst zu fallen. Nun ist es passiert, ich war zu übermütig. Dieser Fehler hat mir alles geraubt.

Vor meinen jetzt geschlossenen Augen tauchen Bilder auf. Meine Mutter steht vor mir, ich spüre ihre zittrigen Hände auf meiner Schulter: „Das stimmt nicht! Das bist du nicht! Es ist alles gut mit dir!" Nach jedem Satz schüttelt sie mich einmal, nach jedem Wort fließen mehr Tränen aus meinen Augen.

„Alex, hör mir zu.", auf einmal wird sie ganz leise, ich blicke in ihre tiefblauen Augen, in denen ich nur die Liebe zu mir sehe. „Das bist nicht du, deine Psyche ist gesund, du hast keine Probleme. Solange sie denken, dass es so ist, ist es so." Ich nicke nur leicht, während ich mir nervös auf die Unterlippe beiße.

In der Schule haben sie uns gezeigt, welche Dinge zum vollständigen Ausschluss führen. Zu Hause bin ich sofort zu ihr gerannt, weil ich nicht wusste, was ich tun sollte. Natürlich war mir schon immer klar, dass meine Emotionen anders sind, extremer, allerdings habe ich mir nie groß Gedanken darüber gemacht.

Dann haben sie meine Gefühle so genau beschrieben, wie ich es niemals hätte in Worte fassen können. Und dann haben sie gesagt, dass so eine Gedankenwelt zu gefährlich und unberechenbar ist, dass sie unweigerlich zum Ausschluss führt.

Der Ausschluss, die Aussortierung aus der Gesellschaft in eine nahezu wertlose Schicht, die nur leistet und nicht leitet, die weiß, aber nichts sagen darf. Das eine, vor dem so viele Angst haben. Das war nun bittere Realität, aber nur, wenn sie es wissen.

Seitdem habe ich nie mehr mit einem Menschen darüber geredet, es war viel zu gefährlich.

Die Gesellschaft hat sich wieder zurückentwickelt in die Zeit der Industrialisierung. Die Arbeiter, oder Proletarier, wie sie in der Revolutionsbewegung genannt werden, haben zwar menschlichere Arbeitsbedingungen, allerdings ist es für sie unmöglich aus dieser Schicht wieder zu entkommen. Und was bringt einem schon Demokratie, wenn Stimmen gekauft und Parteien bestochen werden? Was bringt sie, wenn jede Partei, die sich für die Arbeiter einsetzt, schon im Keim erstickt wird?

Selbst die kommunistische Revolutionsbewegung organisiert sich im Geheimen, da sonst jeder einzelne von ihnen durch die Leitenden eliminiert werden würde.

Ich habe den Kommunismus nie als eine vollkommen gute Idee angesehen. Wenn allerdings die Gesellschaft an diesem Punkt angelangt ist, gibt es keine andere Lösung für mich. Und das sage ich als Teil der Wissenden, als Tochter eines Leitenden und einer Wissenden. Ich kann mir nicht einmal annähernd vorstellen, wie das Leben als

Proletarier und noch weniger wie es als Ausgeschlossener ist.

Jetzt sehe ich meinen Vater, ich höre seine Stimme als wäre es gestern gewesen. Diese eine Klangfarbe, an der man gemerkt hat, dass er sich wieder über die Lantis aufregt. Er hat ihre Warnungen immer ignoriert, er hat es durch den Schleier der Gier nach Macht nicht gesehen, das Leid der eigenen Bevölkerung, die dazu verdammt ist, zu schweigen, oder in der ständigen Angst lebt, es irgendwann zu sein.

Die Lantis sind doch nur wie eine Stimme tief in uns, die uns zeigt, bis wohin wir gehen dürfen. „Bis hier hin und nicht weiter!", sagten sie. Die Menschen gingen weiter.

Ich wusste, wer sie sind und wie sie lebten. Schon ganz früh wusste ich es. Die Lantis wollten nicht immer mehr, sie haben immer nur das Beste aus ihren begrenzten Möglichkeiten gemacht. Trotz der Höhlen, in denen sie leben, haben sie sich mehr Freiheit geschaffen, als es die moderne Menschheit je vermag hat. Wie sie ihren Kontakt zum Internet herstellten, wusste ich. Ich habe die Abzweigung in einem der Tiefseekabel entdeckt und das gleiche bei ihnen angewendet.

Dabei war ich doch nur ein Kind, ich wollte nichts Böses, allerdings habe ich das Beste aus meinen Möglichkeiten gemacht um mir schlichtweg eine Freundin zu suchen. Eine, die mich versteht, die mir die Angst nimmt, wenn auch nur für einen Moment.

Mich wird nie ein Mensch verstehen, habe ich gedacht und ich hatte Recht. Jedenfalls bin ich einem solchen Menschen nie begegnet.

Aber wer hat denn etwas von einer Grenze zwischen Mensch und Lantis gesagt?

Ich hätte das Kommunikationssystem der Lantis nahezu lahmlegen können, aber ich habe es nicht getan. Ich habe nur eine Freundin gesucht und sie gefunden: Eliza.

Wir haben geschrieben und immer wieder geschrieben. Irgendwann habe ich ihr gesagt, dass ich ein Mensch bin, dass ich nicht wie sie bin, aber doch wie sie. Dass ich nur keine weißen Haare habe, sondern braune. Sie wusste es schon. Sie wusste es, seit sie meine erste Nachricht gelesen hat. Es war ihr von Anfang an klar und es hat sie nicht interessiert.

Meine Welt konnte sie nicht verstehen, aber sie versuchte es. In unserer kindlichen Naivität haben wir die Gier und Macht der Menschen nicht gesehen.

„Was ist das für ein Monster, was einen Teil von euch leitet? Was ist diese Kraft, die euch dazu bringt, euch selbst zu unterdrücken und sogar den Planeten, von dem ihr abhängt, zu zerstören? Ihr wisst doch, dass es nicht gut ist", hat sie mich gefragt.

Ich hatte keine Antwort darauf. Waren es vielleicht Dinge, die ich verstehen werde, wenn ich älter bin? Was wusste ich denn schon, ich war doch nur ein kleines Mädchen, was versuchte zu große Probleme zu erfassen. Allerdings gab es für mich nie ein „zu groß".

Jetzt sind die Bilder wieder verschwunden und ich sehe wieder die Erde mit all ihrer Schönheit. Die Wolken, die sich wie eine Schneeschicht über die blauen Tiefen der Ozeane schieben. Irgendwo dort ist sie. Die Bilder verschwimmen leicht, aber ich will jetzt keine Tränen vergießen, ich habe doch gelebt und nicht nur überlebt.

Ich erinnere mich an diese Zeit, ich war ungefähr 13, wo alles angefangen hat, sich zu verändern. Die willkürlichen Emotionsausbrüche wurden mehr, gleichzeitig habe ich aber auch angefangen, an anderen Momenten nahezu nichts zu fühlen. Andere haben geweint, wenn ihnen wehgetan wurde, ich habe nichts gefühlt. Andere haben mitgefühlt, wenn einen ihrer Freunde wehgetan wurde, ich stand daneben und habe absolut nichts gefühlt.

Aber wenn nichts passiert ist, genau dann, dann hat ein Wort, oder vielleicht auch nur das Fehlen einer Reaktion mich völlig zu Boden gerissen und ich habe mich immer weiter von den anderen unterschieden. Bis ich mich irgendwann losgelöst habe von der Menschheit.

Da habe ich eingesehen, dass ich nun mal nicht dazugehöre, dass ich wie eine Lantis bin, nur eben mit braunen anstatt weißen Haaren. Und es ist OK.

Ab da habe ich angefangen zu leben, ich habe es auf meine Weise getan und Eliza hat mich immer unterstützt, auch wenn ich es nicht immer bei ihr tun konnte. Dadurch kam ich wie meine Mutter auch an die Spitze der Gesellschaft, ich war ein Hoffnungsschimmer für die Menschheit im Kampf gegen die Lantis. Wussten sie eigentlich, gegen wen sie da mich in den Kampf schickten? Ich sollte wirklich gegen die paar Lebewesen kämpfen, die mich verstehen?

Viel zu dankbar war ich dann, als ich dieses Angebot, oder vielmehr diese Aufforderung bekam: Ich sollte mit vier weiteren Menschen der absoluten Elite in den Weltraum und die Saturnmonde Enceladus und Titan erkunden. Natürlich nahm ich sofort an, alles andere wäre nicht geduldet worden. Außerdem möchte ich, dass sie sich an mich erinnern, dass sie mich nicht vergessen, weder die Lantis, die die herausgefundenen Informationen sowieso für sich nutzen, noch die Menschen, die ich doch mittlerweile eigentlich nahezu verabscheue.

Und doch schwebe ich jetzt hier und fliege nicht zu den beiden Saturnmonden, in meinem Blickfeld die Erde mit all ihrer Schönheit. Ich habe Fotos von früher gesehen, als die Pole noch von Eiskappen gesäumt waren. Jetzt ist der Kontinent der Antarktis teilweise sichtbar und die frühere Arktis lässt das Nordpolarmeer nahezu vollkommen durchscheinen. So weit haben es die Menschen also schon gebracht, man kann schon aus dem Weltall erkennen, dass sich dieser Planet verändert hat.

Die Zeit auf dem Raumschiff, auch wenn sie für mich nur kurz war, war schwer. Die anderen vier Menschen waren so vom System und dem Erfolg den sie erlebten geblendet, dass man nicht eine normale Unterhaltung führen konnte, ohne dass diese ewige Abneigung gegen die Lantis ans Licht kam. Hatten wir so etwas nicht schon häufig in der Geschichte der Menschen? Hat es jemals etwas gebracht außer Massenmorde? Millionen Juden, zehntausende Flüchtlinge im Mittelmeer, was soll als nächstes kommen? Milliarden Lantis oder doch lieber die völlige Auslöschung der eigenen Spezies?

Langsam wurde es mir zu viel und der fehlende Kontakt zu Eliza machte sich bemerkbar, die unkontrollierten Emotionsausbrüche wurden häufiger und stärker. Immer dann versuchte ich mich in meiner Arbeit zu verstecken und etwas zu schaffen. Das reichte aber irgendwann nicht mehr aus. Dieser eine Fehler, der mir alles geraubt hat, ich erinnere mich zu gut daran.

Wieder mal unterhielten sich die vier Wissenschaftler über ihre Heimat. Und wieder einmal wurde das Thema abgelenkt, bis es mir mitten im Gespräch dann zu viel wurde. „Was denken sich die Lantis eigentlich dabei, die Menschheit ist die führende Rasse und werden es bleiben. Sie sind nur wie Ungeziefer, das beseitigt werden muss!", hörte ich Aaron laut schimpfen. Ich schwebte schon die ganze Diskussion lang nur schweigend daneben.

Aus meiner Richtung kam plötzlich ein auch nicht ganz so leises: „Was denkst du eigentlich, sind die Lantis? Was denkst du, fühlen sie?" Ich machte eine kurze Pause, in der ich einmal in jedes der vier erstaunten Augenpaare blickte, die nun auf mich gerichtet waren. Dann fuhr ich fort: „Weißt du eigentlich irgendetwas über sie?"

Er schaute mich sichtlich verwirrt an und setzte nun auch wieder an: „Woher soll ich das wissen und was ist daran denn wichtig. Ihre Taten reichen doch."

„Was haben sie dir denn getan?", fragte ich nur trocken.

Er zögerte und ich blickte ihm eindringlich in die Augen, nach einiger Zeit wendete er seinen Blick leicht ab, was den anderen zwar nicht auffiel, worüber ich aber fast schmunzeln musste, an diesen einen Moment erinnere ich mich ganz genau. Dann atmete ich einmal tief ein, jetzt oder nie: „Und was haben die Menschen getan? Waren es nicht sie, die den eigenen Lebensraum und den der Lantis zerstört haben? Ist so eine Reaktion denn nicht völlig natürlich und sogar sehr zurückhaltend? Wie hätten die Menschen denn regiert, wenn ihr Lebensraum von einer anderen Spezies nahezu zerstört werden würde? Sie hätten sie ausgelöscht oder etwas Derartiges getan, oder?"

Wieder nahm ich einen tiefen Atemzug, jetzt war mein Untergang sowieso schon besiegelt.

„Hast du eigentlich auch nur einmal über das alles nachgedacht, bevor dir von diesem System vorgeschrieben wurde, was du denken sollst? Hast du dir einmal vorgestellt, dass die Lantis vielleicht auch fühlen, leben, genauso wie wir?" Es schwang immer mehr Wut in meiner Stimme mit und ich wurde lauter und schwebte auf ihn zu.

Eine Hand legte ich unter sein Kinn und brachte ihn dazu, mir in die Augen zu blicken. Dann wartete ich, um uns herum war alles nahezu still, man konnte nur das leise Rauschen des Lebenserhaltungssystems im Hintergrund hören. Eine Minute gab ich ihm und wir blieben so stehen.

Ganz leise fing ich wieder an zu sprechen, währenddessen verkrampfte sich meine Hand um sein Kinn immer weiter: „Ich kann dir eines sagen, ich weiß es ganz genau. Sie leben und lieben wie wir, nur freier. Uns können sie nicht verstehen, ich kann es übrigens auch nicht. Ein Lantismädchen hat mich einmal gefragt, welches Monster das sei, welches einen Teil von uns leitet, welche Kraft uns dazu bringe uns selber zu zu unterdrücken und sogar den Planeten, auf dem wir leben zu zerstören."

Alle vier blickten mich geschockt an, niemand vermag es etwas zu sagen. Dann kamen die Sätze, die mich mein Leben kosten.

„Ich habe Kontakt zu einer Lantis. Sie hat einen wundervollen Charakter, sie versteht mich. Ich denke wie sie, ich werde immer so sein. Und wenn es soweit ist, werde ich auf ihrer Seite stehen."

Auf einmal ging alles ganz schnell, ich wusste, dass diese Sätze mich umbringen werden und dass jeder von uns den Ablauf hier genau geplant und geübt hat. Ich bin eine Verräterin und ich weiß auch ganz genau, dass hierauf die Todesstrafe steht.

Nachdem sie mich gefasst hatten, wurde ich in eine Art Bewusstlosigkeit versetzt. Als ich aufwachte befand ich mich bereits nahe der Luftschleuse. Meinen Raumanzug ließen sie mir, da ich meine restlichen Minuten genießen solle, wie Carter es mir in einem gehässigen Ton klarmachte.

Und hier schwebe ich nun, in meinem Sichtfeld die Erde mit all ihrer Schönheit. Mein Herz klopft in einem ruhigen Rhythmus und meine Augen sind trocken, denn ich weiß, es war kein Fehler. Ich habe das Richtige getan.

Mit einem tiefen Atemzug schloss ich das Feld, welches vor meiner Iris tanzte. Ich strich mir durch meine weißen Haare und schloss die Augen. Noch nie war ich ein Lantis, die viel Wert auf Literatur legt, allerdings war dieser Mensch für mich eine Heldin. Das war das letzte Kapitel von dem Buch „Das Tagebuch eines Menschen", nach der Sendung über Radiowellen zu einer unsere Raumsonden ohne Veränderung veröffentlicht von Eliza Paridzirazh.

HALLO MISTER KREBS!

(ELKE WERNER)

Du hast mein Haus besetzt. Genauer gesagt, meinen Körper. Klammheimlich hast Du Dir ein Zimmer in meiner linken Brust eingerichtet und es Dir dort bequem gemacht. Genau genommen seid ihr zu zweit dort eingezogen und habt euch breitgemacht. In ihren Milchgängen und überall dort, wo ihr auf diesem engen Raum Platz finden konntet. Ihr habt euch an ihren Wänden festgekrallt und nicht mehr losgelassen.

Trotzdem bleibe ich dabei Dich in der Du-Form anzuschreiben. Das macht vieles leichter für mich.

Allgemein nennt man Dich Brustkrebs. In Wirklichkeit hast Du aber viele verschiedene Namen; bestehst je nach Art und Beschaffenheit aus vielerlei Buchstaben und Zahlen. Immer anders.

Bei mir bestehst Du aus genau siebenunddreißig Buchstaben und zehn Zahlen. Das Ganze garniert mit ein paar Sonderzeichen und Klammern. Selbst wenn ich versuchen wollte alles am Stück auszusprechen, wäre es ein Ding der Unmöglichkeit. Dennoch kenne ich Dich ganz genau; kenne alle Deine Buchstaben, Deine Zahlen und ihre Bedeutung.

Jeden einzelnen Buchstaben, jede Zahl und ihre Bedeutung habe ich hinterfragt, bis ich Deinen Namen verstanden habe.

Sowieso hinterfrage ich immer alles. Mein Notizbuch ist mein ständiger Begleiter und Karl-Peter! Auf dem Papier ist er mein Ehemann, für mich ist er so viel mehr. Er ist mein Partner, mein Kamerad und bester Freund; mein Liebhaber und liebster Kritiker. Er ist immer wieder derjenige, der mich nicht gegen die Wand rennen lässt, mich aufhält, bevor ich dagegen pralle. Mein Gefährte durch Dick und Dünn, in allen Lebenslagen. Mein Lieblingsmensch!

Wenn ich Fragen stelle, die man mir nicht beantworten kann, frage ich so lange weiter, bis am Ende hinter jeder Frage eine Antwort steht.

Angst ist hinderlich und Wissen ist Macht. Manchmal kann ich meine Angst aber nicht mehr im Griff behalten, seitdem ich weiß, dass Du bei mir eingezogen sein könntest. Aus diesem Grund muss ich mir auch etwas einfallen lassen. Ich will nicht zulassen, dass Du und meine Angst mich auffressen.

Da Dein Name so unaussprechlich ist, nenne ich Dich der Form halber Mister Krebs. Das ist keine Frage, es ist eine Tatsache. Ich will nicht, dass Karl-Peter mehr als nötig darunter leiden muss, dass Du es Dir bei mir bequem gemacht hast. Aber ich bin ehrlich! Ich weiß auch, dass die Angst, die Du in mir auslöst, dazu führen kann, dass ich aufbrausend und ungerecht werde, dass Tränen fließen und ich nicht immer so stark sein kann, wie ich es mir heute vornehme.

Man sagte mir heute, ich soll an mich denken, auf das achten, was mir guttut. Egoistisch sein. Aber das will und werde ich nicht! Ich will nicht, dass meine Kollegin Recht behält, wenn sie Dinge sagt, wie: „O Gott, dann verlässt dich jetzt dein Mann" oder in ihrem schnippischen Tonfall zum Besten gibt: „Na toll, dann wirst du dich jetzt verändern".

Das lasse ich nicht zu und das habe ich nicht vor. Ich mag mich! -Genauso, wie ich heute bin und Karl-Peter mag mich auch so. Sicher! - Glaube ich. Ein letztes Quäntchen Unsicherheit kann ich mir nicht versagen, denn ich weiß, dass meine Kollegin nicht gänzlich Unrecht hat. Es gibt sie, die Schicksale, wo es passiert, dass Menschen sich verändern. In diesen Lebenssituationen bewahrheitet sich der Spruch

„Augen auf bei der Partnerwahl".

Früher einmal, im Umgang mit meinen Kollegen, habe ich gelernt, dass man eher „Du Schwein" als „Sie Schwein" sagt. Distanz zu Dir zu wahren, wäre vielleicht besser, aber zurzeit ist es mir nicht möglich. Du bist mir nahe - zu nahe - und das macht mir Angst.

Ich kenne mich und ich glaube, es wird mir guttun ab und zu auch mal „Du Schwein" sagen zu können. Heimlich, damit es keiner mitbekommt. Wo es niemandem wehtut. Wo ich niemandem weh tun kann. Ein Grund, weswegen ich auch gerade hier sitze und diese Zeilen an Dich schreibe. Einen Brief, den ich im Anschluss fest verschließen werde, während Karl-Peter unsere Familie und Freunde anruft um ihnen das Ergebnis mitzuteilen. Ich denke nicht, dass es der einzige Brief bleiben wird, aber das werden wir sehen, wenn unsere Wege sich wieder trennen.

Mit meinen einundvierzig Jahren bin ich noch nicht bereit dazu, mir die Radieschen von unten zu betrachten. Ich werde kämpfen um zu siegen.

Was vor sechs Wochen mit den drei kleinen Worten „Da ist was" begann, wurde heute zur Gewissheit. Es waren die längsten sechs Wochen meines Lebens. Ein ständiges Auf und Ab zwischen Hoffen und Bangen; zwischen dem Lachen, hinter dem ich meine Verzweiflung versteckte und dem Mut, Dir die Stirn bieten zu wollen. Gelebt in der Hoffnung, dass alles nur ein böser Traum ist. Mit jeder Untersuchung und ihrem Ergebnis starb diese Hoffnung ein kleines Stückchen mehr.

Wir begegnen Dir nicht unvorbereitet, ganz im Gegenteil. Die vergangenen Wochen haben wir eine Strategie entwickelt, wie wir mit Dir in unserem Leben umgehen wollen, falls sich der Verdacht Deines Einzugs bestätigt.

Unser Leitsatz dabei lautet: „So normal wie möglich".

Dich zu hinterfragen, zu verstehen und zu analysieren; eine Strategie zu entwickeln, wie wir mit Dir umgehen wollen; Dir heute diesen Brief zu schreiben - all das sind Mittel, mit denen es mir gelingt, mein Gefühlschaos in den Griff zu bekommen.

Ich bin nicht alleine! - Wir sind nicht alleine! Wir müssen es nur zulassen. Das wird mir immer klarer, je öfter Karl-Peter den Hörer auflegt um erneut eine Nummer anzurufen. Er versucht es sich nicht anmerken zu lassen, aber seine Blicke, die er mir zwischendurch vom Telefon im Flur durch die offene Küchentür zuwirft, können seine Angst um mich nicht verstecken.

Ich sehe aber auch, wie sich seine verhärteten Gesichtszüge mit jedem Telefonat etwas mehr entspannen. Bei aller Last, die es mir bedeutet hätte, diese Telefonate zu führen, beschleicht mich das Gefühl, dass es Karl-Peter guttut. Es tut ihm gut etwas für mich tun zu können, dem ohnmächtigen Gefühl der Hilflosigkeit eine Richtung zu geben, in die er sein Tun und Handeln lenken kann.

Gerade beendet er das letzte Telefonat, strafft seine Schultern und greift sich den Zettel neben dem Telefon im Flur, auf dem wir notiert haben, was wir in den kommenden Monaten nicht vergessen wollen. Wie besprochen nimmt er sich die drei Magnete und heftet den Zettel an die Kühlschranktür.

Die Magnete sind uns neulich auf einem Flohmarkt untergekommen. Da war die Liste bereits vollständig. Seitdem liegt sie neben dem Telefon und wartet darauf an die Kühlschranktür geheftet zu werden oder mitsamt den Magneten in der Mülltonne zu versinken. Der Moment auf dem Flohmarkt, in dem ich die Magnete entdeckte, gehört zu jenen, von denen meine Freunde sagen, dass man das Herz erkennen kann, das über Karl-Peter und mir schwebt.

Es war einer dieser Momente, in denen wir uns bedingungslos verstehen. Noch heute sehe ich das Grinsen auf meinem Gesicht, als ich Karl-Peter die vier Krebse mit einem fragenden Blick entgegenhielt, er den Kopf schüttelte und murmelte: „Sonnenschein, du bist unmöglich. Willst du dir die wirklich immer ansehen?"

Abwägend schaute ich sie mir an, bevor ich einen zurücklegte.

Ich weiß, was auf mich zukommt, aber ich weiß nicht, wie mein Körper darauf reagiert.

Mit jedem Therapieschritt den ich durchstehe, wirst Du zurückgedrängt. Ich werde Schritt für Schritt gehen: Operation, Chemotherapie, Strahlenbehandlung und eine antihormonelle Therapie durchstehen. Die ersten drei

Schritte werden etwa sieben Monate andauern, der letzte Schritt wird für mich eine Zeitspanne von fünf Jahren bedeuten.

Nach jedem Schritt, den ich hinter mich gebracht habe, werde ich einen Krebs entfernen und am letzten Tag der Strahlentherapie werde ich zuschauen, wie das Papier zu Boden segelt und meine größten Ängste mit sich nimmt.

Dich zu hassen bringt mich nicht weiter, dadurch wirst Du Dich nicht entfernen.

Dich als Freund zu betrachten, wie es mir geraten wurde, ist mir auch nicht möglich. Dein Verhalten ist derart unsozial, dass ich Dich dafür ständig anschreien könnte - bringt mich aber auch nicht weiter.

Ein leichtes Lächeln fliegt über mein Gesicht, während meine Tränen das Papier benetzen, auf dem ich Dir am Küchentisch schreibe. Mein Blick wandert zum Kühlschrank. Ich kann jedes Wort lesen.

Hallo Mister Krebs:

1. Wir werden Dir so viel Raum geben wie nötig.

2. Ich werde, so oft es mir möglich sein wird, zur Arbeit gehen.

3. Wir werden jede Einladung annehmen.

4. Ich bin keine Entschuldigung für Karl-Peter.

5. Ich will trotzdem lachen.

6. Ich möchte mein soziales Umfeld nicht verlieren.

7. Ich möchte nicht, dass Du das „Alles-beherrschende-Thema" wirst.

8. Ich werde mich nicht verstecken.

9. Ich werde weiterhin Fahrrad fahren.

10. Ich werde nicht vergessen, wer und was ich bin; werde nicht vergessen, was ich mir bewahren möchte.

Während Karl-Peter nach irgendetwas in der Schublade wühlt, schreibe ich weiter.

Wir wissen, dass Du unseren Alltag verändern wirst, dass Du Zeit und Raum in Anspruch nehmen wirst und uns ist bewusst, dass Du diese Zeit und diesen Raum auch benötigst. Speziell mir ist aber auch bewusst und wichtig, dass ich darüber nicht die Menschen vernachlässigen möchte, die mir wichtig sind. Die Zeit bleibt nicht stehen und das Lebenskarussell dreht sich weiter. Nicht nur für Karl-Peter und mich, auch für den Rest der Gesellschaft. Ich will nicht die nächsten sieben Monate in einem Kokon gefangen sein, in dem man alles Unangenehme von mir fernhält. Zu meinem „So normal wie möglich" gehört auch, nicht in Watte gepackt zu werden.

Schonung zu Zeiten, in denen sie dazugehört, ist in Ordnung. Darüber hinaus will ich Anteil haben. Aus diesem Grund möchte ich auch weiter zur Arbeit gehen. Karl-Peter unterstützt meinen Wunsch. Mehr noch, er findet ihn richtig gut.

„Sonnenschein", hat er zu mir gesagt, „ich hole dich jederzeit wieder von der Arbeit ab, wenn du feststellst, dass es am Morgen die falsche Entscheidung war dorthin zu gehen und bringe dich nach Hause."

Dazu werde ich es nicht kommen lassen. Es würde bedeuten, dass er drei Stunden seiner Arbeitszeit verliert, wenn er das tun müsste. So etwas mute ich ihm nicht zu. Aber diese spontane Aussage und die Tatsache, dass er mich in den vergangenen Wochen immer wieder zum Lachen gebracht hat, bestärken mein Gefühl, an der richtigen Stelle „Ja" gesagt zu haben, als er mich darum bat sein Sonnenschein zu werden.

Dieser Wunsch zur Arbeit zu gehen, stößt derzeit in meinem Umfeld auf Sorge und zuweilen auf regelrechtes Unverständnis. Außer bei meinem Chef und meiner Kollegin. Denen ist auch nicht wohl dabei, aber sie haben sofort einen Schlachtplan mit mir erarbeitet, wie wir die Arbeit umverteilen könnten, sollte sich der Verdacht Deiner Anwesenheit bestätigen. So umverteilen, dass ich eine Hilfe sein kann, wenn ich da bin und nicht jedes Mal ein Loch in den Arbeitsablauf reiße, wenn ich zuhause bleiben muss.

Mit dieser Gewissheit im Rücken, werde ich meinen behandelnden Ärzten meinen Wunsch unterbreiten. Solange sie mir nicht sagen, dass sie es medizinisch nicht vertreten können, werde ich arbeiten gehen. Sobald mir einer von ihnen nahelegt, es nicht mehr zu tun, werde ich den Rat befolgen.

Ich weiß nicht, wie Du das siehst. Für mich klingt das nach einem guten Plan - für meine Psyche auch!

Karl-Peter und ich sind uns auch einig, dass wir jede Einladung annehmen werden. Ein schlechter Tag für mich bedeutet nicht zwangsläufig, dass es auch ein schlechter Tag für ihn sein muss. Ich werde nicht als Ausrede dienen. Für nichts!

Wir sind uns einig geworden, dass wir immer auf die jeweilige Situation schauen werden und danach entscheiden, wie wir damit umgehen. Mein Herz hat sich über dem Schreiben beruhigt, meine Tränen sind getrocknet.

Karl-Peter hat fertiggewühlt in der Schublade und offensichtlich gefunden, was er suchte. Mit seiner schlaksigen Figur, die ihn jünger erscheinen lässt, als er mit seinen fünfzig Jahren tatsächlich ist, steht er wieder vor dem Kühlschrank. Sein Kopf, dessen Haare am Ansatz den ersten grauen Schimmer erahnen lassen, verdeckt die Liste.

Während ich auf dem Ende meines Stiftes herumkaue, weil ich nicht so recht weiß, wie ich diese Zeilen an Dich am besten abschließe, tritt er mit einem Lächeln im Gesicht einen Schritt zurück und gibt den Blick frei auf die Liste.

Am unteren Rand erstrahlt, wie von Kinderhand gemalt, eine Sonne. Daneben kann ich die Worte lesen, die er in seiner Berg-und-Tal-Schrift in grünen Buchstaben daneben geschrieben hat:

Sonnenschein! - Wir schaffen das! Dein Lieblingsmensch

Klärchen Kind! - Wir schaffen das! Oma und Opa

Jule, Liebling! - Wir schaffen das! Mama und Papa

Lütte! Wir schaffen das! Deine Geschwister ...

Noch sechs bis acht weitere Einträge kann ich gerade noch wahrnehmen, bevor meine Augen sich endgültig wieder mit Tränen füllen. Selten habe ich so viele Tränen vergossen, wie in den letzten Wochen.

Trotz der Nässe in meinen Augen, spüre ich, wie etwas von innen in mir zu leuchten beginnt und ich unter Tränen lächeln kann.

Mister Krebs, Du hast Dir das falsche Zimmer ausgesucht. Auch wenn ich weiß, dass ich Dir dieses Zimmer opfern muss, mehr wirst Du nicht von mir bekommen.

Wir schaffen das!

In herzlicher Abneigung
Deine Klara

BRUDERLIEBE

(MICHÈLE LAUBER)

Krieg herrschte auf der Welt, wie er in den Herzen der Menschen wohnte. Cesare Borgia liebte den Krieg, er verehrte ihn so sehr, dass er ihn nicht nur führen und gewinnen wollte. Nein. Er wollte ihn leben, ihn spüren und ihn sich einverleiben, sodass am Ende nur noch einer auf dem Schlachtfeld stand. Er. Cesare Borgia.

Doch er war kein Krieger, er war Kardinal. Das rote Gewand aus Samt, mit den aufwendigen Stickereien und dem Saum aus Gold zwängte ihn ein, schnürte ihm die Luft ab und kratzte auf der Haut. Es war eine Last, keine Ehre, wie es sich für die anderen Würdenträger anfühlen musste. Cesare hasste es und er hätte alles dafür getan, ein Fürst oder gar ein Herzog zu sein.

Doch sein Vater, Papst Alexander der Sechste sah ihn lieber im Ornat, während sein jüngerer Bruder Juan Borgia im silbernen Harnisch auf seinem Araber saß und die päpstlichen Truppen anführte. Wie er seinen Bruder verabscheute, so sehr, dass er nicht einmal gewillt war mit ihm an einem Tisch zu sitzen.

Aber, wie das Leben so spielte, saß Cesare an diesem Abend zusammen mit seiner liebsten Schwester Lucrezia am Tisch und sah sich gezwungen mit Juan im selben Raum zu sein.

Die Anspannung wuchs mit jedem weiteren Tropfen Kerzenwachs, welcher vom silbernen Lüster rieselte. Nicht nur Juan war sich Cesares Aggression bewusst, auch ihre Schwester spürte sie und wusste, dass sie sich im Ernstfall nicht gegen ihre Brüder stellen könnte. Dazu waren beide zu hitzköpfig und viel zu stur.

Die Klinge blitzte im Kerzenschein auf, spiegelte sich für einen flüchtigen Augenblick an der Wand und blendete Juan. Die Luft war so dick, wie an einem hitzigen Augusttag, doch der war noch zwei ganze Monde davon entfernt. Alle warteten auf die Hausherrin, Vanozza de Cattanei, die sie zum Abendessen eingeladen hatte. Doch aus einem unerfindlichen Grund war sie wie vom Erdboden verschluckt.

Vielleicht, dachte Lucrezia seufzend, *war sie in der Küche und stritt mit dem dicklichen Manne, der die schreckliche Angewohnheit hatte, immer dann zu tief ins Glas zu schauen, wenn sie Gäste eingeladen hatte.*

Lucrezia war sich sicher, dass, wenn ihre Brüder weiterhin schwiegen und sich gegenseitig niederstarren, es nicht mehr lange dauern würde, bis einer von beiden zur Klinge griff und dem anderen die Kehle aufschlitzte. Und wie sie sie ihre Brüder kannte, wusste die blonde Schönheit ebenso gut, dass es mit Sicherheit nicht der Jüngere der Beiden sein würde, der als Erster zum Schwert griff.

Ihr Blick glitt zu Cesare, dessen dunkle Locken auf seinen breiten Schultern ruhten und einen starken Kontrast zu seinem leuchtend roten Ornat gaben. *Wie schön und stark er aussah*, dachte sie und versuchte sich nicht allzu sehr in das Aussehen ihres ältesten Bruders zu verzücken. Was ihr wahrlich schwer fiel, denn sie sah ihn viel zu gerne an, als das sie sich von seinem markanten Antlitz abwendete.

Juans schwerer Stiefel schabte unter dem Tisch über den teuren Dielenboden und riss Lucrezia aus ihrer Trance. Blinzelnd wich ihr Blick kurz zu ihrem Gegenüber, dessen olivgrüne Augen teuflisch aufblitzten.

„Was ist, reizende Schwester, habe ich dich etwa aus deinen Träumen gerissen?", bemerkte er spitzfinderisch, ließ keine brüderliche Besorgnis zu, sondern triefte vor Spott und Hohn. Was nicht nur Lucrezia bemerkte, sondern auch Cesare aus seiner passiv aggressiven Haltung lockte. Noch immer drehte er das Messer deren Spitze im Holz des Tisches steckte, langsam hin und her.

Der Griff war mit Edelsteinen verziert, die ein Gesandter aus den südlichen Ländern als Zeichen ihrer Unterstützung mitgebracht hatte, die Klinge des Dolches war scharf, wie die eines Schwertes. Das Metall wurde meisterhaft geschmiedet und so tödlich wie die Bisse einer Viper. Cesares Blick wanderte von der glitzernden Klinge zu seinem Bruder und ein eisiges Lächeln umspielte seine vollen Lippen.

Lucrezia hielt instinktiv den Atem an, ihr Herz pochte umso heftiger in ihrer Brust, weil sie wusste, dass Juan ein schlafendes Monster geweckt hatte. Nicht das Cesare eines war, aber er hatte eine dunkle Seite, die auch Lucrezia schon einige Male gesehen hatte.

Ob diese sie jedes Mal ängstigte, wie die Kanonenschüsse einer französischen Belagerung, wusste sie nicht, aber ihr war klar, dass er alles für sie, seine Schwester, tun würde und dazu gehörte es auch, Juans spitze Bemerkung zu verteidigen.

„Lucrezia, würdest du bitte sehen, wo unsere Mutter bleibt? Ich denke, sie hat vielleicht mit diesem fetten Koch einiges zu klären", erklang Cesares dunkle und bedrohliche Stimme. Lucrezia zuckte innerlich zusammen, blieb aber äußerlich völlig ruhig.

Sie nickte gesittet, lächelte kurz und rückte den mit Samt ausgekleideten Stuhl zurück, ehe sie sich aufrichtete und das blaue Brokatkleid glattstrich. Bevor sie sich vom Tisch entfernte, gab sie ihrem Bruder einen Kuss auf die Wange und lächelte versonnen.

Cesare sah die ganze Zeit seinem Bruder in die gläsernen Augen, sein Gesicht blieb eine eiserne Maske und als er die Schritte seiner Schwester hörte, die sich mehr und mehr entfernten, gab er die Anspannung in seinem Körper auf und lehnte sich zurück.

Juan erfasste diesen Stimmungswechsel und war verunsichert, doch er gab sich bestimmt nicht die Blöße, um die Fassung zu verlieren. Denn innerlich fürchtete er sich vor der Dunkelheit, die seinen Bruder umgab, so sehr, dass er ihn jederzeit aus dem Weg räumen würde.

Doch die Gelegenheit wollte nie kommen, aber vielleicht, so dachte er verdrossen, würde er sie auch nicht einmal ergreifen, wenn sie sich vor ihm entblößte, wie die Brüste einer Hure.

„Was?", blaffte Juan deshalb, um sich vor weiteren Angriffen Cesares zu schützen. Doch beide wussten, dass ihm das niemals gelingen würde. Denn Kardinal Cesare Borgia war ein Künstler des Redens, ein Virtuose des Manipulierens und der Zerstreuung. Keiner konnte es mit ihm aufnehmen, nicht einmal der Heilige Vater selbst.

„Nichts weiter, Bruder. Aber es ist schön anzusehen, wie der Neid dich zerfrisst", erwiderte Cesare gelassen und nahm das Messerdrehen wieder auf. Ein Zucken ging durch Juans Kiefer und in die glasigen Augen trat ein hasserfüllter Ausdruck, der Cesare anstachelte weiter zu machen, seinen Bruder noch weiter auf den Pfad des Hasses zu führen und zuzusehen, wie er sich mehr und mehr verirrte.

„Dein schwächelnder Geist sehnt sich nach Anerkennung, Cesare, die ich von unserem Vater erhalte. Immer und immer wieder. Aber du wirst immer seine zweite Wahl sein. Wieso sonst, hätte er dir das Amt eines Kardinals auferlegt?"

Juan wollte, dass sein älterer Bruder die gleiche bittere Medizin, wie er schlucken musste. Was die Reaktion hervorlockte, die der Anführer der päpstlichen Truppen wollte. Cesares Wut nahm überhand, brodelte bereits die ganze Zeit unter seiner Haut und kochte schließlich über.

„Du elender Hurenbock!", knurrte Cesare, stand so abrupt auf, dass der schwere Ebenholzstuhl nach hinten krachte. Er stützte sich auf der Tischplatte mit beiden Händen ab, so stark, dass seine Knöchel bereits nach kurzer Zeit weiß hervortraten und seine Muskeln zu zittern begannen. Doch er nahm von alle dem nichts mehr wahr, für ihn zählte einzig und allein die Vernichtung seines Bruders.

„Ich wäre ein besserer Krieger, als du es jemals sein wirst! Vater versteht das nicht, sein Verstand ist von der Vernarrtheit in dich vollkommen verblendet. Er sieht dich nicht so, wie ich oder Crezia dich sehen.

Wir sehen die Schwäche, das stetige Versagen von dir. Oder, stimmt es nicht, dass du bei der Belagerung von Forli gescheitert bist und von Catherina Sforza vorgeführt wurdest?", herrschte er seinen Bruder an und funkelte zornig.

Juans Gesichtszüge entglitten augenblicklich und sein Mund öffnete sich, wie der eines Fisches, der auf dem Trockenen lag und zurück in den Tiber möchte. Genugtuung durchströmte Cesares Venen, durch die sein Blut zäh wie Sirup floss.

„Wie lauteten ihre Worte?", spottete er weiter und ließ Juan keine Zeit zu antworten.

„Zehn weitere Kinder würde sie gebären? Doch, ich bin mir sicher, dass Catherina Sforza genau das gesagt hat, während sie vor aller Augen ihre Röcke raffte und ihre Möse zur Schau stellte", machte er weiter und genoss jedes einzelne Wort davon. Er sah zu, wie Juans Gesicht immer blasser wurde und erkannte das in ihm nicht einmal der Anschein eines Krieges wohnte.

„Na, wie fühlt sich das an?", zischte er über den Tisch, taxierte Juan. Das Schweigen seines Bruders war ihm Antwort genug. Wie er dieses Spiel genoss, obschon Juan es immer wieder versuchte, er würde Cesare niemals schlagen können.

Nicht in diesem und auch nicht im nächsten Leben. Er richtete sich auf, während er seinem Bruder noch immer in die olivgrünen Augen sah und lächelte düster, während er das Messer aus dem Tisch zog. Die Klinge blitze im Kerzenschein auf und ließ Juan zusammenzucken.

„Ich habe keine Angst eine Sünde zu begehen. Wie sieht es mit dir aus?"

Der schwere Geruch von Weihrauch lag in der Luft, als Cesare die Sixtinische Kapelle betrat. Seine Schritte hallten an den dicken Wänden wider und erzeugten ein leises

Echo, welches neben dem stetig kraftvoller werdenden Gesang des Kirchenchors in seine Ohren drang. Die Glocken schlugen unheilvoll zur zwölften Stunde, als sein Gefolgsmann Micheletto die heilige Halle dieses Meisterwerks ebenfalls betrat.

Der Narbige stach trotz der schlichten Kleidung, die vor Staub nur so stand, hervor, wie ein französisch gekleideter Gesandter in einem Pfuhl aus Bettlern und Bauern, und trat neben seinen Herrn. Dieser stand mit gesenktem Haupt neben einer frommen Frau, die schon bald das Zeitliche segnen würde, so kränklich sah das Weib aus. Ihre Kleidung zeugte von einem niederen Stand und die Schwarzfärbung von einem verstorbenen Familienmitglied.

Micheletto bekreuzigte sich nicht, er fürchtete Gottes Strafe genauso wenig, wie den Tod selbst. Nur die Taten eines Menschen auf Erden würden über das Seelenheil entscheiden, umso mehr vertraute Micheletto auf das Gewicht dessen, was er tagein, tagaus bewerkstelligte.

„Es ist alles zu Eurer Zufriedenheit erledigt, Herr", sagte er zu Cesare, dessen Blick noch immer auf das Abbild Marias gerichtet war. Der Kardinal nickte, bekreuzigte sich und trat einen Schritt nach hinten, ebenso wie sein Diener.

„Sehr gut. Jetzt steht uns nichts mehr im Wege", erwiderte Cesare und rieb sich die Finger. Denn trotz der vielen Kerzen, vermochten die gottesfürchtigen Besucher es nicht, die kalte Umgebung aufzuwärmen. Der Gesang des Chors strebte dem Höhepunkt zu, genau, wie der Plan, der der Heilige Vater und er geschmiedet hatten. Ihre Feinde würden sich nach diesem Paukenschlag nie wieder trauen auch nur den kleinen Finger zu heben, um sich an ihrer Familie zu vergehen.

„Habt Ihr noch einen Auftrag für mich, Herr?", erkundigte sich Micheletto und sah sich in der Kapelle um, dessen Fresken ein wahrer Meister gestaltet hatte. Michelangelo war ein beneidenswerter Mann, der es wusste, wie man das Zweideutige erweckte, ohne anstößig zu wirken. *Ein Mann wie ich,* dachte er, während er an all die Male erinnert wurde, die er die jungen Männer beneidete, die zur Muse eines namenhaften Künstlers auserkoren wurden und er selbst stets im Verborgenen tun musste, was ihm seine dunkle Seele befiel.

„Halte die Augen auf, Micheletto. Nur, weil wir ihnen einen Schritt voraus sind, bedeutet das nicht, dass sie das nicht auch können. Achtsamkeit ist unser aller Beschützer", erwiderte Cesare und klopfte ihm auf die staubige Schulter. Micheletto nickte, sah in die Augen Marias und erkannte in ihnen weder Anklage noch Verachtung, welches ihm schon zu oft begegnet war. Sie würde nie urteilen und andere anfeinden, nur, weil sie nicht wie Adam und Eva lebten.

Cesare betrat die vatikanischen Flure, tauchte in eine emsig treibende Welt ein, die im regen Kontrast zu der stillen und gottesfürchtigen Atmosphäre der Sixtinischen Kapelle stand. Er hasste die Stille, liebte das Chaos, die Verwirrung und sorgte selbst gerne dafür. Nicht nur im Auftrag seines Vaters, Papst Alexander VI. weshalb auch er zu dieser frühen Stunde auf direktem Wege zum Heiligen Vater war. Er musste ihm sagen, dass alles nach Plan verlief. Sie würden schon bald mit dem nächsten Schritt beginnen können.

Seine Robe glitt über den Boden aus kostspieligem italienischem Marmor. Das pompöse Kreuz, welches mit Rubinen verziert wurde, lag auf seiner Brust und symbolisierte für jeden stets das Leid Christi. Doch für ihn war es sein eigenes Leid. Die Bürde, die ihm sein Vater auferlegt hatte. Als er ihm im Alter von nur sieben Jahren die ersten kirchlichen Pfründen übertragen hatte.

Damals war er ein Kind, welches es nicht nur verlangte von seinem Vater anerkannt und geliebt zu werden, sondern es auch brauchte. Noch viel zu jung war um über Kirchen und andere Materien, die damit zusammenhingen, nachzudenken. Als er die große Treppe hinter sich ließ und zu den päpstlichen Gemächern kam, wurde ihm auf einmal bewusst, wie sehr sein Vater das Leben von ihm und seinen Geschwistern lenkte und beeinflusste.

Was wäre wohl geschehen, wenn er ihm freie Hand gelassen hätte?

Dieser Frage nachgehend, betrat er die Gemächer seines Vaters und fand ihn in einem Stuhl sitzend vor, während der Barbier das scharfe Rasiermesser an seinem Adamsapfel ansetzte und es langsam nach oben zog.

„Vater?", erkundigte er sich, während er mit gebührendem Abstand stehen blieb und wartete, bis er vom Papst näher gerufen wurde. Nicht immer beachtete Cesare diese Gepflogenheiten, aber er möchte seinen Vater nicht damit aufregen, dass er sich seinen Pflichten als Mann Gottes entzog.

„Ah, Cesare. Dich hat Gott direkt zu mir geschickt. Wir wollen wissen, wie weit du mit unseren Vorbereitungen bist", erwiderte Alexander und winkte seinen Sohn näher.

Cesare trat nach vorne und gab dem Barbier mit einer bestimmenden Geste zu verstehen, dass er sich zurückziehen und ihm das Messer übergeben sollte, was der ältere Herr mit einem stummen Nicken tat und Cesare seinen Platz zu überließ. Dieser stand nun hinter seinem Vater und setzte das Messer etwas weiter rechts an und zog es mit einer einfachen Handbewegung nach oben, ohne die Haut dabei zu verletzen.

„Ich habe die Mitteilung erhalten, dass alles vorbereitet ist", sagte er während des Rasierens und spülte die Klinge in der kupfernen Schale aus.

„Kann man der Quelle trauen?" Die Besorgnis des Papstes war berechtigt, würden Informationen nach außen dringen, würde dies nicht nur alles kompromittieren was sie in den letzten Wochen in die Wege geleitet hatten, sondern nur noch mehr Feinde hervorlocken. Dieser Bedrohung durften sie sich auf keinen Fall aussetzen.

„Sicher, Heiliger Vater, ich würde mein Leben für diesen Mann geben", erwiderte Cesare und setzte die Klinge zum letzten Mal an, ehe er das Tuch über die Gesichtszüge seines Gegenübers legte und es ihm überließ, sich zu säubern.

„Gut, wir können uns keinen Fehltritt leisten, Cesare." Der Angesprochene nickte, überlegte wie er seinen Vater auf etwas ansprechen konnte, welches ihm schon seit einer Ewigkeit auf dem Herzen lag. Die weit reichenden Konsequenzen waren Cesare bewusst, aber er wollte nicht mehr länger mit dem Titel eines Geistlichen herumlaufen.

„Wir werden nicht verlieren, Vater, das lasse ich nicht zu." Cesares laute Stimme erfüllte als einziges den großzügigen Raum, der mit schweren Möbeln aus exotischem

Holz ausgestattet war und ließ die Brauen seines Vaters nach oben schießen.

„Ich weiß mein Sohn, deswegen brauche ich dich im Ornat", sagte Alexander, sah seinem eigenen Fleisch und Blut ins Gesicht.

„Was? Denkst du, ich würde deine Gedanken nicht erraten können?", lachte er und schüttelte über das Verhalten seines Kindes den ergrauten Haarschopf. In all den Jahren, in denen er auf dieser Erde wandelte, wurde ihm Tag für Tag mehr bewusst, wie ähnlich Cesare ihm war.

Seine Verbissenheit, die Wildheit und die Kampfeslust in seinen Augen waren nicht zu übersehen. Aber manchmal war Alexander es auch leid, stets die gleichen Themen zu bereden. Denn vieles konnte man nicht ändern, selbst wenn man es wollte und dazu gehörte auch der Wunsch seines Sohnes von der Würde der Kirche befreit zu werden.

„Du weißt, dass ich einen Sohn in Rüstung und einen im Ornat sehen wollte. Genau das habe ich geschafft. Ich werde das nicht wegen einer deinen Launen ändern, Cesare", er wurde lauter und bemerkte, dass es seinem Sohn nicht gefiel. Doch er würde seine Meinung nicht einfach so ändern, ganz gleich welch Einwände er auch bringen würde.

Es ist eben, wie es ist, dachte der Papst verdrossen, überwand die Distanz zu seinem Ältesten und legte ihm seine faltige Hand auf die breite Schulter. Unter seinen Fingern spürte er den Samt, den auch er einst getragen hatte, doch ehe ihn die Erinnerungen einholten, verdrängte er sie und wandte sich dem Wichtigen zu. Seinem Sohn.

„Kämpfe nicht dagegen an, Cesare, sondern sehe es als Ehre an, Gottes verlängertem Arm zu dienen und damit das Wort Christi zu verbreiten. Lehne es nicht ab, nur, um einem lang gehegten Traum nachzurennen. Nimm dir meinen Rat zu Herzen, mein Sohn, denn einen zweiten werde ich dir in dieser Sache nicht geben", sagte er sanft aber bestimmt und tätschelte die Wange seines Kindes.

Doch Cesares Wut saß zu tief und brodelte schon viel zu lange in seinem Herzen, als das er es aufgeben würde, was für ihn bestimmt war. *Gottes Wege sind unergründlich,* dachte er nur und schwor sich, alles in seiner machtstehende zu tun, um an sein Ziel zu gelangen. Er war bestimmt Italien unter der Herrschaft seines Vaters zu vereinen. Zu einer glorreichen, erblühenden Zeit zu verhelfen und das würde er sich nicht einmal von seinem Bruder zunichtemachen lassen. Niemals!

Ihr blondes Haar hing in Engelslocken über ihre zierlichen Schultern, die rundlichen Wangen strahlten rosig, als Lucrezia ihren kleinen Sohn in den Schlaf wiegte. *Die aufwendig geschnitzte Wiege würde schon bald zu klein für Giovanni sein,* dachte sie versonnen, spürte, wie ihr Herz vor Glück überquoll, als ihr Sohn im Schlaf lächelte. Wie froh sie über das kleine braunhaarige Geschöpf doch war, dachte sie weiter und verlor sich immer weiter in der Vergangenheit.

Die weit vor Giovannis Geburt erschaffen worden waren. Erinnerungen, die zuvor Ereignisse waren, die sich für immer und ewig in ihr Gedächtnis gebrannt hatten. Erlebnisse, die sie niemals vergessen würde, auch dann nicht, wenn sie aus ihrem Herzen herausgerissen werden, wie die Geburt ihres Kindes, vor der sie sich, wie jede junge Mutter gefürchtet hatte. Doch sie hatte eine Familie, die sich um sie gekümmert hatte.

Zuvor hatte sie sich aus einer grausamen Ehe retten können, aus dem nur ein freudiger Teil geblieben war. Das war ihr Sohn. Der Name des Kindes ließe sich zwar auf ihren ersten Ehemann zurückführen, aber gemeint war er damit nicht. Wie auch, wenn er sie jeden Abend geschändet und es sich zur Aufgabe gemacht hatte, sie vor aller Augen bloßzustellen?

Damals war Lucrezia gerade einmal vierzehn Jahre alt, viel zu jung, um an einen alten Greis verheiratet zu werden. Doch ihr Vater, der Papst, wollte sich mit den Sforzas gut stellten, sie als Verbündete haben. Er konnte doch nicht ahnen, dass Giovanni Sforza ein solch grausamer Mann war.

Oder etwa doch? Wusste es ihr Vater die ganze Zeit und hat sie, wie ein Schaf an den Meistbietenden verkauft?

Diese Frage tat viel zu sehr weh, als dass sie weiter darüber nachdenken wollte. Sie hatte damit abgeschlossen und ihr Sohn würde ihr dabei helfen. Er war das Beste, das ihr jemals hätte passieren können. Nur war die Frage über seine Legitimität noch immer ein Streitpunkt in ganz Italien, welches sich zu einem Pulverfass entwickelt hatte.

Aber darüber musste sie sich keine Gedanken mehr machen, nie wieder würde er ihr etwas antun. Sie erinnerte sich mit wild pochendem Herzen an das blutige Messer, das Cesare ihr überbracht hatte, als er erfahren hatte, was dieser Bastard seiner Schwester abscheuliches angetan hatte. Sie hatte es berührt und sich geschworen, sich nie wieder so behandeln zu lassen. Dasselbe galt auch für eine politische Hochzeit, auf die sie sich nie wieder einlassen würde, auch wenn sich ihr Vater von ihr abwenden würde.

„Wie lange stehst du schon da?", fragte sie leise, als sie sich in Richtung Tür umdrehte und Cesare erblickte. Er stand da, betrachtete seine Schwester versonnen, sodass sich ein liebevolles Lächeln auf seinem hübschen Gesicht ausbreitete.

„Nicht sehr lange", sagte er mit dunkler Stimme und kam auf seine Schwester zu. Lucrezia spürte die Verbundenheit, die sie immer fühlte, wenn Cesare in ihrer Nähe war. Doch da waren noch andere Gefühle, die Lucrezia als schwach und verdorben fühlen ließen, wenn er nicht bei ihr war. Einsamkeit und Angst.

„Er wird so schnell groß", bemerkte sie gedankenverloren und drehte sich wieder zu ihrem Sohn um, der noch immer friedlich schlief.

„Er sieht so aus wie du. Hübsch und strahlend vor Kraft." Lucrezia sah ihren Bruder nicht an, spürte aber, dass er hinter ihr stand. Er legte seine Arme um sie und drückte sie an sich, atmete ihren Duft ein und genoss diesen Augenblick der Ruhe. Denn auch er verspürte nur dann Sicherheit, wenn er bei ihr war.

„Aber er braucht einen Vater", setzte er an und Lucrezia wusste sofort, wohin dieses Gespräch führen würde. Eine Hochzeit, arrangiert von ihrem Vater dem Pontifex Maximus.

„Er hat doch einen, dich", flüsterte sie und sah zu ihm hoch, blickte in seine dunklen Augen und hoffte, dass sie ihn endlich ins Licht führen könnte, wenn er es nur zulassen würde. Doch sie kannte ihren Bruder, er war stur und wenn er sich für etwas entschieden hatte, würde er nicht lockerlassen, bis er es bekam. Manchmal wünschte sie sich, dass er bei ihr genauso entschlossen war. Aber das durfte nicht sein, nicht bei Geschwistern.

„Ich fühle mich wirklich geehrt, liebste Schwester, aber ich denke wir wissen beide, dass er einen richtigen Vater braucht. Jemand, der seine Mutter aufrichtig liebt." Lucrezias Herz wurde schwer, sie senkte den Blick und schloss für einen Moment ihre grünen Augen.

„Du liebst mich, Bruder. Wahr oder nicht wahr?" Ihre Stimme zitterte, genauso sehr, wie ihr Körper zittern würde, würde er sie nicht festhalten. Sie spürte die Wärme, die von ihm ausging und wünschte sich mehr denn je, dass sie nicht in einer Welt wie dieser lebten, sondern in einer anderen, vielleicht besseren und freieren Welt.

„Crezia, wie könntest du denken, ich würde dich nicht lieben?", stieß er aus und drehte sie zu sich um, blickte ihr in die Augen und hob ihr Kinn an, sodass sie gezwungen war ihn anzusehen.

„Ich liebe dich mehr, als mein Leben. Du bist meine Schwester, wie könnte ich dich nicht lieben?", raunte er ihr zu und stieß seine Nase sanft gegen ihre. Sie lächelte und Cesares Herz, so dunkel es auch war, glühte auf und schlug doppelt so schnell wie zuvor.

Das laute Klatschen von Händen unterbrach das Gespräch so abrupt, dass beide auseinanderstoben.

„Bravo!", sagte Juan unheilvoll und applaudierte weiterhin. Sein Blick war glasig und er roch nach Rauch, welches nur bedeutete, dass er sich seiner Opiumsucht erneut hingegeben hatte. Er sah verwahrlost aus, seine Haare hingen ihm strähnig ins Gesicht, seine Kleidung war mit Schmutz und von Staub nur so überzogen. Er glich einem Bettler und hätte man ihn in einen der gut gefüllten Kerker der Engelsburg gebracht, hätte man keinen Unterschied erkennen können, wer nun Bettler und wer der Sohn des Papstes war.

„Was willst du Juan?", knurrte Cesare und stellte sich vor seine Schwester. Juan lächelte eisig und ging auf ihn zu. Dabei torkelte er wie ein Betrunkener und musste sich an der Wiege festhalten, um auf den Füssen zu bleiben.

„Komm meinem Kind nicht zu nahe!", zischte Lucrezia und versteckte sich nicht länger hinter Cesares Rücken. Sie funkelte ihren unberechenbaren Bruder wütend an. Würde er ihrem Kind auch nur ein Haar krümmen, würde sie ihn eigenhändig töten!

„Es ist beinahe witzig euch so zu sehen, innig und vertraut, aber umso schlimmer ist es, euch zuzuhören. Ihr sprecht von Liebe, dabei ist euer Blut ein und dasselbe. Wie krank unsere Familie wirklich ist, sollte die ganze Welt erfahren. Damit sie von dieser Erde getilgt wird und sich ihr Blut nicht noch weiterverbreitet", spie Juan den beiden ins Gesicht. Cesares Wut war so groß, dass er ihn persönlich umbringen würde, wäre er so dumm, sich an irgendjemand in diesem Raum zu vergreifen.

„Schade, sehr schade. Denn wärst du ein Krieger, so wie ich, dann könntest du dich mit mir duellieren. Aber das bist du nicht Cesare. Du bist ein Geistlicher. Ein Mann Gottes kämpft nicht, er betet, vermählt Frauen und Männer und kümmert sich um Begräbnisse", machte er weiter und vergaß, dass er nicht mehr imstande war, sich gegen seinen Bruder zu behaupten. Was Cesare ausnutzte und ihn bedrohte.

„Du hast Recht Bruder, aber auch ein Kardinal kann Busse tun", sagte er düster und ein eisiges Lächeln umspielte seinen Mund, als er auf seinen Bruder zuging und vor ihm stehen blieb.

„Vor allem, wenn wir eine Sünde begangen haben, wird uns Gott davon befreien." Er beugte sich zu ihm und flüsterte ihm ins Ohr: „Auch bei Brudermord."

Tiefste Nacht hatte sich über die gefährlichste Stadt Italiens gelegt, als Cesare sich auf leisen Sohlen durch die engen Gassen schlich. Die Tavernen waren zu dieser späten Stunde nur noch mit wenigen gefüllt, die dem Wein zu sehr zugesprochen hatten. Doch, um die kümmerte sich der Kardinal nicht, er hatte einen Auftrag zu erledigen.

Einen den er lieber selbst ausführte. Denn dieses Mal ging es, um weitaus persönlicheres, etwas, dass nur er tun konnte. Sein Weg führte ihn zu einem Ort, den nicht sehr viele in Rom kannten, dafür aber umso geheimer war. Einer, an dem er jemand abpassen würde, mit dem er noch einige Rechnungen offen hatte.

Also stellte er sich in Position und wartete, obschon Geduld nicht zu Cesares Stärken zählte, war er bereit das alles auszusitzen. Es war an der Zeit das Richtige zu tun, obwohl das bedeutete, dass er zuerst etwas sehr Schlimmes tun musste, um das Richtige tun zu können. Aber er war dazu bereit und seine schwarze Seele lechzte endlich nach Genugtuung und Gerechtigkeit. Als er eine Bewegung ausmachte, stellte er sich der Person in den Weg und traf auf wenig Freundlichkeit.

„Was willst du Cesare?", blaffte Juan, wollte an ihm vorbei, doch Cesare nutzte seinen benebelten Zustand und hielt ihn davon ab in den Gassen zu verschwinden.

„Reden." Juans Augen verzogen sich zu Schlitzen und sein schmaler Mund zu einer Fratze, die einem Lächeln ähneln sollte. Seine Haut war blass, wirkte gräulich und er schwitzte kalten Schweiß. Den der Angst, oder des Hasses? Cesare war sich nicht sicher, aber er wusste, dass er ihn von hier weglocken musste.

„Und das soll ich dir glauben?", erkundigte sich der Jüngere und lachte auf.

„Musst du. Denn ich werde dich begleiten", sagte Cesare und schob ihn in Richtung Brücke, zu der er wollte.

„Wieso? Bin ich etwa ein Kind, Cesare?", funkelte Juan, dessen Zustand ihn zwar so leicht, wie eine Feder wirken ließ, ihn aber so beeinflussbar, wie ein Kleinkind machte. Er war nicht in der Lage sich gegen Cesares bestimmende Art durchzusetzen, weder bemerkte er, wohin er eigentlich gebracht wurde.

„Nicht wirklich, aber du verhältst dich so", murmelte der Kardinal und lachte in sich hinein. *Denn bis jetzt verlief alles nach Plan, ob es weiterhin so gehen wird, wird ich zeigen*, dachte er und versuchte seinen Bruder in eine Unterredung zu verwickeln.

„Ich fand dich weder in deinen Gemächern, noch im Weinkeller, da erkannte ich wo du dich aufhältst", sagte er und ließ Juan keine Zeit zu antworten.

„Ich wollte den Streit beilegen, der uns entzweit. Vater hat Recht, wir müssen eine einheitliche Front zeigen, wenn wir nicht schwach wirken wollen. Das dürfen wir nicht!", fügte Cesare ernst hinzu und betrat zusammen mit

Juan die Brücke, die über den Tiber führte. Das Wasser schimmerte dunkel unter ihnen und würde schon bald aufgewirbelt werden. Genau wie die ganze Welt!

„Du hast Recht, er entzweit uns. Aber ich dachte immer, dass er dich bevorzugt", murmelte Juan und wirkte durch den kleinen Spaziergang um einiges erschöpfter.

„Mich bevorzugen?", lachte Cesare und blieb stehen. Juan stand perfekt da, mit dem Rücken zur Brüstung. *Wie dumm er doch ist*, dachte Cesare lächelnd und blickte in das Gesicht seines arglosen Bruders.

„Er hat dich immer bevorzugt, Juan. Schon als wir Kinder waren, saßt du immer auf seinem Schoss und ich tanzte um ihn herum, weil ich nur einen Augenblick seiner Anerkennung wollte. Und heute?", knurrte er laut und zeigte seine wahre Absicht.

Die Klinge blitzte in der Nacht auf und ließ Juan nach hinten treten. Immer und immer wieder. Genau, wie Cesare Schritte nach vorne machte und seinen Bruder schließlich gegen die steinerne Brüstung drängte. Juan schluckte, sein Adamsapfel hüpfte hektisch rauf und runter.

„Was ... was soll das heißen?", sagte Juan heiser und blinzelte gegen die Angst, die ihm plötzlich im Nacken saß. Er sah sich um, doch kein Mensch war hier und würde ihm helfen.

„Was ... was hast du vor?" Cesare kam auf ihn zu, langsam, wie ein Raubtier und lächelte ihn düster an. Die Robe eines Kardinals stach sich, genau wie die Klinge, in Juans Augen und er wusste, dass seine Zeit abgelaufen war.

„Du hast es verdient. Niemand wird, um dich trauern, abgesehen von Vater natürlich. Selbst Mutter wird erleichtert sein, wenn sie nicht mehr mit ansehen muss, wie du stets verlierst. Du bist eine Schande für die Familie und die letzte Hürde, die ich überwinden muss, um endlich diese schandhafte Kutte ablegen zu können!", knurrte Cesare. Seine Stimme war nicht mehr menschlich, denn aus ihm sprach der Hass und dieser, hatte sich bereits in ihm gefestigt, hatte alles in Beschlag genommen, was er besaß.

„Bitte!", schrie Juan, als sein Bruder ihn am Kragen packte und ihn zum letzten Mal ansah. „Ich ... werde alles ändern ... aber bitte... bitte lass mich am Leben", stammelte er weiter. Doch Cesare war entschlossen.

„Es ist zu spät dich zu ändern!", fauchte er und erhob die Hand, in der er die Klinge festhielt.

„Wir sind Borgias. Wir verzeihen Nie!" Damit stach er zu, einmal, zweimal, dreimal, viermal ...

Die Nachricht verbreitete sich, wie ein Lauffeuer, als eine entstellte Leiche im Tiber gefunden wurde. Papst Alexander VI. musste die Überreste seines geliebten Sohnes identifizieren, um ihn danach vom Totengräber freizukaufen.

Als die Glocken am 14 Juni 1497 schlugen, trauerte Alexander. Er glaubte an seinem Schmerz selbst sterben zu müssen. Niemand durfte ihn bei der Totenwache stören und so hörte man keine Schritte im Vatikan. Alle schienen durch die weitläufigen Flure zu huschen, um den Heiligen Vater bei seiner Trauer nicht zu stören.

Nur Cesare schien nicht sonderlich davon beeindruckt zu sein, denn er war sich sicher, dass Juans Tod eine Befreiung für seine Familie und die Nachwelt war. Er war in seinen Gemächern, sah aus dem geöffneten Fenster und genoss die Sonnenstrahlen auf seinem Gesicht. Während er sich Stück für Stück von seinem Ornat entledigte. Sein Vater würde ihm die Position seines Bruders übergeben, sobald er wieder bei klarem Verstand war. Dann würde die ganze Welt erfahren wer Cesare Borgia wirklich war. Ein Krieger. Ein Visionär. Ein Fürst!

IMMERGRÜN, WIE DIE HOFF-NUNG

(GWYN)

Eine einzelne Träne rann über ihre Wange. Sie konnte sie nicht wegwischen; ihr Körper gehorchte ihr nicht mehr. Die Farben des kleinen Wohnwagens vor ihr verliefen in Schlieren, als würde sie durch einen Regenschleier blicken. Blau und Rot, Farben des Himmels und der Sonne. Wie in Trance trat sie näher, ihr Blick huschte fast von selbst zu dem kleinen Schild neben der Tür. Maya Corn. Ihr Name und zugleich der ihrer liebsten Person. Ihrer Großmutter. Maya fand es toll, nach ihr benannt zu sein. Sie war oft hergekommen – Großmutter hatte mehr oder weniger auf dem Platz gewohnt –, um über das Namensschild zu streichen. „Eines Tages gehört er dir", hatte ihre Oma gesagt. „Wirklich?", hatte Maya mit großen Augen gefragt.

Und jetzt war es soweit. Vor ein paar Tagen war die Beerdigung gewesen, und ihre Eltern hatten ihr erlaubt, allein im Wohnwagen zu schlafen. Sie war schon zu lange nicht mehr hier gewesen. Hatte die falschen Freunde kennengelernt und auf einmal war es nicht mehr cool gewesen, zum abgelegenen Campingplatz seiner Oma zu fahren. Aber das war vorbei.

Auf dem Platz war es genauso still wie in ihrem Herzen. Es war halb acht, doch die Sonne spendete noch genug Licht, um das Türschloss zu finden und aufzuschließen.

Maya atmete tief durch, ehe sie die Tür öffnete und den ersten Schritt hineinging.

Der vertraute, leicht stickige Geruch schlug ihr entgegen. Eine Welle von Gefühlen schlug über ihr zusammen, eine Mischung aus Trauer, schlechtem Gewissen und Reue. Für einen Moment schloss sie die Augen, als die Erinnerungen sie überrollten. Die Aufregung im Bauch, wenn sie früher ihre Oma auf der Schwelle hat stehen sehen. Die Freude, Zeit mit ihr zu verbringen. Ihr in dem kleinen Vorgarten zu helfen. Neue Tränen sammelten sich an. Sie kniff die Augen zusammen. Nicht weinen. Sie hatte sich im Griff.

Aber während sie den Wohnwagen für die Nacht vorbereitete, konnte sie ein paar der Tränen nicht verhindern. Überall sah sie Omaya. Sie drehte das Gas auf, befüllte den Wasserkanister und entrollte den Schlafsack. *Als wäre ich nie weggewesen*, schoss es ihr durch den Kopf. Die Handgriffe waren noch immer in ihr verankert. Schließlich ließ sie sich auf die Sitzbank fallen. „Hey, Oma", murmelte sie in die Stille hinein. „Ich bin wieder da." Aber natürlich antwortete ihr niemand. Die Ruhe um sie herum kam ihr plötzlich drückend vor und ein Schauer lief über ihren Rücken. Eigentlich machte es ihr nichts aus, allein zu sein. Aber an diesem Ort war sie noch nie zuvor allein gewesen. Sie könnte zu den Nachbarn gehen, Hallo sagen, aber erstens war Omas Wohnwagen ganz am Ende des Campingplatzes und zweitens wollte sie im Moment wirklich in Erinnerungen versinken. Ihre Oma war gesellig gewesen, sie war wie eine Hüterin über den Platz gewesen und hatte sich, gemeinsam mit dem Betreiber, um anfallende Aufgaben gekümmert. Eigentlich müsste sie den Platz einnehmen, überlegte Maya und warf einen Blick aus dem Fenster zu ihrer Rechten. Terrassenartig war der Platz aufgebaut, in der Mitte das Sanitärgebäude. Es waren nur Dauercamper da; aber Maya wusste nicht, wie viele Neue in den letzten zwei Jahren hinzugekommen waren. Gegenüber, auf der anderen Seite der Straße, begann ein großer Wald.

„Dort leben die Einhörner", hatte ihre Oma ihr als kleines Kind erzählt. Früher hatte Maya es geglaubt. Mit leuchtenden Augen hatte sie ihrer Oma an den Lippen gehangen und sich über Fantasiegeschichten gefreut. Jetzt dachte sie wehmütig daran zurück. Es waren nur Geschichten gewesen, aber ihre Oma hatte sie so lebhaft erzählt, dass in Mayas Kopf ganze Bilderreihen entstanden. Irgendwann war ihr diese Fantasie verloren gegangen. Irgendwann hatte sie die falsche Richtung eingeschlagen und ihre kindliche Freude verloren.

„Willst du Schokolade, Maya?" Die Stimme ihrer Oma geisterte durch ihre Gedanken und schreckte sie auf. Ein kleines Lächeln huschte ihr über das Gesicht. Das war die Standardfrage ihrer Omaya gewesen, wenn sie selbst traurig war. Sie erhob sich und strich ihr T-Shirt glatt, ehe sie das Kissen von der Bank hob und die Sitzfläche hochklappte. Das Geheimversteck ihrer Oma kannte sie schon lange. Jetzt musste sie grinsen, als sie mit der linken Hand in das entstandene Fach griff und ihre Finger etwas Eckiges ertasteten. Dort lag tatsächlich noch eine Tafel Zartbitterschokolade. Sie war noch verschlossen und Maya fuhr ein Stich durch das Herz, als sie das Fach zuklappte und das Kissen wieder darauflegte. Oh, wie sie die letzten zwei Jahre verfluchte! So viel Zeit mit ihrer Oma hatte sie verpasst; stattdessen war sie nachts unterwegs gewesen, kaum Herrin über die eigenen Sinne wegen der vielen Drinks.

Sie wickelte einen Teil der Tafel aus und vertrieb den bitteren Schmerz der Reue. Zart zerfloss die Schokolade auf der Zunge und ihre Gedanken wurden mit einem Schlag leichter. „Danke, Omaya", murmelte sie und hatte das Gefühl, ihre Großmutter würde sie hören.

Ein Wunschgedanke, aber keine Realität. Sie schüttelte den Kopf und packte den Rest der Schokolade aus. Dabei fiel ein Zettel heraus und landete auf ihrem Schoß. Erst wollte Maya ihn zusammenknüllen – vermutlich nur Werbung -, dann fiel ihr etwas auf. Es war keine Werbung, sondern ein handbeschriebener Brief. Und die Schrift kam ihr vertraut vor. Plötzliche Nervosität überrollte sie, und rasch faltete sie den gesamten Zettel auf.

Diesmal ist das deine Schokolade, wenn du das hier liest, dann kannst du mir nichts mehr abgeben. Denk an mich, während du sie genießt. Die letzte Zeit hat unsere Wege getrennt, deshalb bleibt nur dieses Mittel für die Warnung einer alten Frau: Bleibe bei Dunkelheit drinnen und öffne niemandem die Tür. Der Ort ist nicht sicher für dich. Ich hab dich lieb, Kleines! Omaya

Unwillkürlich strich Maya über die hastig geschriebenen Worte auf dem Papier, die Handschrift ihrer Großmutter. Sie schluckte hart, um das beengende Gefühl im Hals zu verlieren, und gestattete sich keine Träne. Warum schrieb Oma, der Ort wäre unsicher? Sie war doch so oft hier gewesen, nie hatte sie davon etwas bemerkt. Sie drehte das Papier, aber die Rückseite war leer.

Die Nervosität verschwand, während sie die Schokolade aufaß. Doch die Stimme ihrer Oma konnte sie nicht vertreiben. Sie hallte in ihrem Ohr nach und wisperte die Worte, die sie geschrieben hatte. *Der Ort ist nicht sicher.* Wie meinte sie das überhaupt? Gab es hier Feierwütige, Einbrecher, Verbrecher?

Maya kramte ihre Wasserflasche aus dem Rucksack. Von Schokolade wurde sie immer durstig. Vielleicht hatte ihre Oma den Zettel in einem Anflug geistiger Verwirrung geschrieben. Ihr Vater hatte erwähnt, ihre Oma wäre in den Tagen vor ihrem Tod unruhig gewesen, ängstlich. Sie hätte Fieberfantasien gehabt. Vielleicht schrieb sie in der Zeit diesen Brief.

Es war dunkel geworden. Sie schaltete eine kleine Lampe ein, als ihre Blase sich meldete. Die Toilette im Wohnwagen war nicht angeschlossen, daher würde sie zu den Sanitäranlagen gehen müssen. Maya zögerte einen Moment. Ihr Blick fiel auf den Zettel ihrer Oma. Dann gab sie sich einen Ruck. Es würde maximal zehn Minuten dauern, ehe sie wieder hier war. Bis auf den Schlüssel für die Wohnwagentür ließ sie alles hinter sich und schloss den erleuchteten Wagen ab. Sicher war sicher.

Kühle Luft strich um ihre nackten Arme und Beine, als sie vom Vorgarten auf den Kiesweg abbog. Die Grillen zirpten und begleiteten sie auf dem Pfad, der von Laternen beleuchtet wurde und sich vorbeischlängelte an kleinen, geduckt aussehenden Wohnwagen, hinter dessen Fenstern Maya manchmal Silhouetten vorbeihuschen sah. In der Ferne rief eine Eule, ansonsten war es still.

Sie warf einen Blick in den Himmel. Der Mond schimmerte hinter einigen Wolken hindurch, die Sternenbilder waren kaum auszumachen. Vor ihr verfestigte sich der Weg in Pflastersteine und führte auf eines der wenigen gemauerten Gebäude zu. Maya betrat das Sanitärgebäude mit staunendem Blick. Es war renoviert worden seit ihrem letzten Besuch, und wirkte für einen Campingplatz nahezu klinisch rein. Sie war allein und seltsamerweise war sie erleichtert. Die Stimme ihrer Großmutter geisterte immer noch durch ihre Gedanken.

Sie wusch sich die Hände und starrte ihr Spiegelbild an. Ihre Augen waren rot geädert, die Spuren ihrer Trauer deutlich zu sehen. Auch ihre Haare lagen unordentlich, der Zopf hatte sich so gut wie aufgelöst. Sie schob sich eine Strähne hinter das Ohr. „Alles wird gut." Ihre Stimme hallte von den gefliesten Wänden wider.

„Hallo."

Sie zuckte zusammen und stieß mit der Hand gegen den Wasserhahn. Ein stechender Schmerz fuhr ihren Arm empor und ihr Herzschlag beschleunigte sich. Ein Mädchen, wohl in ihrem Alter, stand hinter ihr. Es lächelte ihrem Spiegelbild zu. „Du bist Maya, nehme ich an?"

Mayas Wangen wurden warm. „Richtig." Wieso sprach sie ein Mädchen um zehn Uhr nachts auf der Toilette an? Und dann auch noch mit ihrem Namen? Hätte sie vorher nicht den Zettel gelesen, wäre es nicht dunkel und die Situation irgendwie verschroben, wäre Maya vielleicht erfreut gewesen über den Kontakt. „Verzeihung, ich blockiere das Waschbecken." Sie strich über ihr rechtes Handgelenk, um den pochenden Schmerz zu vertreiben, und wollte sich an dem Mädchen vorbeidrängen. „Bist du allein hier?" Es hatte die Hände locker in den Hosentaschen und sah sie immer noch an. Der durchdringende Blick aus den grünen Augen verunsicherte Maya. „Wieso fragst du das?"

Es hielt ihr die Hand hin; um sein Handgelenk lag ein Rosenarmband. „Ich heiße Ronja. Hast du Lust auf ein Abenteuer?"

Maya vergaß ihren Schmerz und blickte mit großen Augen zurück. Sie brachte keinen Ton heraus über die fast freche Frage der Fremden. Wieso fragte sie ein Mädchen, das zufällig auf die Toilette ging, nach einem Abenteuer? War das ein Codewort für irgendetwas?

„Nein danke", sagte Maya knapp und drängte sich endlich an Ronja vorbei. „Bist du dir sicher?", rief die ihr hinterher.

Maya beschloss, nicht darauf zu antworten. Sie wollte nur zurück zum Wohnwagen und war so in diesen Gedanken vertieft, dass sie die Gruppe von Jungen fast übersah.

Erschrocken blieb sie stehen. Vor dem Eingang zum Sanitärgebäude standen sechs Jungs im Halbkreis. Stumm und mit verschränkten Armen blickten sie ihr entgegen. Was für eine merkwürdige Situation.

„Jungs, das ist Maya." Ronjas Stimme tönte über den Platz. Einer der Jungen, schlaksig und mit den Händen in den Hosentaschen, löste sich aus dem Halbkreis. Er legte den Kopf schief. „Maya Corn. Du siehst deiner Oma wirklich ähnlich." Dann winkte er über Mayas Kopf hinweg einem anderen zu. „Henry."

Und bevor Maya begriff, was ihr geschah, schoss ein Schmerz in ihre Schultern. Jemand zerrte ihre Arme hinterm Rücken zusammen, sodass sie sich kaum bewegen konnte.

„Tut mir leid", sagte der Junge, der vor ihr aufragte. Hinter ihm flogen die Wolken am Mond vorbei. „Bleib einfach ruhig."

Ruhig! Maya kniff die Augen zusammen und bewegte ihre Arme. Aber der Junge, der sie festhielt, rührte sich keinen Millimeter. „Lasst mich in Ruhe! Was wollt ihr von mir?"

„Leon, wir müssen uns beeilen", sagte Ronja drängend. Leon, der Junge vor ihr, nickte. „Kommst du mit uns?"

Maya lachte trocken. „Seid ihr verrückt?" Ihre Stimme klang herausfordernder, als sie sich fühlte. Leon zog eine enttäuschte Grimasse, dann winkte er mit einer Hand dem Jungen hinter Maya. Dumpfer Schmerz explodierte an ihrer Schläfe und Maya brachte nur noch einen verdutzten Laut zustande, ehe die Dunkelheit sie verschlang.

Es roch anders. Mit einem tiefen Atemzug strömten die Gerüche nach wilder Natur in ihre Nase, sattes Blattgrün, duftende Blütenblätter – Rosen? Im Wald? – und die Kühle der Nacht. Stimmgewirr drang an ihre Ohren, zuerst dumpf, dann stetig klarer, bis sie die Augen aufriss.

Maya lag auf dem Waldboden. Sie starrte in den Himmel, der durch die dichten Baumkronen blitzte. Um sie herum standen die Jungen und Ronja, die auf sie hinabsahen und miteinander redeten. Als Maya sich mit pochendem Schädel aufsetzte, verstummten die Gespräche. Leon verschränkte die Arme und musterte sie aufmerksam, Ronja kniete sich zu ihr herunter: „Tut dir was weh?"

Aber Maya beantwortete ihre Frage nicht. „Was wollt ihr?" In ihr war es erstaunlich ruhig. Sie hatte Angst, leise klopfte diese an der Tür, aber sie wollte sie noch nicht hereinlassen. Sie musste bei Sinnen bleiben, wenn sie hier wieder lebendig herauskommen wollte. Es war verrückt, und wieder meinte Maya die Stimme ihrer Großmutter hören zu können, so deutlich, dass ihr Kopf nach rechts zuckte. *Der Ort ist nicht sicher.* Aber natürlich war ihre Oma nicht hier. Sie war allein, umgeben von einer wahnsinnigen Bande, die sie in den Wald verschleppt hatte.

„Du wirst uns bei etwas helfen." Leons Mundwinkel zuckte. Was fand er so lustig? „Du bist die Enkelin von Maya Corn, unangetastet bis zur Ehe."

„Bitte was?" Die Kälte drang über ihre nackte Haut unter die Kleidung. Sie rappelte sich auf; Leons Worte hinterließen einen bitteren Geschmack. „Was hat meine Großmutter damit zu tun? Woher kennt ihr sie?" Ein durchdringender Geruch stieg ihr in die Nase. Sie sah sich um. Nur ein schwacher Schein des Vollmondes drang bis zum Waldboden herab und offenbarte die Pflanzen und Büsche, die sich um sie herum rankten. Maya entdeckte beim flüchtigen Hinsehen Brennnessel und – dort wuchsen tatsächlich Rosen. Mitten im Wald. Sie schüttelte verwirrt den Kopf. Das musste ein Traum sein.

„Deine Oma", Ronjas summende Stimme brachte sie aus ihren Gedanken, „hat alles hiermit zu tun. Sie hat ihre Aufgabe als Hüterin an dich weitergegeben. Wir haben lange auf dich gewartet."

Als hätte sie ein geheimes Stichwort gesagt, drehten sich sämtliche Köpfe in Mayas Richtung und starrten sie an. Sie standen nah genug, dass Maya das Glitzern in ihren Augen sehen konnte. Ein Schauer lief über ihren Rücken.

„Seid ihr in einer Sekte oder so?" Leon hatte etwas von unangetastet bis zur Ehe gesagt. Wollten sie etwa eine

Jungfrau opfern? Mayas Knie gaben nach, sie stolperte zurück und prallte gegen Henry. Sein Griff um ihre Unterarme war schon vertraut. Er gab ein heiseres Lachen von sich, als wäre Mayas Vorschlag völlig verrückt. „Sekte? Wie so spinnende Christen, die andere umbringen und damit die Welt retten wollen?"

Seine Finger waren warm, fast fiebrig. Vielleicht glänzten ihre Augen deshalb so. Vielleicht waren sie alle krank.

Maya befreite sich mit einem Ruck aus Henrys Umklammerung und trat wieder in die Mitte des Kreises. So war sie weit genug weg von allen. Und doch gefangen.

Leon seufzte. „Wir sind Jäger", erklärte er mit einem ungeduldigen Tonfall in der Stimme. Er zuckte mit den Schultern und fixierte Maya. Er kam ihr vor wie ein Raubtier, das kurz davor war, die fette Beute anzuspringen. Sie verschränkte ihre zitternden Finger. Er sollte keine Schwäche erkennen. „Wie schon unsere Eltern und ihre Eltern. Genau genommen gibt es uns schon seit dem Mittelalter." Jetzt grinste er sie offen an. Seine Haare wirbelten von einer plötzlichen Böe durcheinander. In Maya stieg die Angst empor. Sie verstand nicht, was hier vor sich ging. Wie Leon und die anderen auf den Gedanken kamen, sie wäre eine Hüterin für etwas. Vielleicht wollten sie sie deshalb opfern. Sie hatte damit doch gar nichts zu tun! Sie wollte zurück in den hell erleuchteten, warmen Wohnwagen, zu den Erinnerungen an ihre Oma.

Aber als sie wieder aufsah, stand Leon noch immer vor ihr, gemeinsam mit seinen *Jägern*, und kreiste sie ein. Er war jetzt so nahe, dass sein Atem über ihre Wange strich. Am liebsten hätte sie sich zusammengekauert und den

Kopf eingezogen, aber sie durfte nicht einknicken. Obwohl ihre Beine zitterten und ihr Herz so laut klopfte, dass Leon es hören musste. Langsam hob er eine Hand, wie in Zeitlupe, und legte sie an Mayas Kinn. Er zwang sie, ihm in die Augen zu blicken. Seine Finger waren kühler als Henrys, er war der Kopf dieser Bande, der, der alles im Griff hielt. Im wahrsten Sinne des Wortes. Ihre Arme gehorchten ihr nicht mehr, Maya war ihm ausgeliefert wie ein Reh im Scheinwerferlicht eines Autos. Sie hasste diese Ohnmacht.

„Es existiert eine enge Verbindung zwischen deinen Ahnen und den Jägern", wisperte Leon. „Schon seit über achthundert Jahren versuchen wir, mithilfe deiner Familie etwas zu finden, das uns ewigen Ruhm schenken wird. Bist du nicht neugierig, was es ist?"

Endlich schaffte sie es, sich aus ihrer Erstarrung zu lösen. Sie hob den Arm und schlug seine Hand weg. Das Klatschen hallte durch den stillen Wald, fast wie ein Pistolenschuss. Leon zeigte keine Reaktion. Er hielt sie weiter fest im Blick. „Endlich kann ich meiner Familie das schenken, was sie seit Ewigkeiten sucht." Jetzt betrachtete er sie fast zärtlich, wie ein besonders hübsches und leistungsfähiges Gewehr, mit dem er das Reh abschießen konnte. „Wir haben die Spur deiner Vorfahren vor langer Zeit verloren, und als wir deine Oma gefunden hatten, war sie schon nutzlos. Aber dann bist du aufgetaucht, und wir haben dich im Blick behalten. Ohne dein Wissen. Deine Oma wusste erst kurz vor Schluss, dass wir sie gefunden haben."

Mayas Gedanken überschlugen sich. Er musste wahnsinnig sein. Was er sagte, klang wie auswendig gelernt.

Seine Augen glänzten, aber nicht fiebrig-krank wie die der anderen, sondern erwartungsvoll. Seine Stimme war fest, beinahe vernünftig und überzeugend. Er trug eine entspannte Körperhaltung zur Schau, als würden sie ein lockeres Gespräch über das Wetter führen. Mitten im Wald. Mitten in der Nacht.

Ihre Oma war gesellig gewesen. Trotzdem hatte sie nie etwas von der Existenz der Jäger geahnt. Erst vor kurzem musste sie es entdeckt haben – wieso hatte sie nie etwas davon erzählt?

Maya wurde es auf einmal unerträglich heiß. Die Fieberträume. Ihr Vater hatte davon erzählt – und keiner hatte an eine Wahrheit darin geglaubt.

„Du lügst", brachte sie schließlich hervor. Ihre Stimme klang dünn, eingerostet, und sie räusperte sich. „Ihr alle lügt! Was wollt ihr wirklich? Macht dir das etwa Spaß, mir Angst einzujagen, du Sadist?"

Die letzten Worte schallten durch den Wald, dass ein paar Vögel aufflatterten, und sie atmete heftig. Ihr Mund war trocken. Sie war gefangen, stand mit dem Rücken zur Wand und konnte sich nicht wehren.

Leon lachte leise und das Geräusch brachte Maya fast zum Eskalieren. „Warum sollten wir lügen? Du wirst uns nach dieser Nacht niemandem etwas erzählen können."

Die Drohung drang nur langsam in ihr Bewusstsein. Sie wollten sie umbringen. Einfach so. Ein verrücktes Argument kam ihr in den Sinn, gewachsen aus der Verzweiflung. Wie war das noch mit unangetastet? „Ich bin keine Jungfrau mehr. Ihr könnt mich nicht opfern."

Für einen Moment geriet Leons ruhiger Blick ins Wanken, dann schnaubte er belustigt. „Du hattest zwei harte

Jahre, aber *das* ist nie passiert. Tut mir leid, Kleine. Langweilige Ausrede."

Mayas Herz setzte einen Schlag aus. Leons Grinsen war verschwunden, er schnipste mit den Fingern. „Auf jetzt, wir verlieren sonst die Nacht."

Maya hatte jegliches Zeitgefühl schon längst verloren. Sie versuchte sich halbherzig zu wehren, als auf Leons Befehl hin Henry ihre Arme ergriff und sie vor sich herschob. So stolperte Maya vorwärts, Leon hinterher, der über die Wurzeln und Rosen stieg und sie ein Stück den Hang hinunterführte. Sie war so oft im Wald gewesen mit ihrer Oma. Ihre Geschichten über die Einhörner waren hier lebendig geworden. Aber nie hatte ihre Großmutter von Jägern gesprochen, das Wort *Hüterin* hatte sie nur in ihrer Aufgabe als Platzverwalterin verwendet. Niemals im Zusammenhang mit etwas, das Feinde anlockte. Was hatte sie gehütet, ging es um den Campingplatz?

Der Geruch nach Rosen wurde stärker, als würden sie sich einer ganzen Blumenwiese nähern. Die Bäume öffneten sich zu einer Lichtung hin, auf der Maja jedoch keine dieser Blumen erspähte. Henry führte sie in die Mitte der Lichtung, durch das weiche Gras und bodenbedeckende Pflanzen. Etwas an ihrer Blätterform und den eingeklappten Blütenköpfen weckte in Maya eine Erinnerung, aber ehe diese greifbar wurde, schubste Henry sie und sie landete im Gras. *Gib die Hoffnung nicht auf,* sagte sie sich – oder vielleicht war es auch die Stimme ihrer Oma. Maya fuhr herum. Halb in der Hocke, ein Knie am Boden, starrte sie in den dunklen Wald. Aber, rief sie sich zur Ordnung, natürlich war ihre Großmutter nicht hier. Das war unmöglich.

Über ihr zogen die Wolken über den Himmel. Leon und Ronja standen noch bei ihr, alle anderen hatten sich am Rand der Lichtung verteilt. Ronja ergriff Leons Hand. „Wird es funktionieren?"

„Natürlich." Er ließ Maya nicht aus den Augen. *Wie ein Raubtier*, dachte sie wieder. „Du bleibst hier. Wage es nicht zu fliehen." Ohne eine Antwort abzuwarten, entfernten die *Jäger* sich wieder. Vielleicht einhundert Meter war der Durchmesser der Lichtung, auf der sie jetzt alleine kniete. Ihr Herz klopfte bis zum Hals. Sie sollte weglaufen, aber wieder hatte sie diese Ohnmacht ergriffen.

Der Geruch nach Rosen wurde unerträglich, als würde jemand Parfüm auflegen. Über ihr erstrahlte der Vollmond durch eine Wolkenlücke. Sie hatte das Gefühl, im Scheinwerferlicht zu stehen. Auf dem Präsentierteller. Ein Schauer lief über ihren Rücken. Sie fühlte sich beobachtet, von etwas Wilderem als den Menschen, die sie hierhergebracht hatten. Etwas lag in der Luft. Sie bekam Schnappatmung, krümmte sich. Gleich würde sie sterben, das war auf einmal gewiss. Sie presste ihr Gesicht ins Gras, hustete Blut. Etwas drückte mit schierer Kraft gegen ihr Trommelfell.

Maya kauerte auf der Waldlichtung, zwischen den Pflanzen, den penetranten Rosengeruch in der Nase und presste die Handflächen gegen die Augen.

Maya Corn. Die Stimme war dunkel und dröhnend, sie hallte in ihren Gedanken wider; es fühlte sich an, als würde jemand mit einem Messer in ihrem Kopf herumstochern.

Entsetzt hob Maya den Kopf. Der Mond strahlte unbefleckt auf sie hinunter. Aber sein Licht war düster geworden, als hätte jemand einen dunklen Filter darübergelegt.

Direkt vor ihr, keine zwei Meter entfernt, war etwas. Mayas Gedanken erstarrten, der Widerhall der Stimme verebbte. Ihr Körper zitterte wie Espenlaub, sie konnte es nicht kontrollieren. Ihr gegenüber stand ein schwarzes Pferd. Zumindest sah es einem Pferd sehr ähnlich. Vier lange, schlanke Beine, ein ebenso zarter Leib, der in einem vorgestreckten Hals endete, und dieser wiederrum in einem schiefgeneigten Kopf. Es hatte eine dichte Mähne, große, dunkle Augen und geblähte Nüstern.

Nur das gedrehte Horn, das ihm aus der Stirn entwuchs, erinnerte so gar nicht an das Reittier.

Sie war verrückt geworden. Es gab keine andere Erklärung. Ein Einhorn? So etwas gab es nicht!

Das Wesen vor ihr blinzelte und schnaubte leise. Sein Atem roch nach Rosen. *Nicht viele glauben an mich*, donnerte die Stimme durch ihren Kopf. Sie musste vom Einhorn stammen. Ihr Instinkt übernahm; Maya wich zurück und fasste sich an die Schläfe. Unerbittlich folgte das Wesen ihr und redete weiter. *Nicht viele sehen mich. Und die, die mich sehen, sind gar nicht glücklich.* Ein bedauernder Unterton schlich sich in diese schreckliche Stimme. *Sehr schade. Aber es ist zu spät für sie, ihr Leben zu ändern, nicht wahr?*

„Was meinst du?" Maya hörte selbst, wie schwach sie klang. Wie verängstigt. Ihr Puls raste und ihre Hände hörten nicht auf zu zittern. Sie sprach mit einer Einbildung. Das musste es sein. Sie bildete sich das alles nur ein.

Nun, alle sind tot. Das Einhorn senkte den Kopf, um an den Pflanzen zu schnuppern, dann warf es angewidert den Kopf nach oben. Das spitze Horn glitt haarscharf an Mayas Knien vorbei.

„Tot?" Ihr Kopf schmerzte. Vielleicht war sie auch gestorben. Vielleicht sah sie deshalb das Einhorn.

Ja. Doch du bist das nicht. Du bist der Lockvogel für das Weiße Einhorn. Aber das kommt nicht. Es ist noch nie erschienen.

Maya kam nicht mehr mit. Ihre Gedanken setzten einfach aus.

Die Jungchen haben dich geopfert, meine Liebe. Das Schwarze Einhorn braucht Opfer. Sonst werde ich wütend, erklärte es so leichthin, als wäre das nichts Bedeutendes. *Und da du so voller Trauer bist, kann ich dich leicht mitnehmen.* Es senkte den Kopf, bis das lange Horn auf Mayas Brusthöhe war. Ihr stockte der Atem. „Tötest du mich?"

So wie die letzten fünfhundert Jahre all deine Vorgängerinnen, ja. Das Einhorn drehte leicht den Kopf und blinzelte sie aus dunklen Augen an. *Berühre mein Horn.*

In der Stimme lag ein hypnotisierender Klang und lullte sie ein. Das Horn glänzte wie schwarzer Obsidian, glatt außer den Furchen der Eindrehung. Es leuchtete sogar ein wenig. Sie hob die Hand. „Was passiert dann?", hauchte sie.

Du wirst frei sein, erwiderte die Stimme eindringlich. Freiheit war ein gutes Wort. Sie könnte endlich hinaus aus diesem Wald. Weg von Ronja, Leon und den anderen Verrückten. Ihre Finger schwebten vor dem Horn. Irgendetwas ließ sie zögern, ein warnendes Kribbeln. Maya seufzte. Sie wollte wirklich dieses Horn berühren. Dann ließ sie die Hand sinken. „Es tut mir leid. Ich kann nicht."

Plötzlich meinte sie, eine Silhouette hinter dem Schwarzen Einhorn zu erkennen. Eine alte Frau, die ihr zulächelte. „Oma?" Doch dann war sie schon wieder verschwunden. Aber das hatte etwas in Maya geweckt. Der Nebel gab ihre Gedanken frei. Sie sprang auf und stolperte zurück. „Verschwinde", schrie sie das Einhorn an. Es hob den Kopf und in seinen Augen funkelte es. *Das ist interessant. Wieso widerstehst du dem Bann?* Seine Hufe scharrten über den Waldboden, als es näherkam. *Du bist eine Corn. Die Jäger haben tatsächlich eine echte Corn gefunden. Du bist ein hervorragendes Opfer!*

Und für einen Moment zögerte Maya, als das Schwarze Einhorn auf sie zutrat, das Horn direkt auf ihr Herz gerichtet. Eine Einbildung griff sie an, eine Halluzination. Sie musste einen klaren Kopf bekommen. Dann konnte sie aus diesem... Albtraum entfliehen. Sie schloss die Augen. Der Rosengeruch lag immer noch in der Luft, aber er war erträglicher geworden. Die Hufe des Einhorns raschelten durch die Pflanzen. Vor ihrem inneren Auge tauchte das Gesicht ihrer Oma auf, lächelnd und munter, wie sie es in Erinnerung hatte. *Vertraue dir, Maya. Habe Hoffnung.* Verwirrt blinzelte sie. Die Spitze des schwarzen Horns war nur wenige Handbreit von ihrem T-Shirt entfernt. Hoffnung? Sie hatte Hoffnung. Dass sie aus diesem Traum entfliehen konnte, dass sie wieder in den Wohnwagen gehen und in Ruhe um ihre Großmutter trauern konnte. Entschlossenheit durchströmte sie.

„Ich werde nicht das Opfer des Bösen werden!", fauchte sie das Einhorn an. Es blieb stehen und schien verwundert. *Du wirst unendliche Macht erreichen*, versicherte es. *Du wirst so frei sein wie noch nie zuvor.*

„Als deine Dienerin." Die Gewissheit legte ihr die Worte auf die Zunge. Sie hob das Kinn. „Ich werde niemals dem Bösen ergeben sein!" Und als hätte sie einen Zauber gesagt, war der Bann des Schwarzen Einhorns endgültig aufgehoben. Der Duft nach etwas Frischerem, Sanftem lag in der Luft und der Mond schickte silbernes Licht auf die Lichtung. Maya bemerkte erstaunt, wie sich sämtliche Blütenköpfe der Pflanzen zu ihren Füßen öffneten. Weiß und blau breitete sich ein Blumenteppich um sie herum aus. Und mit einem Mal fiel ihr wieder ein, wie die Pflanzen hießen. Immergrün. „Immergrün, die Pflanze der Hoffnung und des Sieges über den Tod", hörte sie Oma sagen. Sie blickte auf, in der Erwartung, das Schwarze Einhorn zornentbrannt zu sehen. Überrascht stieß sie den Atem aus. Denn das Schwarze Einhorn war verschwunden.

Stattdessen stand vor ihr ein anmutiges, silbern leuchtendes Wesen, umhüllt vom Mondlicht. *Es ist lange her, Maya Corn.* Die Stimme war sanft wie eine Feder, beruhigte ihren Herzschlag und schenkte ihr die Gewissheit, dass alles möglich war. Eine ganz andere Art von Freiheit.

„Wer bist du?", stammelte sie.

Ein Spiegel abertausender Seelen, erwiderte es. Sein Horn funkelte und Maya streckte unwillkürlich die Hand danach aus. *Vorsicht. Ewiges Leben verflucht dich gleichermaßen, wie es dich beschenkt.*

Ewiges Leben – dahinter waren die Jäger also... Ehe Maya den Gedanken zu Ende spinnen konnte, ertönte ein Schrei: „Jetzt!" Hinter den Bäumen stürmten die Jäger hervor. Maya beobachtete entsetzt, wie sie riesige Bogen und Schwerter hervorzogen. Sie hatte sie ganz vergessen. Woher hatten sie ihre Waffen? Ihr Plan war eindeutig: Das Weiße Einhorn schlachten. Das Ziel der Jäger war, sich das ewige Leben zu holen, das in dem Horn steckte. Und sie hatten Maya – die Hüterin – gebraucht, um das Wesen überhaupt hervorzulocken.

Mayas Kehle wurde eng. „Lauf", flehte sie das Einhorn an. Aber es zuckte nur mit dem Schweif. *Sie kommen nicht weit.* Und noch während Maya hinsah, verlangsamten sich die Bewegungen der Jäger. Als würden sie in Zeitlupe heranstürmen. *Es ist lange her, seit ich mich gezeigt habe,* fuhr das Einhorn fort. *In gewisser Weise verdanke ich dir viel.*

„Mir?" Maya wandte den Blick von der Jägertruppe hin zu dem Wesen. Es musterte sie mit dunklen Augen, dieselben wie die des Schwarzen Einhorns, aber so viel sanfter. *Ja, meine Liebe.* Bei diesen Worten keuchte sie auf. Etwas an der Stimme hatte sich verändert. Es war fast, als wäre es... „Oma?", wisperte sie.

Das Einhorn schnaubte sanft. *Nur ein Teil ihrer Seele. Du hast eine Fehde beendet, die schon viel zu lange gegangen ist,* sagte die Stimme mit dem munteren Klang ihrer Großmutter, *und dafür müssen wir dir danken. Das Weiße Einhorn ist dir erschienen, weil du die Hoffnung bewahrt hast. Du bist die Hüterin des Einhorns.*

„Das... klingt nach großer Verantwortung", sagte Maya vorsichtig. Gleichzeitig fühlte sie Stolz emporsteigen – sie würde in die Fußstapfen ihrer Oma treten.

Helles Lachen ertönte in ihrem Kopf. *Die trägst du einzig in deinem Herzen. Als Hüterin musst du dich an mich erinnern – ansonsten werde ich dir fernbleiben.*

„Sehe ich dich nie wieder?" Ihr Herz wurde schwer. Denn ein Teil ihrer Großmutter lebte – auf eine besondere Weise – in dem Einhorn. Als hätte es ihre Gedanken erraten, sagte es: *Eines fernen Tages. Und bis dahin lebt die Erinnerung in dir fort – auch an deine Großmutter. Und vergiss nie: Sie bleibt dadurch lebendig, dass du sie in deinem Herzen bewahrst.*

Es berührte mit seiner Schnauze sanft Mayas Wange. *Und nun geh. Du bist in Sicherheit. Ich werde dafür sorgen, dass die Jäger sich nicht mehr an ihr Erbe erinnern werden.*

Einem Gedanken folgend, bückte sich Maya und pflückte ein Immergrün. Das Einhorn senkte den Kopf und berührte die Pflanze mit seinem Horn. *Solange du dich erinnerst, wird sie blühen.*

„Leb wohl", flüsterte Maya erstickt und schloss behutsam die Faust um die kleine, silbrig leuchtende Blüte. „Bis wir uns wiedersehen."

Nach einem letzten Blick zurück drehte sie sich um. Bald kam der hell erleuchtete Wohnwagen in ihr Sichtfeld. Sie stieg über die Pflanzen am Eingang – Immergrün – und schloss die Tür auf. Sie hatte ein echtes Einhorn gesehen. Aber sie hatte auch noch einmal Abschied nehmen können von ihrer Großmutter. Eine verrückte Nacht. Doch das Immergrün in ihrer Hand bewies, dass es keine Einbildung war. Und das Einhorn hatte Recht. Ihre Oma würde in ihrer Erinnerung ewig leben.

VON DER EINSAMKEIT DES LICHTS

(ABIGAIL ROOK)

Das leichte Vibrieren, gefolgt von einem tiefen Brummen, kündigte die Verdreifachung des Bremsschubs an. Commander Tichy blieb reglos in seiner Koje liegen und weigerte sich, seine Augen zu öffnen. Gleich würden unbarmherzige neun g auf ihn einwirken. Das Neunfache der Erdgravitation bedeutete auch die Verneunfachung seines Körpergewichts. Er sollte zu diesem Zeitpunkt bereits sein Exoskelett tragen, das die körperliche Belastung deutlich reduzierte – das verlangte das Protokoll - aber das hätte ein früheres Aufstehen bedeutet. Und aufstehen wollte Tichy heute nicht.

»Guten Morgen, Commander. Soll ich den Bremsvorgang unterbrechen? Ihre Herzfrequenz ist mit neunzig Schlägen pro Minute deutlich erhöht. Ihre Atemfrequenz ist ebenfalls zu hoch. Berühren Sie bitte den Health-Check-Up Sensor zu Ihrer Linken, damit ich eine genauere Analyse durchführen kann.«

Tichy grunzte, anstatt zu antworten und zog seine Decke über den Kopf. Der blöde Computer konnte ihn heute kreuzweise! Er würde nicht aufstehen und sich schon gar nicht von ihm rumkommandieren lassen. Was bildete sich diese Blechbirne ein? Schließlich war ja er, Aaron Tichy, der Commander dieses Schiffs. Und deshalb durfte nur er selbst rumkommandieren, basta! Nicht dieser Computer –

der sollte gefälligst gehorchen, sonst machte das Kommandieren doch gar keinen Sinn! Sonst wäre da doch niemand mehr, der auf seine Befehle hörte und Tichy der erbärmlichste Commander des gesamten Raumfahrtprogramms!

»Bitte, Commander, befolgen Sie die Vorgaben des Protokolls für medizinische Notfälle«, säuselte die weibliche Stimme des Bordcomputers.

»Medizinischer Notfall!«, empörte sich der Commander. »Ich bin kerngesund! Du hast doch gestern erst meine Blutwerte untersucht. Wollen wir dieses Spielchen jetzt jeden Tag von neuem beginnen?«

Der Druck des Bremsschubs lastete schwer auf Tichys Brustkorb. Er konnte nur noch mit Mühe atmen. Wieder acht Stunden, in denen er sich wie ein Käfer fühlen würde, dem ein bösartiges Kind eine Zigarettenschachtel auf den Rücken gelegt hatte, um ihn leiden zu sehen! Es war bereits die dritte Woche der täglichen, mehrstündigen Bremsmanöver und es würden noch drei weitere Wochen folgen.

»Commander, die Wahrscheinlichkeit, dass Sie unter einer F-zweiunddreißig-eins leiden, beträgt heute siebenundneunzigkommafünf Prozent«, bemerkte die weibliche Computerstimme mit ernstem Ton.

»Ja,ja. 'Mittelschwere depressive Episode', ich weiß. Und, was machen wir da?«, fragte Tichy höhnisch.

»Die Behandlungsleitlinie empfiehlt ein leichtes Antidepressivum der vierten Generation«, antwortete die monotone Computerstimme.

»Siehst du, da beißt sich der Hund wieder in den Schwanz!«, erwiderte der Commander. Die Genugtuung über diesen kleinen Triumph ließ ihn schmunzeln.

»Mein Sprichwörterverzeichnis ist aktuell, Commander, damit können Sie mich nicht verwirren. Das Protokol untersagt die Einnahme einer Reihe von Psychopharmaka aufgrund ihres Nebenwirkungsspektrums, das zur Einschränkung der Handlungsfähigkeit in Notfallsituationen führen könnte...«

»Mit anderen Worten: du willst aber darfst mich nicht behandeln. Das hatten wir doch schon! Also lass mich in Ruhe!«, unterbrach Tichy den Computer und drehte sich demonstrativ zur Wand hin.

»Ich könnte aber den Bremsschub reduzieren, damit Sie Ihr Exoskelett anlegen können. Die Sauerstoffsättigung Ihres Blutes liegt aktuell bei fünfundachtzig Prozent«, sagte die freundliche Computerstimme.

Tichy knurrte und beschloss, nicht mehr auf dieses blöde Elektronenhirn zu reagieren. Soweit käme es noch! Alles durcheinander bringen wollte dieser Computer! Sie mussten doch von Lichtgeschwindigkeit auf fünfundvierzigtausend Kilometer pro Sekunde abbremsen, um sicher in den Erdorbit einfliegen zu können. Das wusste er genau. Das hatte er trainiert. Sechs Wochen Bremsvorgang bedeuteten sechs Wochen Quälerei durch den unerbittlichen Bremsschub, der nur während der wenigen Stunden Schlaf unterbrochen wurde. Ach wäre es doch nur so einfach wie in den alten Science-Fiction Serien, die sein Opa so gern geschaut hatte und die er sich selbst aus nostalgischen Gründen auch manchmal zu Gemüte führte! Von

Null auf Warp in Nullkommanichts. *Sie wären alle sofort zerquetscht worden, diese Irrlichter!* dachte der Commander verbittert. *Es sei denn, sie hätten irgendetwas entwickelt, das die Wirkung der Brems- und Beschleunigungskräfte aufheben konnte.* Aber so etwas gab es nicht und wird es auch niemals geben, da war sich Tichy sicher.

An die ersten vier Wochen des Hinflugs nach Trappist-1e konnte sich Tichy nur noch dunkel erinnern. Damals waren noch Captain Kelvin und die anderen Expeditionsmitglieder an Bord gewesen. Sie hatten die Beschleunigungswochen gemeinsam gut überstanden. Es hat keine Probleme gegeben. Als sie dann Lichtgeschwindigkeit erreicht hatten, setzte die sanfte Rotation des Kommandomoduls ein, die eine Art Schwerkraft simulierte. Das waren angenehme Zeiten gewesen! Ein paar Monate Forschung mit unzähligen Experimenten. Schließlich waren sie die ersten Menschen gewesen, die sich eine so lange Zeit mit annähernd Lichtgeschwindigkeit bewegten!

Tichy konnte sich noch an seine kindische Vorfreude auf das Photonenexperiment erinnern. Er sollte einen Laser in Flugrichtung ausrichten und die Geschwindigkeit der Photonen messen. Er wusste aus dem Physikunterricht, welches Messergebnis er erhalten würde und doch konnte er das Ergebnis kaum glauben: Fast dreihunderttausend Kilometer pro Sekunden! Lichtgeschwindigkeit! Sein Hirn konnte dieses Paradoxon nicht entwirren. Hätte das nicht die doppelte Lichtgeschwindigkeit bedeutet, da die Ausgangsgeschwindigkeit schon die einfache betrug? Die alten Kampfjets hatten ja ihre Munition auch nicht überholt, obwohl sie schneller fliegen konnten als ihre eigenen Luft-Boden-Raketen. Ausgangsgeschwindigkeit und Eigenimpuls addierten sich in der klassischen Physik. Und doch wusste er, dass nichts schneller sein konnte als Licht. So etwas wie die doppelte Lichtgeschwindigkeit gab es schlicht nicht! Das war physikalisch unmöglich und doch hatte er es scheinbar gemessen!

Tichys Stimmung verfinsterte sich, als er über die Anfangsmonate dieser Mission nachdachte. Anderthalb Jahre waren seitdem vergangen. Die Expeditionscrew hatte ihn bereits vor acht Monaten verlassen, da ihr Modul über einen eigenen Ionen-Antrieb verfügte und selbst abbremsen konnte, um auf Trappist-1e, einem erdähnlichen Planeten, zu landen. Tichy war mit dem Shuttle bei Lichtgeschwindigkeit geblieben, hatte den Zwergstern mit seinen sieben Planeten in großer Entfernung umkreist und sich sofort auf den Rückflug gemacht.

Seitdem war er allein. Nur Haley, wie er seinen Bordcomputer scherzhaft nannte, dessen Stimme er sofort nach Captain Kelvins Abgang von männlich auf weiblich geändert hatte, begleitete ihn unverdrossen. Er – oder sie – hatte keine Wahl gehabt, genauso wenig, wie Tichy selbst sie hatte.

»Commander«, säuselte Haley, »bitte ziehen Sie das Exoskelett über. Es wird Ihre Atemmuskulatur unterstützten.«

»Schon gut«, brummte Tichy und rollte sich mühevoll aus dem Bett, kroch in Richtung des Wandschranks und betätigte den Aktivierungsschalter. Eine Schiebetür öffnete sich daraufhin und gab die Sicht auf eine Art Rüstung frei, die im Wandschrank stand, wie der nackte Liebhaber beim unerwarteten Eintreffen des Ehemanns. Tichy versuchte sich aufzurichten, was ihm auch unter größerer Mühe gelang. *Da musste dieses renitente Computerweib doch tatsächlich den Bremsschub reduziert haben, obwohl ich es ihr verboten hatte!*, dachte der Commander erbost und gleichzeitig erleichtert. Tichy öffnete den Brustpanzer, schlüpfte mit der rechten Hand von innen durch das rechte Armloch, drehte sich dann mit dem Rücken zum Schrank und versuchte, mit der linken Hand das andere Armloch hinter seiner Schulter zu erangeln. Warum musste das immer so umständlich sein? Konnten sich in der Mitte des einundzwanzigsten Jahrhunderts die Klamotten nicht etwas weniger widerspenstig verhalten? Wahrscheinlich war es die heimliche Rache eines dicken, unsportlichen Konstrukteurs, dass er sich jetzt so quälen musste!

Nach mehreren Minuten hatte Tichy das Skelett komplett angelegt und stiefelte leicht ungelenk in den Kombüsentrakt. »Haley, was hast du mir heute Leckeres aus meiner Scheiße zum Frühstück recycelt, wenn's schon keine Drogen sein können?«, spottete er dabei in den leeren Gang hinein.

»Ein ballaststoffreiches Brotäquivalent mit Vitamin- und Calciumzusatz, sowie eine Tasse Kaffee, Commander«, erwiderte die Computerstimme emotionslos und ergänzte: »Wie es die Behandlungsleitlinien empfehlen.«

Tichy schnaufte. »Jetzt hör aber auf! Ich brauche keine Behandlung! Ich bin bestens gelaunt und freue mich auf einen unterhaltsamen Tag mit dir.«

»Die Wahrscheinlichkeit, dass Sie diese Bemerkung sarkastisch gemeint haben, beträgt sechsundneunzigkommavierfünf Prozent. Auch ich freue mich auf einen interessanten Tag mit Ihnen, Commander«, antwortete der Computer.

Ha, gut gekontert! dachte Tichy. Was waren das nur für Spaßverderber, diese Programmierer! Konnte man sich doch früher noch einen Ulk daraus machen, diese künstlichen Hirne mit Zweideutigkeiten zu verwirren. Und jetzt spielten diese den Ball einfach zurück! Unerhört!

Tichy setzte sich auf die Sitzbank neben dem kleinen Klapptisch. Die Plastikbox mit seinem Frühstück und die dampfende Tasse Kaffee standen im Molekül-Synthesizer-Schacht rechts neben ihm bereit. Er hatte keinen Appetit. Auf diese mehlige Brotpampe schon gar nicht!

»Zeit für Ihr Briefing, Commander«, ertönte Haleys Stimme erneut. »Die Entfernung zur Erde beträgt aktuell neunhundertzweiundsechzig Millionen Kilometer. Erwartete Ankunftszeit im Erdorbit in zwanzigkommadreifünf Tagen. Die aktuelle Bezugsgeschwindigkeit zum Sonnensystem beträgt siebenundsiebzig Prozent der Lichtgeschwindigkeit.«

»Stopp!«, unterbrach sie Tichy. »Das kann ich mir doch sowieso alles nicht merken. Hast du was von Trappist-1e gehört?« Er versuchte gar nicht erst, seine miese Laune zu verbergen.

»Es konnten bisher keine Funksignale von Trappist-1e empfangen werden«, antwortete der Computer mit weicher Stimme.

»Müssten wir nicht jetzt schon langsam genug sein, um von den ersten Signalen eingeholt zu werden?«, fragte der Commander, während er die Box aus dem Schacht nahm und angewidert den Deckel öffnete.

»Die Wahrscheinlichkeit beträgt aktuell nullkomma-sechsvier Prozent, dass bereits Signale empfangen werden können«, antwortete Haley nüchtern.

Tichy schwieg und starrte auf seine, zu kleinen Würfelstücken geformte Frühstücksration. *Verdammt, immer noch keine Nachricht!*, dachte er verbittert. So viele Monate waren schon vergangen, seit sie ihn verlassen hatten, um auf Trappist-1e zu landen. Es war der erdähnlichste Planet im erreichbaren Umkreis des Sonnensystems. Nur etwa neunundreizig Lichtjahre entfernt. Und doch wusste man so wenig über ihn. Gab es eine Stickstoff-Sauerstoff-Atmosphäre? Waren die Temperaturen lebensfreundlich? Kelvin und sein Team aus Wissenschaftlern sollten es herausfinden. Und das Verrückte war, dass sie dort, nach Trappist-Zeit, bereits vor über dreißig Jahre gelandet waren und Tichy immer noch nicht wusste, ob sie frei auf dem Planeten herumwanderten und ihr Leben genossen, oder eingepfercht im Expeditionsmodul auf Rettung in weiteren vierzig Jahren warteten - oder tot waren, aber daran wollte er gar nicht denken. Diese verdammte Zeitdilatation! Noch so ein Aspekt, den die Drehbuchautoren der alten Science-Fiction-Serien nicht bedacht oder schlicht ignoriert hatten. Denn bekannt war sie auch im Zeitalter der Star Trek Filme schon gewesen, die Relativität von Zeit und Raum. Der kauzige Einstein hatte sie damals in seinem staubigen Patentamtzimmer postuliert. Belegt wurde sie schon wenige Jahre später durch viele verschiedene Experimente. Die Zeit verging für Tichy viel langsamer als auf der Erde! Außerdem verkürzte sich der Raum in Flugrichtung, sodass sein großes Raumschiff für einen Außenstehenden wie eine platte Flunder aussehen müsste. Der

Flug nach Trappist-1 und zurück dauerte nach Erdzeit circa fünfundachtzig Jahre, aber für Tichy würden nur etwa achtzehn Monate vergangen sein. Er hatte es selbst belegt, mit seinem Laser-Experiment. Wenn die gemessene Geschwindigkeit des Lichtes gleichblieb, obwohl sich der Photonen-Emitter selbst irre schnell bewegte, konnte etwas nicht stimmen mit Raum und Zeit. Dann mussten diese zu Variablen werden, um dasselbe Endergebnis zu erhalten.

»Ich bin ein Bote, der die Nachricht nicht kennt, die er überbringen wird. Was für ein undankbares Schicksal das doch ist!«, jammerte Tichy und schnipste einen Brotwürfel mit dem Mittelfinger gegen die Wand der Plastikbox. Auch die Funksignale mussten sich an diese ultimative Grenze des Universums halten. Nichts war schneller als Licht! Da sich das Raumschiff selbst mit dieser unfassbaren Geschwindigkeit bewegte, konnten die Funksignale der Kelvin-Crew es nicht einholen. Erst wenn es langsam genug war, würden sie eintrudeln, diese Nachrichten von einem fernen Ort, aus einer anderen Zeit.

»Sehr philosophisch, Commander, aber auch etwas zu melodramatisch«, bemerkte Haley.

»Du solltest dein Sarkasmuslevel anpassen, ich fühle mich heute nicht wohl, wie du weißt«, erwiderte Tichy gereizt.

»Entschuldigung, Commander«, säuselte Haley.

»Schon gut«, brummte Tichy, »Kannst dir gern was überlegen, um mich aufzuheitern!«

»Wie wäre es mit einer Psychoanalysesitzung?«, fragte der Computer mit gewohnter Ernsthaftigkeit.

»Ha, der war gut!« Tichy konnte ein Grinsen nicht unterdrücken. »Da habt ihr Computerhirne erst vor kurzem den Turing Test mit Ach und Krach bestanden und schon wollt ihr die Menschheit auf die Couch legen! Wie stellst du dir das vor? Spulst du dein Sigmund Freud Programm ab und lässt mich mein Unterbewusstsein erkunden?«

»Die Theorien von Freud sind seit über einem Jahrhundert obsolet«, antwortete Haley.

»Armer Kerl. Dabei haben mir seine Ideen so gut gefallen!«, erwiderte Tichy lachend. »Natürlich ist meine Mutter an allem schuld! Und alle Frauen beneiden mich um meinen Penis!«

»Die moderne Psychotherapie legt weniger Wert auf das Unterbewusste und vermeidet Schuldzuweisungen. Im Übrigen vermutete Freud, dass eine pathologische Bindung zur eigenen Mutter ein Grundkomplex sei. Nicht ihre Mutter wäre somit schuld – aus Freuds Sicht wären Sie es selbst, beziehungsweise Ihre kranke Liebe zu ihr«, bemerkte Haley.

»Ja,ja, der Ödipuskomplex«, antwortete der Commander kopfschüttelnd und fragte dann doch nach: »Aber, worüber reden wir dann, wenn nicht über meine Familie?« Tichy war noch nie bei einem Psychiater gewesen und konnte sich unter einem Analysegespräch wenig vorstellen.

»Zum Beispiel über Ihre Zeit auf der Erde. Denken Sie oft an Ihren Sohn?«

»Also doch über meine Familie!« Tichys Heiterkeit verflog augenblicklich. Was ging dieses Computerweib seine Beziehung zu Ijon an? Der Junge war bereits erwachsen gewesen und wollte selbst Weltraumpilot werden, als

Tichy zu seiner langen Reise aufbrach. Seit dem Tod seiner Mutter hatten sie nur noch wenig Kontakt zueinander gehabt. Dieser hatte sich am Ende auf Anrufe zum Geburtstag reduziert, musste Tichy zugeben, als er darüber nachdachte.

»Ijon wird über hundert Jahre alt sein, wenn ich zurückkomme. Wir werden uns wohl nicht viel zu sagen haben. Warum sollte ich darüber nachdenken?«, stellte er schließlich die Gegenfrage.

»Empfinden Sie so etwas wie Trauer darüber, Commander?«

Tichy schwieg und dachte nach. Hätte er ihm wirklich nichts zu sagen? Vermutlich. Es war nicht viel passiert in den letzten Monaten, von dem er ihm hätte berichten können. Aufstehen, Frühstück, Wartungsarbeiten, Mittagessen, etwas Ausdauersport und stundenlange Gespräche mit einem Computer, am Abend dann etwas Entspannung mit alten Filmen oder Musik. Die Tage auf dem Rückflug hatten sich geglichen wie eineiige Geschwister.

Aber vielleicht hätte Ijon ihm ja etwas zu sagen? Hätte Antworten parat auf seine bohrenden Fragen. Was falsch gelaufen war, zwischen ihnen beiden. Warum der Tod seiner Mutter eine so schwere Beziehungskrise zwischen ihnen ausgelöst hatte. Er war jetzt zu einem alten Mann geworden, sein Ijon. Er würde weise Worte sprechen, voller Lebenserfahrung und hoffentlich auch Altersmilde.

»Trauer? Nein. Ich hoffe aber sehr, dass Ijon noch lebt. Ich würde ihn gern noch einmal sehen ... mit ihm über ein paar Dinge sprechen«, sagte Tichy leise und rührte dabei in seinem kalt gewordenen Kaffee herum.

»Was wollen Sie ihm sagen, Commander?«, fragte Haley daraufhin.

»Ich weiß es nicht. Aber er wäre wohl der Einzige, den ich noch persönlich kenne. Der Einzige, der mich vielleicht noch versteht« Tichys Hand zitterte leicht, als er den Löffel aus der Tasse nahm und zur Seite legte.

»Haben Sie Angst davor, dass Sie auf der Erde genauso allein sein werden, wie Sie es auf diesem Schiff sind?«

Der Commander blickte irritiert auf. *Gar nicht schlecht, Haley,* dachte er anerkennend, *und doch bist du nur eine künstliche Intelligenz ohne eigenes Bewusstsein, ohne Sinn und Verstand - und ohne Gefühle.* Manchmal wünschte sich Tichy, dass es anders wäre.

»Könntest du das denn nachvollziehen?«, fragte er den Computer und wusste gleichzeitig, dass diese Frage für Haley nicht zu bejahen war.

»Menschliche Emotionen sind mir fremd, Commander«, antwortete sie erwartungsgemäß.

Tichy nickte und trank einen Schluck kalten Kaffee. Die fehlenden Emotionen seiner künstlichen Partnerin waren Fluch und Segen zugleich. Am Humor hatten die Entwickler ja gearbeitet, darüber konnte er sich nicht beschweren. Manchmal übertrieb sie es sogar etwas. Aber dieser Gleichmut, diese konstante, neutrale Stimmungslage, ging ihm schon ganz schön auf den Zeiger. Andererseits war er froh, dass seine Computerfrau stoisch ihre Aufgaben erledigte und seine eigenen Launen ignorierte. *Man stelle sich einen zickigen Bordcomputer vor! Sie würden doch wie ein altes Ehepaar durch das Weltall fliegen, sich die*

Ohren volljammern oder den ganzen Tag nur rumstreiten. Was für ein absurder Gedanke!

»Manchmal beneide ich dich darum, Haley«, sagte Tichy, noch in seinen Gedanken versunken.

»Worum, Commander?«

»Um deine Gefühllosigkeit. Nie bist du blind vor Angst, nie zittrig vor Aufregung. Nie bleibst du stehen und kannst nicht mehr, weil du das Gefühl hast, dass dich die Einsamkeit erdrückt.« Seine Finger spielten mit dem Plastiklöffel. »Nichts stört jemals deine unbestechliche Logik.«

»Die menschlichen Emotionen sind Resultate des evolutionären Prozesses. Sie haben sich als nützlich für Ihre Spezies herausgestellt«, antwortete Haley freundlich, aber wie immer distanziert.

»Nützlich? Wofür? Was nutzt mir meine Angst vor dem Tod, wenn ich ihm sowieso nicht entkommen kann?«, fragte Tichy. Es war eine Frage, die ihn schon lange beschäftigte.

Haley antwortete nicht. Für ihren modernen KI-Algorithmus war die Erkennung von rhetorischen Fragen keine große Herausforderung mehr.

Stattdessen ertönte das leise Ticken einer Taschenuhr aus den Lautsprechern des Schiffs. Tichy schaute auf und blickte sich um. Er konnte es zunächst nicht zuordnen und hielt es für eine Interferenz oder das leise Knacken des Weltraums, das er schon so oft gehört hatte. Doch dann klingelte ein analoger Wecker. Ein helles Läuten kam hinzu, dann ein Glockenschlag - immer mehr Uhren vervollständigten das antiquierte Klangkonzert, das zur Kakofonie anschwoll - und dann verebbte. Tichy hörte jetzt den rhythmischen Schlag eines Herzens, begleitet von Klopfen eines Rototoms. Seine Gesichtszüge entspannten sich und seine Lippen umspielte ein zartes Lächeln, das zum Grinsen wurde, als Roger Waters E-Bass einsetzte.

Ticking away the moments that make up a dull day, hörte er David Gilmour singen und schüttelte dabei lachend den Kopf. Was ging nur in diesem Elektronikhirn vor? 'Time' von Pink Floyd als Antwort auf sein triefendes Selbstmitleid zu spielen, war verstörend ironisch und genial zugleich. Er liebte diesen Song aus dem letzten Jahrtausend. Aus einer Zeit, als die Welt noch so klein war und die Menschheit noch nicht wusste, was ihr unvermeidliches Schicksal sein würde.

So you run and you run to catch up with the sun but it's sinking

Racing around to come up behind you again.

The sun is the same in a relative way but you're older,

Shorter of breath and one day closer to death.

Mit geschlossenen Augen lauschte er den gesamten sieben Minuten dieses Meisterwerks aus dem Album 'The Dark Side of the Moon'.

»Danke, Haley«, sagte er schließlich leise und erhob sich. »Ich weiß gar nicht, was ich ohne dich machen soll.«

»Gern geschehen, Commander. Ich hoffe, Sie haben einen angenehmen Tag.«

Tichy ging langsam zum Ausgang der Kombüse, öffnete die Schleuse und verschwand im langen, leeren Hauptgang des Schiffs.

Er würde jetzt die Leitungen im Versorgungstrakt prüfen, dann Mittag essen, etwas Sport treiben und am

Abend eine alte Star Trek Folge schauen. Zwischendurch würde er noch einmal mit Haley über Ijon sprechen. *Sollte er wirklich das Risiko eingehen, sich mit ihm zu treffen? Was ist, wenn sie sich tatsächlich nichts zu sagen haben? Und wie beginnt man ein Gespräch mit seinem Sohn, der jetzt so viel älter und weiser war, als man selbst?*

Vielleicht hatte Haley ja eine Idee.

DESTINY – FOLGE DEM RUF

(H A N N A F. W O O D)

Es ist tiefste Nacht. Die Dunkelheit hat sich wie eine Decke über die Welt gelegt und hüllt sie ins Schwarze. Nur der Schein des Halbmondes und der Sterne, die reglos am Himmel stehen, erleuchtet die Finsternis.

Unter ihnen erstreckt sich eine Blumenwiese, wie ein endloser Ozean ohne Leben. Ihr Bewuchs wirkt zur nächtlichen Stunde tot und abgestorben, während die Bäume wie abgestorbene Lebewesen in die Höhe ragen. Es ist, als hätte die Nacht den Pflanzen alles Leben entzogen - selbst das Haus am Rande der Blumenwiese hinterlässt den Eindruck, als sei es bereits vor langer Zeit verlassen worden.

Nur in einem Zimmer brennt ein schwaches Licht, das sich mit der vorherrschenden Dunkelheit vermischt. Es geht von einer Kerze aus, die auf einem heruntergekommenen Holztisch ihren Platz gefunden hatte. Daneben ein aufgeschlagenes Buch und ein Bild, welches drei vor Freude strahlende Jugendliche zeigt. Ein braunhaariges Mädchen mit grün-grauen Augen sitzt auf dem Rücken eines der Jungen. Dieser wiederum hat brünette Haare, welche wild in alle Richtungen abstehen und seine blauen Augen strahlen überglücklich das Mädchen an. Die beiden werden von einem gebräunten Schwarzhaarigen enger an sich gezogen. Ein sorgloses Lächeln umspielt seine Lippen und seine braunen Augen blicken keck in die Kamera. Um den dünnen Hals des Mädchens schlängelt sich ein goldenes Amulett. Ihre Kurven werden von einem braunen Kleid betont und ihre Beine von einer dreckigen, beigen Hose versteckt. Schwarze Stiefel reichen ihr bis zur Mitte der Oberschenkel und um ihr Becken schlängelt sich ein breiter Gürtel, an dem mehrere Dolche und ein silbernes Schwert in einfach hergerichteten Schnallen hängen. Über ihrer Schulter liegt ein leichter, dunkelroter Mantel, welcher ihr bis zu den Kniekehlen reicht.

Die beiden Jungen sind ähnlich gekleidet. Allerdings verzichten beide auf den Mantel und anstatt des Kleides tragen sie ein braunes T-Shirt und eine schwarze Hose. Allerdings trägt der Schwarzhaarige deutlich mehr Waffen an sich. Ein Bogen und viele Pfeile sind am Rücken befestigt, während sich an seinem Oberteil viele Schnallen befinden, in welchen jeweils eine kleine Waffe steckt. Um sein Becken ist ein breites, schwarzes Schwert und eine Axt befestigt. Dies verleiht ihm ein bedrohliches Erscheinungsbild.

Der Brünette hingegen trägt überhaupt keine Waffen und an seiner Hüfte ist außer einer kleinen Hängetasche an der rechten Seite nichts aufzufinden.

Das Bild wird von einem breiten Holzrahmen mit goldener Verzierung geschmückt. An der dünnen Staubschicht ist das Alter der Aufnahme zu erkennen.

Ein Mann mittleren Alters sitzt gebeugt über dem Buch. Das Licht der Kerze erhellt sein müdes Gesicht. Seine verwuschelten Haare fallen ihm sanft über die Stirn, während sein ernster Blick auf dem Federkiel in seiner Hand ruht, der über die rechte Seite des offenen Buches wandert.

Plötzlich richtet er seinen Blick zur Tür. Ein junges Mädchen in einem weißen Kleid, welches ihren schmalen Körper bedeckt, erscheint mit verweinten, blauen Augen im Türrahmen. Ihre Hände streckt sie hilfesuchend nach dem Mann aus. Kurze Zeit später vergräbt das braunhaarige Mädchen ihr Gesicht in der Brust des Mannes, der die Umarmung sanft erwidert. Vorsichtig streichelt er ihre Wange. „Wurde Mama wieder von den bösen Monstern genommen?", fragt er und seine sanft klingende Stimme durchbricht die Stille. Langsam nickt das Mädchen und lässt ihren Blick zu dem Buch schweifen. Der Mann versteht ihre unausgesprochene Frage und antwortet ihr: „Ich wollte nur meine Gedanken ordnen, aber alles überschlägt sich in meinem Kopf." Das Mädchen legt leicht den Kopf schief und flüstert ihm ins Ohr: „Bitte erzähl mir, was mit Mama passiert ist. Was hält dich jede Nacht vom Schlafen ab?" Der Vater atmet geräuschvoll ein und gibt einen langen Seufzer von sich. Seine Augen richten sich orientierungslos auf die Wand hinter dem Mädchen und es wirkt, als würde er durch sie hindurchblicken. Danach nickt er leicht. Leise erhebt er seine Stimme und antwortet seiner Tochter: „Ich verwehre dir die Wahrheit schon zu lange. Aber vorher musst du die Welt von damals erst verstehen. Vieles hat sich verändert..."

Aufgeregt dreht sich das Mädchen im Schoß ihres Vaters um, bevor sie in ihrer kindlichen Naivität fragt: „Ist es so schlimm?" Der Mann erwidert den Blick seiner Tochter kaum. Etwas Trauriges schimmert in seinen Augen, als würden sie zum Ausdruck bringen, welcher Sturm in seiner Seele wütet. „Damals gab es sowas wie Gewissen und Nächstenliebe kaum. Diebstahl, Mord und Lügen waren alltäglich", beginnt er leise und unterdrückt das Zittern, das seine Stimme bestimmte. Erschrocken weiten sich die Augen des Mädchens. Trotz ihres jungen Alters versteht sie, was das für die Bevölkerung bedeutet haben muss.

„In Schulbücher wird als Grund des Zustandes die Armut oder das Kastensystem genannt", stößt sie durch zusammengebissenen Zähnen hervor.

Es dauerte nicht lange, da erhob sich die Stimme des Mannes erneut und er fängt an zu erzählen. „In deinen Büchern steht die Wahrheit, Aurora. Mit der Zeit hat sich eine Gruppe gebildet, die meinte, dass sie von Allmächtigen abstammen. Sie nannten sich Diamanten. Dadurch kam es zur Abspaltung der übrigen Bevölkerung und irgendwann fingen sie an, dieser Befehle zu erteilen. Es gab viele Kämpfe. Viele ließen ihr Leben, bis sich die Zivilisten schließlich ergaben. Lange war es ruhig, bis eine Seuche ausbrach. Es war aber keine normale Krankheit. Es gab drei Typen, die eintreten konnten. Beim ersten Fall verwandelte sich die Haut in Gestein, die sich langsam Richtung Körpermitte bewegte. Sie starben an versteinerten Herzen. Bei der Zweiten passierte dasselbe, nur mit Eis. Erkrankte verloren oft schon früher das Leben. Bei deren toten Körpern breitete sich das Eis weiterhin aus, bis es alles umhüllte. Man nannte es auch einen schleichenden Tod voller Qualen. Der dritte Typ war der Seltenste und Schmerzhafteste. Die Haut fing Feuer, welches in Sekundenschnelle zum vollständigen Verbrennen des Körpers führte. Dies war der schnellste Tod. Vom menschlichen Körper blieb nur Asche zurück. Man war der Überzeugung, dass die Seuche wegen ihrer Grausamkeit die Strafe der Allmächtigen sei.

Voller Angst um ihr besonderes Blut verschanzten sich die Diamanten in einem Turm. Die restliche Bevölkerung ließen sie ihrem Untergang in die Augen blicken. Doch entgegen aller Erwartungen gelang es ihnen, das Ausbreiten der Seuche zu verlangsamen. Trotzdem blieben die Diamanten im Turm. Nur die Verpflegung kam zu ihnen durch."

Gespannt lauscht das Mädchen ihrem Vater und hängt förmlich an dessen Lippen. In seiner Stimme schwingt Verachtung mit. An manchen Stellen öffnet sie voller Verwunderung den Mund oder zieht scharf die Luft ein. Bei der Stelle der Seuche schlägt sie ihre Hände vors Gesicht.

Aus ihren Augen kann man Trauer lesen, während die ihres Gegenübers glasig in den Raum blicken.

Als er kurz stoppt, unterbricht ihn das Mädchen: „Und was hat das alles mit Mama zu tun?" Sofort richten sich die Augen des Vaters auf das Kind. Stumm blickt er sie an. Für einen kurzen Moment schließt er die Augen. Danach holt er Luft und antwortet: „Meine Familie gehörte zu den Diamanten, während deine Mutter auf der Oberfläche lebte. Wie wir uns trafen, ist der Beginn der Geschichte."

Eines nachts änderte sich mein gesamtes Leben. Damals meinte deine Mutter, dass es Schicksal war, als ich angetrunken in meine Wohnung kam. Ich ging davon aus, dass mein Vater bereits schlief oder unterwegs war. Von Kindheit auf war er selten für mich dagewesen und hatte mich stets mit meinen Problemen allein gelassen.

Leise trete ich in den Vorraum, wo ich mir meine Schuhe ausziehe, bevor ich auf Zehenspitzen in die Küche schleiche, um mir ein Glas Wasser zu holen und mich danach einfach nur noch ins Bett schmeiße. Die letzten Gläser waren wohl doch etwas zu viel gewesen.

Plötzlich durchbricht eine müde Stimme die Stille: „Silas? Komm doch bitte ins Wohnzimmer." Verwundert folge ich Vaters Stimme, die vom Sofa zu mir schallt. Er blickt mir mit seinen Augen müde entgegen. Ein geöffneter Brief mit dem Wappen des Königs liegt neben ihm. Gehorsam stelle ich mich vor ihn.

Nach einer kurzen Pause spricht mein Vater weiter: „Du warst lange weg. Ich hoffe, es war eine schöne Party. Pack deine Habseligkeiten ein. Wir werden morgen den Turm verlassen. Mein neuer Auftrag vom König lautet, die Seuche zu stoppen und du kommst mit." Verwundert versuche ich, das Gehörte zu verarbeiten. Als ich die Situation verstanden habe, ziehe ich scharf die Luft durch meine zusammengepressten Lippen ein. Ich kann es nicht glauben, dass ich den Turm, meinen Geburtsort, verlassen muss. Doch mit meinem Vater diskutieren, kann daran nichts ändern. Befehl ist Befehl.

Ergeben nicke ich und gehe in mein Zimmer. Gespaltene Gefühle herrschen in mir. Einerseits freue ich mich darauf. Anderseits möchte ich meine gewohnte Umgebung nicht verlassen. Zu müde, um weiter darüber nachdenken zu können, lege ich mich ins Bett und treibe ins Land der Träume.

Am nächsten Morgen erfüllte ich den Wunsch meines Vaters ohne jeglichen Widerspruch. Vorher versuchte ich, mir die Wohnung mit all den verbundenen Erinnerungen in mein Gedächtnis einzubrennen. Schließlich verabschiedete ich mich von allen, bevor ich mit hoch erhobenem Kopf aus dem Turm trat. Ich war bereit, ein neues Kapitel meines Lebens aufzuschlagen.

Damals wusste ich noch nicht, wieso wir so schnell aufbrechen mussten. Es gehörte zu meinem Alltag, Befehlen sofort zu folgen. Später erzählte mir ein Mitarbeiter meines Vaters den Grund. Die Wände waren unstabil und es würde nur wenige Jahre brauchen, bis er in sich zusammenfiel.

Nun mussten wir schnell sein, um den Feind außerhalb des Turmes zu vernichten. Die Seuche! Ein Kampf, der weitere Opfer verlangt!

Wochenlang versuchte mein Vater mit vollem Risiko alles über die Seuche herauszufinden, was Folgen mit sich brachte. Eines Tages fing seine Haut Feuer und er verbrannte lichterloh in wenigen Sekunden. Zurück blieb nur Asche, die vom Wind in die weite Welt getra-

gen wurde und lediglich ein Loch in meinem Herzen zurückließ. Trauer erfüllte mich und obwohl er kein guter Vater gewesen war, zog ich mich zurück. Ich fristete Tage und Nächte in meinem Zimmer, um irgendwie mit seinem Tod zurechtzukommen. Ich litt. Von einer schlaflosen Nacht zur nächsten. Irgendwann entschied ich mich, von dort abzuhauen. Tagelang irrte ich umher und hungerte. Keine Orientierung. Ich war dieses Leben nicht gewohnt.

Die Mittagssonne brennt auf mich. Mein Körper schreit nach Wasser und mein Kopf dröhnt. Nur mein Verlangen nach Ruhe hält sich an erster Stelle. Nur mein Verlangen nach Ruhe bleibt unveränderlich, aber ich darf nicht aufgeben. Noch nicht! Ich brauche Flüssigkeit. Verzweifelt versuche ich, einen rauschenden Bach wahrzunehmen.

Plötzlich geben meine Beine nach und ich stürze zu Boden. Meine Ohren nehmen nur noch einen schrillen Pfeifton wahr. Mein Atem geht rasselnd. Meine Umgebung verschwimmt vor meinen Augen. Ich liege lange. Ohne Kraft.

Doch dann erscheint ein Gesicht über mir. Die feinen Züge gehören zu einem Mädchen, dessen rotbraune Haare am Hinterkopf zusammen gebunden sind. Sie betrachtet mich aus ihren grün-grauen Augen voller Sorge. In ihrer Hand hält sie eine Wasserflasche. Als sie meinen Kopf hebt, verstehe ich sofort und trinke gierig. Nach vielen Schlucken entfernt sie das Getränk, das vorher meine Lippen mit Wasser benetzte, und zieht mich hoch, um mich zu stützen. Dabei blickt sie schreckhaft in alle Richtungen. Hastig führt sie mich zu ihrem Zelt und mich verlässt die Kraft, sobald ich liege. Mein Körper hat endlich die erwünschte Ruhe bekommen.

Ich schlief mehrere Tage. Nichts bekam ich von meiner Umgebung mit! Das Einzige, was ich wahrnahm, als ich schließlich erwachte, war das Pochen in meinem

Kopf. Mein ganzer Körper fühlte sich ausgelaugt an. Doch als ich dann endlich meine Augen öffnete, fiel mir mein Auftrag wieder ein...

Mit Mühe zwinge ich mich, meine bleischweren Augen zu öffnen. Die Helligkeit blendet mich. Reflexartig verdecke ich meine Augen mit meinem linken Arm. Nach wenigen Minuten gewöhnen sich meine Augen an das Licht und ich beobachte voller Neugierde das Zelt. Die Innenausstattung hält sich sehr in Grenzen.

Plötzlich kommt mir die Seuche wieder in den Sinn. Ich muss sofort zurück. Eilig schwinge ich meine Beine von dem Holzgestell und stehe ruckartig auf. Kurzzeitig verschwimmt die Welt vor meinen Augen und ich stolpere zur Seite. Nachdem ich mich erholt habe, laufe ich los. Fluchtartig verlasse ich das Zelt und sprinte in den Wald. Nach kurzem Laufen bleibe ich stehen, weil ich erneut die Orientierung verloren habe. Verwirrt blicke ich mich um. Überall Bäume.

Aus dem Nichts reißt mich meine Retterin zu Boden und hält mich fest. Ihre Augen leuchten bedrohlich und funkeln mich lange wütend an. Irgendwann steht sie sauer auf und faucht mich an: " Wieso rennst du davon. Kennst du die Gefahren der Natur nicht?"

Ihr Wutanfall dauerte einige Minuten. Mit der Zeit wurde ihr Stimme wieder ruhiger und sanfter. Irgendwann klärte sie mich über die gefährlichen Wesen auf, denn nicht alle waren friedlich. Diese Tiere lauerten im Dunkeln und ihre Seele schrie nach Blut. Menschen jagten sie. Diesem Bekämpfen fielen auch gute Wesen zu Opfer, die daraufhin verschwanden. Keiner weiß wohin. Aber die blutsaugenden Wesen blieben bestehen und verbreiteten weiterhin Angst. Dies war noch vor der Seuche.

Minuten später unterbrach ich sie, um ihr zu erklären, wieso ich hier war. Ich erzählte ihr von dem Auftrag und schließlich auch, wieso ich weggerannt bin in eine Welt, in der ich mich nicht zurechtfand.

Je mehr ich sprach, desto sicherer wurde meine Stimme. Meine Retterin war eine gute Zuhörerin. Meine Gefühlsausbrüche nahm sie mit traurigen Mimiken im Gesicht zur Kenntnis. Als ich endete, herrschte Ruhe zwischen uns. Sie blickte nachdenklich in die Ferne. Es wirkte, als würde sie mit sich kämpfen. Danach fixierten ihre Augen mich und sie erhob ihre Stimme erneut: „Wenn ich dir helfe, den Turm zu retten und die Seuche zu stoppen, musst du mir eines versprechen. Du wirst alles tun, um den Menschen, die nicht im Turm leben, zu helfen. Alle sollten die gleichen Rechte besitzen."

Erwartungsvoll nickte ich. Ich würde alles tun, um die Seuche zu stoppen.

„Ich habe Geschichten gehört über einen Jäger, der mehr über die Seuche weiß als jeder andere. Sein Name lautet Liam. Wir brechen morgen auf ins Territorium der Befallenen und suchen ihn." Damals verspürte ich endlich wieder Hoffnung. Ich würde die Aufgabe meines Vaters beenden.

So geschah es auch. Im Morgengrauen brachen wir auf. Anfangs war es still. Ihr Blick war nachdenklich nach vorne gerichtet, während ich mich neugierig im Wald umsah. Die Abende verbrachten wir im Zelt.

Ich versuchte oft ein Gespräch aufzubauen, doch die meisten meiner Versuche blieben ohne Erfolg. Am dritten Tag erfuhr ich vier Dinge über sie: Ihr Name war Kiana, ein schöner Name wie ich fand, sie war gerade einmal zwanzig, trotzdem war ihre Familie bereits verstorben. Sie hingegen wusste meine gesamte Lebensgeschichte. Sie meinte stets, dass ich leise sein sollte, wann immer ich ein Gespräch begann, aber ich wusste, dass sie zuhörte. Ihre Körpersprache verriet sie.

Im Lauf unserer Reise zeigte sie mir viele überlebenswichtige Kenntnisse in der Wildnis. Jeden Abend übten wir, Feuer zu entfachen. Anfangs fiel es mir nicht leicht, doch es gelang mir immer besser. Als wir einen Bach passierten, fingen wir gemeinsam Fische. Weil ich meistens aufgrund meines fehlenden Gleichgewichts in die Nässe stürzte, verscheuchte ich die meisten Fische und hielt zum Schluss pitschnass meinen Fang hoch. Kiana verdrehte wegen meiner Reaktion nur die Augen. Im Wald brachte sie mir das Fährtenlesen bei. Dabei sprach sie nur das Nötigste.

Die Sonne ging auf und verschwand wieder. Der Mond und die Sterne erschienen. Irgendwann verlor ich den Überblick über die Tage. Eines nachts lag ich im Gras und schaute in den Sternenhimmel. Egal wie weit wir gingen, er sah immer gleich aus und das vertraute Gefühl, das dabei in mir entflammte, beruhigte mich.

In dieser Nacht gesellte sich zum ersten Mal Kiana zu mir. Stille umhüllte uns, doch trotzdem genoss ich ihre Gesellschaft. Trotz ihrer abweisenden Haltung war sie langsam ein Teil meines Herzens geworden...

Die Sterne stehen leuchtend hell über uns. Ausgeglichen beobachte ich sie und warte sehnsüchtig auf die nächste Sternschnuppe, die den Nachthimmel erhellt. Plötzlich spricht eine weibliche Stimme. Sie gehört Kiana. „Als Kind lag ich oft nachts im Gras mit meinem Vater, der mir die Geschichten hinter den Sternbildern erzählte. Die des kleinen Bärs war meine Liebste. Eines Winters verlor er die Spur seiner Eltern im Schneesturm und suchte sie seitdem verzweifelt. Auf seinem Weg rettete er vielen Tieren das Leben und sie wurden Gefährten. Irgendwann wurde er todkrank. Niemand konnte ihm mehr helfen, weswegen er sich zum Sterben zurückzog. Aus Mitleid über sein Leiden, seine Taten und sein gutes Herz kamen die Sterne herunter, tanzten um ihn herum und holten ihn schließlich zu sich hinauf. Seit diesem Zeitpunkt wandert er über den Sternenhimmel immer auf der Suche nach Hilfsbedürftigen! Mein Vater erzählte mir dies jede Nacht, bis er starb. Es war nicht die Seuche, sondern er fiel bei einer Rettungsaktion in eine Schlucht. Jetzt ist er der kleine Bär, der mich begleitet. Ich fühle mich seitdem niemals wieder alleine. Auch nicht als meine Mutter und mein Bruder starben. Ihre Haut wurde zu Stein. Meine Schwester und ich flüchteten in die Wüste. Dort verlor ich auch sie. Jahrelang suchte ich sie. Aufgeben werde ich sie nie. Seitdem kämpfe ich mich mit der Angst im Hinterkopf durch die Wildnis. Ich habe viele unmenschliche Bedingungen überlebt und habe viele Herausforderungen gemeistert." Geschockt versuche ich, ihre Geschichte zu verarbeiten. Ich spüre ihren Schmerz am ganzen Leibe. Nun habe ich das Gefühl, ihre Art mehr zu verstehen...

Ich umarme sie schließlich, weil ich keine Worte finde, die ihr helfen können. Überraschenderweise zieht sie mich kurz enger an sich. Danach richtet sie sich schnell auf und fordert: „Geh schlafen. Morgen müssen wir die Wüste durchqueren." Ich folge ihrem Befehl.

Als ich aufwachte, standen beide Rucksäcke bereit. Die Sonne leuchtete noch nicht am Horizont. Rasch baute ich das Zelt ab und bedankte mich bei Kiana, die eilig mit nassen Haaren ins Lager kam, für ihre Ehrlichkeit. Ihre Antwort war ein schüchternes Lächeln. Danach brachen wir auf.

Die Hitze war unerträglich. Meine Haut brannte. Wir versuchten, möglichst zügig die wenigen Kilometer durch die Wüste zu meistern. Eine Sanddüne hoch und wieder heil unten ankommen. Mein Atem ging schwer und meine Glieder schmerzten. Kiana ging es besser, obwohl sie weniger trank. Was mir jedoch Sorgen bereitete.

Irgendwann zeigte sie nach vorne. „Dort müssen wir hin", sprach sie außer Atem. Ich folgte ihrem Arm. In der Ferne erhoben sich mächtige Berge in den Himmel. Ein Lächeln legte sich über meinen trockenen Mund. Das Ende unserer Reise.

Plötzlich verlor Kiana den Halt. Ich schoss vor und packte ihre Hand, um sie zu stützen. Dankbar sah sie mich an und unsere Hände blieben weiterhin vereint. Anfangs dachte ich mir nichts dabei. Später fiel mir das seltsame Gefühl im Bauch auf. Wie das Flattern von Schmetterlingen.

Am Abend erreichten wir unser Ziel. Kiana verbot mir mit einem Handzeichen, Feuer zu entfachen. Es sei zu gefährlich in dieser Umgebung, war ihre Erklärung. Stumm setzten wir uns nebeneinander vor einen Felsen und ich driftete in den Schlaf.

Spät in der Nacht ertönt ein Heulen. Erschrocken öffne ich meine Augen. Kiana springt blitzschnell auf und zieht dabei einen Dolch aus ihrem Stiefel. Sofort steht sie schützend vor mir, als eine große katzenähnliche, pechschwarze Kreatur mit blutroten Augen aus der Dunkelheit des Waldes bricht. Erschrocken schreie ich auf und sehe voller Angst zu Kiana, die „Ein Kiitor" flüstert. Das Wesen umkreist uns laut fauchend und schnellt in Richtung Kianas Beine vor, die knapp ausweicht. Ich drücke mich gegen den Felsen und klammere mich haltsuchend daran. Was war das für ein Tier. Ich tippe auf ein dunkles Wesen. Das ist jetzt wirklich ein schlechter Zeitpunkt!

Nun greift Kiana ihn an. Der Kiitor heult schmerzhaft auf und leckt seine Wunde an seiner rechten Seite. Kurz weicht er zurück. Vor einem neuen Angriff wird er allerdings von einem schwarzen Pfeil aufgehalten, der sich in sein Herz bohrt und ihn tötet.

Wenig später springt eine verhüllte Gestalt von einem Baum auf den Boden und bleibt, ein paar Schritte von Kiana entfernt, stehen. Seine blauen Augen fixieren uns. Er steht abwartend vor uns. Mit einer Hand hält er seinen Bogen schussbereit. Er sieht auch in uns eine Gefahr. Langsam stehe ich auf. Meine Begleiterin hält mich mit ihrer rechten Hand zurück und beginnt leise, in einer mir unbekannten Sprache auf ihn einzureden. Die Aufmerksamkeit des Mannes liegt nun auf ihr. Manchmal stimmt er ihr mit einem Nicken zu oder sein Blick fliegt zu mir, um aus meinem Gesicht etwas zu entnehmen. Als Kiana endet, liegt wieder die Stille der Nacht zwischen uns. Der Mann betrachtet uns beide genau. Danach wendet er sich mir zu. „Du bist also Silas, der die Seuche stoppen will. Mein Name lautet Liam. Keine Angst, die Befallenen wurden gestern in eine Höhle weiter im Süden gesperrt. Folgt mir zu meinem Baumhaus. Aber eine falsche Bewegung und ihr seid tot." Wir beide nicken knapp und folgen ihm.

Auf dem Weg erfuhren wir vieles über Liam, der früher die Befallenen jagen musste. So viele Menschen hatte er durch seine Pfeile getötet. Oft tauchten manche von ihnen in seinen Träumen wieder auf. Mit der Zeit lernte er, das Mitgefühl zu verdrängen.

Irgendwann hörte er Gerüchte über ein Heilmittel. Daraufhin überprüfte er sie und folgte den Hinweisen. Sie alle liefen auf dasselbe Ergebnis hinaus. Falls

das Heilmittel existiert, befand es sich auf einem hohen Berg inmitten des Meeres. Jetzt brauchte er nur ein geeignetes Transportmittel.

Damals wandte ich mich ihm zu. Brüderlich schlug ich ihm sanft auf seine rechte Schulter. Meine Antwort war: „Gemeinsam meistern wir alles!"

Die nächsten Tage verbrachten wir planend im Baumhaus. Wir standen zu dritt um einen kleinen Tisch herum und besprachen unsere Vorgehensweise und all die gesammelten Hinweise von Liam. Eine Karte. Ein Kompass. Skizzen eines fliegenden Schiffes lagen am Tisch herum. Die Skizzen kamen von meinem Vater, die ich aus meinem Gedächtnis zeichnete. Es war sein Traum gewesen, irgendwann einmal zu fliegen. Wir wollten ihn verwirklichen. Die Insel war nur über den Himmel erreichbar, weil sie ziemlich unpassend lag. Durch die Wasserströmungen war es unmöglich, sie übers Meer zu erreichen. (Bild oben. Mit Ruder und mehr Segeln bitte vorstellen.)

In Zeiten der Erholung lag ich mit Kiana, die sich endlich öffnete, oft am Dach und beobachtete die Sterne. Meine Begleiterin erzählt mir ihr gesamtes Wissen über sie. Ich lauschte entspannt dem Klang ihrer Stimme, den ich liebte.

Am Tag lief die Vorbereitung weiter. Mit der Zeit wurde auch Liam gesprächiger und wir erzählten uns abwechselnd Erlebnisse. Manchmal benahmen wir uns wie Kleinkinder und lachten über alles. Aber dann gab es Tage voller Sorge. Es kam nicht selten vor, dass Befallene unter dem Baum vorbeizogen. Ihre Klagelaute verfolgen mich in meinen Träumen noch bis heute.

Kiana setzte sich nach drei Monaten in den Kopf, dass sie mit anderen Waffen kämpfen lernen wollte. Nach einigen Tagen verlor Liam seinen anfänglichen Widerstand und willigte ein. Von nun an übten wir jeden

Morgen. Ich bevorzugte eher zwei Dolche, während Kiana lieber mit einem filigranen Schwert kämpfte. Sie lernte schneller als gedacht. Jedoch besiegte sie Liam kein einziges Mal.

Leider lief nicht alles so gut wie die Verteidigung. Der Bau des Schiffes zog sich dahin und sorgte für Kopfschmerzen. Häufig mussten wir kleinere Änderungen vornehmen. Dies zehrte an unseren Nerven. Auch das Wetter spielte nicht immer mit und auch die Jahreszeiten bereiteten uns Probleme.

Die kalten Monate verbrachten wir mit Decken in einer naheliegenden Höhle. Wir vertrieben uns die Zeit mit Vorbereitungen oder spielten Spiele. Liam, der mit seinem guten Immunsystem prahlte, wurde krank. Doch nach ein paar Tagen im notdürftig hergerichteten Bett war er auch wieder fit.

Den Frühling und den Herbst nutzten wir zum Bauen. Im Laufe der Zeit nahm das Schiff immer mehr Gestalt an. Kiana übte weiterhin mit mir das Überleben in der Natur.

Der Sommer war von heißen Tagen und Gewitterstürmen geprägt. Wir hatten alle Hände voll zu tun, das Schiff vor dem starken Regen zu schützen. Damals bauten wir bei der Inneneinrichtung weiter und verbrachten Stunden am See.

Unsere Freundschaft verband uns dabei immer mehr. Kiana und ich näherten uns an und unsere Art zueinander wurde liebevoller. Wir neckten uns und redeten über alles. Irgendwann konnte ich mir kein Leben ohne sie vorstellen, weswegen ich meinen ganzen Mut zusammennahm und sie um ein Date fragte. Sie stimmte zu.

Damals war alles perfekt. Kiana trug ein grünes Kleid. Wir picknickten am Dach des Baumhauses unter dem hellen Sternenhimmel. Am Schluss saß sie zwischen meinen Beinen und ich hielt sie fest. Kiana bedankte sich im Halbschlaf für den Abend. Als Antwort drückte ich ihr einen kurzen Kuss auf ihre Lippen, den sie zum Glück wenig später erwiderte. Danach legten wir uns hin und schliefen ein.

Ab diesem Zeitpunkt tauschten wir beim Arbeiten oft verliebte Blicke aus. Liam ignorierte uns gekonnt oder stieß leise Flüche aus, die uns alle zum Lachen brachte.

Endlich war der Tag des Aufbruchs gekommen. Die vorherige Nacht mit meinem Mädchen war die Schönste in meinem Leben. Gemeinsam erbebten wir voller neuer Gefühle und erkundeten den anderen Körper. Niemals vergaß ich diese Nacht.

Als die Sonne über den Horizont wanderte, brachen wir auf. Voller Bange lösten wir die festgebundenen Seile und starteten die Motoren. Die Ruder erwachten zum Leben und der Bau vibrierte. Wenig später hoben wir ab. Wir sprangen jubelnd in die Luft und umarmten uns. Liam holte uns vor einen selbstauslösenden Fotoapparat und Kiana sprang auf meinen Rücken. Der Blitz kam. Das Foto war gemacht und die Reise konnte beginnen.

Wir richten uns gen Morgenstern Richtung Meer. Durch den starken Wind gewinnen wir schnell die perfekte Flughöhe und lehnen uns über die Reling. Voller Aufregung beobachten wir, wie die Landschaft vorüberzieht. Alles wirkt so klein. Begeistert zeigen wir ständig auf neu Entdecktes oder greifen nach den schwebenden Wolken, die uns überraschen, weil sie nur feuchte Luft sind. In der ersten Nacht stellt die Besatzung den kurzen Abstand zu den Sternen fest. Im Allgemeinen genießen wir zu dritt oder in Zweisamkeit den Flug.

Am späten Nachmittag des zehnten Tages sehen wir endlich unser Ziel. Aus dem Meer erhebt sich die kleine Insel mit einem hohen Berg. Unser Ziel. Liam bringt unser fliegendes Schiff an einer Klippe zu stehen. Sobald wir das Gras berühren, tauchen kleine Lichtpunkte von allen Seiten auf, die sich zu einer Gestalt mobilisieren. Ein Mädchen. Zur Vergewisserung, dass dies kein Traum war, zwicke ich mir fest in den Arm, doch verspüre Schmerz. Überwältigt frage ich mich, wie dies gehen sollte.

Das Mädchen fordert uns mit einer Handbewegung auf, ihr zu folgen. In Trance befolgen wir den Befehl. Staunend gehen wir durch den Wald. Hier scheint alles anders zu sein. Kein Gesetz scheint hier zu existieren. Neuartige Tiere gleiten durch die Luft oder befinden sich am Boden. Glitzerstaub, der die Luft zum Schimmern bringt, fliegt herum.

Wenig später erscheint vor uns eine Lichtung mit einem unnatürlich blauleuchtenden Teich in der Mitte. Über ihm geben schwebende, kleine Lichtpunkte ein mystisches Leuchten ab. Verwundert blicken wir uns an. Was ist das für ein Ort? Niemand erhebt die Stimme, sondern wir alle bestaunen den Ort.

Das Mädchen erhebt die Stimme. „Mein Name ist Destiny. Die Herrin dieser Welt. Es ist der Fluchtort aller Magie, die ihr Menschen vertrieben habt. Irgendwann wollten wir euch helfen. Keinen Hass oder Habgier solltet ihr verspüren. Eine bessere Welt sollte es werden. Doch die Heilung schlug fehl. Die Seuche, wie ihr sie nennt, bekam einen eigenen Willen und tötete alle Befallenen. Dies kann nur ein freiwilliger Mensch, der sich opfert, aufhalten. Ihr seid die Ersten, die den Hinweisen gefolgt sind. Nun frage ich euch. Fühlt sich jemand von euch dieser Aufgabe gewachsen."

Erschrocken blicke ich sie an. Einer von uns sollte sterben. Es ist der einzige Weg. Das darf nicht sein! So kurz war ich vorm Beenden der Aufgabe, aber der Preis ist zu hoch.

Aus dem Augenwinkel sehe ich Kiana, die mit erhobenem Kopf hervortritt. „Ich melde mich. Fast meine gesamte Familie verlor ich wegen dieser Seuche. Nicht noch mehr will ich loslassen. Ich gehe freiwillig, um andere Menschen zu retten. Aber ich habe eine Bitte. Stoppt euer Vorhaben. Nehmt keinem das Schlechte, das was uns lebendig fühlen lässt. Wir sind nicht perfekt und haben Fehler. Aber daraus lernen wir." Kurzzeitig ist es still. Ihre Aufmerksamkeit gilt mir. Sie lächelt mich sanft an. Verwirrt erwidere ich ihren Blick. Doch dann verstehe ich. Sie wird sterben. Im Sekundenbruchteil bin ich bei ihr und drücke sie an mich.

„Nimm dieses Angebot umgehend zurück! Das Opfer ist zu groß. Verlass mich nicht", flehe ich. Kiana erwidert meine Umarmung und ich spüre ihr Kopfschütteln an meiner Schulter. Sie hat ihr Schicksal schon akzeptiert. Sofort fließen aus meinen Augen die ersten Tränen. Auch mein T-shirt wird langsam nass. Kiana weint. Krampfhaft halte ich sie fest an mich gedrückt. Meine Gedanken schlagen wild in meinem Kopf umher. Ich kann keinen klaren Gedanken mehr fassen. Mein Herz pocht schnell in meiner Brust und bittet sie innerlich, mir dies nicht anzutun. Trotzdem kommt kein Geräusch außer verzweifelten Schluchzern über meine Lippen.

Irgendwann löst sie sich von mir. Weicht meinen Händen aus und drückt mir einen kurzen Kuss auf die Lippen. Nach mir umarmt sie Liam, in dessen Augenwinkel auch Tränen stehen. Danach dreht sich um und beginnt, auf ein Deuten von Destiny in den Teich zu steigen. Liam hält mich eiskalt fest und ignoriert meine verzweifelten Schreie. Tränen benetzen meine Wangen. Mein Herz bricht erneut und wieder kann ich nichts dagegen tun. Schließlich dreht Kiana sich zu uns um. Sie lächelt mich mit verweintem Gesicht an. „Ich wollte es so!" sind ihre letzten Worte, bevor ihr Körper sich auflöst und mit dem Wasser eins wird. Mit einem Schlag verschwindet sie aus meinem Leben.

Regungslos blicke ich ins Nichts. Meine wackelpuddingartigen Knie geben endgültig nach und ich stürze zu Boden. Das mysteriöse Mädchen kniet sich anmutig vor mich. In ihrem Arm wiegt sie ein Baby.

„Die Rede war nur von einem Opfer. Sie trug das Mädchen im Bauch. Dein Kind. Achte gut auf sie. In ihr fließt magisches Blut. Wie jetzt auch bei euch. Seht es als kleines Dankeschön für euren unentbehrlichen Dienst. Die Seuche hat endlich ihr Ende gefunden." Doch meine Aufmerksam liegt beim Baby, das leise weint und strampelt. Sanft nehme ich es entgegen. Beim Anblick der blauen Augen heilt mein gebrochenes Herz ein kleines Stück und ich bin wieder fähig zu lieben.

Fast am Ende der Geschichte nimmt auch das Zimmer diese traurige Stimmung auf. Man könnte meinen, dass das Knarren der Fenster verstummt, um zu trauern. Auch das Flackern der Kerze könnte Mitgefühl ausdrücken.

Dem Vater, der seine Tochter fest an sich drückt, laufen ununterbrochen Tränen über die Wange. Auch das Mädchen weint. Bei jedem Schluchzer erbebt ihr Körper. Leise flüstert der Vater die letzten Sätze. „Als wir zurückkamen, war die Seuche vorbei. Ich erfüllte den Wunsch deiner Mutter und ging mit Liam, der mir niemals von der Seite wich, zum König. Ich brauchte fünf Jahre, um fast alle Diamanten zu überzeugen, dass sie den Turm, der kurz vorm endgültigen Einsturz stand, verlassen. Widerwillig stimmten schließlich fast alle zu und das Leben der Menschheit besserte sich ohne das Eingreifen von Magie. Magie blieb weiterhin unseren Augen verborgen.

Später zogen wir uns in den Wald zurück, wo die Reise zur Insel begann."

Nun sind alle Dämme gebrochen. Vater und Tochter halten einander. Beide vergießen eine Träne nach der anderen. Irgendwann erhebt Silas seinen Blick, der auf das Bild fällt und mit einem liebevollen Lächeln berührt er es sanft. Langsam erhebt er sich vom Stuhl und streicht seiner Tochter Aurora eine Strähne aus ihrem Gesicht, um ihre Wange zu küssen. Erschöpft flüstert er ihr ins Ohr: „Gehen wir gemeinsam ins Bett, sonst können wir uns morgen von Liam anhören, dass wir gefälligst bald genug schlafen sollten." Dem Mädchen entlockt dies ein kurzes Lachen, das aber vom nächsten Schluchzer erstickt wird. Mit einem Schnipser löscht Silas das Licht und lässt den Raum mit dem aufgeschlagenen Buch im Dunkeln zurück.